逆流

陈 华 / 著

北京燕山出版社

序　拾起的痛

"家乡有条逆天的河，它不宽，不急，也不深。河底都是鹅卵石，石缝里挤满了锥螺，也有小鱼。常有人挽着裤腿拿把笊篱下河，晚上用红辣椒、葱花、香菜碎儿爆炒，是下酒的好菜。近年污染严重，很少有人下河了，但它依然温和平缓似一面镜子，闪着光芒，抖着落日，贯穿整个镇子一直向西流去。"

这是小说《逆流》的开篇。

现实中，我就住在河边，出了门就遇见这条河。

河边有一条顺着河流的小路，修得极干净、整洁。路边常有姹紫嫣红的花儿开得热闹。岸边有路灯，灯光晕黄。是个散步的好去处。

小镇是农业镇，以种植黑木耳为主，小镇除了农业，还有林业、铁路。在这个只有几万人口的小镇上，我拾起了很多东西。

我是个崇尚自然的人，卖保健品的都不喜欢我。在他们说服我吃保健品的时候我常反唇相讥：我只要生命的宽度，不会刻意去考虑长度。

我在小说《逆流》《寒葱河》《我想死》《助浴》等作品中，努力探问、唤醒。我不知道笨拙的描写能否唤醒什么，却是尽我所能了。

我是怎样"拾"起这些小说的呢？

《逆流》从字义上看当然来自于我身边的这条向西而流的河。小镇是农业镇，以种植黑木耳为主。黑木耳是好东西，但是种植黑木耳的过程却令人深思。培育菌种的过程中有个环节叫"灭菌"，就是灭掉除了木耳菌之外的所有杂菌，"灭菌"的主要方法是甲醛熏蒸。甲醛我们都知道，刚装修完的新房子，不开窗通风一段时间谁敢住进去？如果在密封的充满高浓度甲醛的室内工作会怎样呢？为了这个小说，我深入生活，化装成打零工的参与过每一道工序。我在密不透风充满高浓度甲醛的室内接菌的时候，眼睛被刺激得生疼，一眨眼就有泪水流出来。其他过程不忍细说了。自那以后，我不再吃黑木耳。

小镇，是癌症高发地区。

小说里有这样一句话：生命和贪婪孪生而来，但很多时候，钱比命重要。

小镇的另一半是林业。林业局如今已经成了营林局。只是不知这迟来的醒悟来不来得及惠及我们的子孙。林空了，业便歇了。在小说《寒葱河》中我企图用笨拙的笔触记录下这段历史。

没有了木材，森林铁路也黄了，只有两条生锈的铁轨在丛林里静卧着，后来生锈的铁轨也被拆除了，只剩下曾经的痕迹掩映在荒草中。那日吃酒，闺密说起森林铁路拆除的过程，她说：你不知道那场面，老人们都坐在铁轨上哭泣着不肯离开……我的眼前一下子铺开一个画面，仿佛我就成了那哭泣着的某个人。于是

《消逝在丛林深处的火车》诞生了。

《我想死》诞生在一次闲聊中,听到某君沾沾自喜地说一年拿多少低保后我产生了创作欲望。看着某君华丽的衣饰,讲究的座驾,我产生了想打人的冲动。身边生活着很多应该吃低保却吃不到的人,这是我时常关注的一个群体,于是我写了小说《我想死》。

《助浴》是写搓澡工的一个小说。一次洗澡做奶浴,看着我的奶浴师扶着墙角脱下靴子,将几张面巾纸塞进脚趾缝儿,又裹上塑料袋穿进靴子,我瞬间拾起一份心痛,也拾起了《助浴》。

每一个行业都不容易,每一种生存方式都令人心痛。

我是个对文字极度热爱的人,为了写小说我做过很多事:在暴晒的阳光下摘木耳,在透不过气来的菌棚子接菌,在饭馆端盘子,在灯红酒绿的场所扫地,帮助拾荒者捆绑拾来的纸壳,搓澡……参与过我今生几乎无缘参与的很多劳动。我看不同的人过着不同的生活,企图融入他们,感知他们的辛酸与快乐,也尝试拾起他们的人生。

无奈时间短暂,更无奈自己笨拙,所表达的依旧是皮毛罢了。

感谢文字,让我有了如此丰富的人生。

《逆流》是我出版的第三本书,是我印在这世间的第三个脚印。这本小说集一直走在我不断前进的道路上。前两本书的"序"中我说过:耄耋之年,我用昏花的老眼回首之时,希望能看见自己笔直的、清晰的脚印印在这人世间。

今日想法依旧,来日依旧。

2018.7.30

序　拾起的痛 1

逆流 1
他乡客 21
助浴 38
拘魂枕 68
发廊里的姑娘 81
消逝在丛林深处的火车 91
我想死 105
同学会 115
穆棱河 128
会飞的红皮鞋 143
碰瓷儿 151
美贤 159
寒牛思家 174
赶花人 188
寒葱河 202

幸福路 127 号 ………………………………… 235
山路弯弯 ……………………………………… 252
失火的月亮 …………………………………… 267
叶子的秋天 …………………………………… 281
花旗街的岁月 ………………………………… 290
新年 …………………………………………… 310
上学去 ………………………………………… 320

逆流

家乡有条逆天的河，它不宽，不急，也不深。河底都是鹅卵石，石缝里挤满了锥螺，也有小鱼。常有人挽着裤腿拿把笊篱下河，晚上用红辣椒、葱花、香菜碎儿爆炒，是下酒的好菜。近年污染严重，很少有人下河了，但它依然温和平缓似一面镜子，闪着光芒，抖着落日，贯穿整个镇子一直向西流去。

镇分城镇、乡镇，还有村镇。这个被小河贯穿着的镇是以农业为主的村镇。你或许能想象出它的大小，抓把瓜子嗑一半，到边了。收脚往回走，不管你是从东往西，还是从镇中间穿过，你都会遇见这条河。如果不用心，你不会注意到这条河的特别，一条河罢了。如果你是细心人，又恰好在日出或者日落的时候站在桥上，你会恍惚：是河水扯出了落日，还是初阳吐出了河水？

现在抓一把瓜子，顺着河边，慢慢走。

逆天而流的河没打弯，从小镇中间直穿而过。河南岸有条街叫河南街，紧依着小河有条街叫中心街，中心街过去就是河北街了。三条小街呈一个"川"字，"川"字被一座小桥和那条从桥上延伸下来的小路横贯着。街道自东到西，从南到北，倒也齐整。

我们从中心街开始。

下了桥就是街口,桥与路面有个坡度,远远看去,像是一个醉汉站不稳的样子,歪着肩膀。桥头有两棵垂柳,一搂粗了,枝条很长,有几根伸下桥栏杆去。中心街是小镇最繁华的一条街。街口紧挨着桥墩有户人家,前些年没动迁的时候,那棵垂柳的另几根枝条,恰好抚着那家的屋顶。

这里住着一位老寿星,九十八岁了。有人说:他呀,去年就说九十八。这话还没落地立马有人撇嘴:去年?他前年就说九十八了!好吧,九十八就九十八,谁都知道,哪位老人都不会说自己九十九岁。说三两年九十八,就直接奔一百多去了。为什么呢?因为九是数之极,一个人到了极点,自然就是结束,要死啦。

要是在别处,九十八可能算不上拔尖长寿的;可在小镇上,却是独一个了。

小镇人口平均寿命不长,尤其近几年,癌症死亡率极高。上面派人来化验过:水没问题,空气没问题,土地也没问题。问题出在地栽黑木耳的程序上。

老寿星家住镇中央,小镇改造动迁后,换回来两间门面和两个两居室。老寿星坚决不肯上楼,一个人占着间宽敞的门面房住着。儿孙一大帮绞尽脑汁,三十六计孙子兵法都搬出来了,没用。老人蹬上懒汉鞋,装上一锅老旱烟叼在嘴上,眯缝着眼听儿孙算账:一间八十多平方米的门面,举架本来就高,下面挖一米,改成小二层就是一百六十平方米,这位置,啥也不干出租至少也是这个数。大孙子金聚伸出一只手摇了摇。众人皆配合

逆流

着：不止呢！

老人用浑浊的眼睛瞟了一眼大孙子，咳嗽一声吐出一口浓痰，拐棍戳了戳地面抖着胡子开了口：我哪儿也不去，从出生到娶老婆，一辈子就躺在这块土地上，习惯了，睡觉安稳、踏实。死也要死在这里！上楼？上楼就离开了地面，不接地气咋活人？你们这是盼着我早死！言罢举起拐棍指了指众人：你们再打我的主意，我就把房子都捐敬老院去。

老寿星一辈子四儿三女七个孩子，到现在，四代人百十口。眼看老寿星发了大火都立马缩了脖子噤了声，大家都知道老寿星的性子，说一不二！

老寿星一辈子没离开土地，侍弄庄稼比照看小孩子都用心。可惜子子孙孙一大帮，没有一个像他这般热爱土地，他们各自都弃了土地另谋生路去了。没动迁的时候老寿星还种着靠近河边那块屁股大的菜园子，动迁后就什么也没有了。他常用拐棍戳着硬邦邦的水泥地面骂娘。儿子女儿曾计划另辟去处寻一个有园子的平房给老寿星住，可是老寿星恋旧恋得厉害，无论如何也不肯离开。

这些年，老寿星常眯着眼说些莫名其妙的话。比如今早，孙媳妇给他送饭，咋也找不着，后来端着饭碗找到河边。他头也不回地指着刚刚升起的太阳说：它明白过来了，终于把我的小河给吐出来了！孙媳妇站在背后：爷爷，该吃饭了，回家吃还是就坐在这里吃？老寿星头也没回，依然重复着刚才那句话。孙媳妇蹲下来：爷爷，回家吧，一大家子都等您，还有事情要商量呢。再过几天就是您一百零二岁大寿了，我们都在合计给您操办操办呢！老人浑浊的目光移向河那岸：要赚钱喽！又要赚钱喽！孙媳妇再没言语，却红了脸。

孙媳妇在政府机关工作，人脉很广。家里这几十口子有一部分人还算出息，人脉都很广。要不年年老爷子寿诞咋会那么风光，乡邻、亲戚、同事、朋友，连镇长都亲自来祝贺。饭店门前的小车能排出一条街去，光写礼账的就请了三个。

寿诞日说到就到了。

老人年年这天拗不过子孙，穿上大红褂子坐在铺了红地毯的台子上，台子上高分贝的流行音乐极刺耳，把老人喊得三魂七魄都散了去。流行音乐停了，上来一个西装革履的主持人，声音比刚才的流行音乐还响。老人耐着性子微微咧着嘴角，做出个"笑"的姿态，眉头却锁起个大疙瘩，他的表情看上去怪怪的。主持人喋喋不休，翻着兰花舌头练嘴皮子，人世间最好听的祝福全背了一遍，底下掌声也响了几次。主持人才侧了身，这时候老寿星开始接受孝子贤孙的拜贺。拜贺的人以家庭为单位，三鞠躬后接过麦克风说些祝愿的话，再送上礼物或者红包。

大儿媳带着两个孙子、两个孙媳、一个孙女、孙女婿、曾孙、曾孙媳妇，后面面孔陌生衣着时尚的，是曾孙辈的对象之类的，浩浩荡荡。在主持人的口令下三鞠躬完毕，大儿媳亲手给老寿星做了布鞋，孙子辈们手上拿的大都是红包，曾孙辈的手里捧着鲜花或者礼盒，礼盒包装很精致，里面的内容谁也看不到。二儿子一家阵容更强大，衣着也鲜亮。主持人清清嗓子又开始重复着刚才的话，一个个家庭轮下来，礼物一个个送上去，不一会儿就堆满了半个台子。

参加宴席的人群发出啧啧赞叹。

谁也不知道,这些东西除了大儿媳亲手做的那双懒汉鞋之外,其他的和老寿星没啥关系,大都谁拿来的事后谁又拿了回去,走个场子罢了。然而红包以及宾客写在礼账上的数字就不会拿回去,晚上大家聚在一起,细细地分。

拜贺完毕还要照相,四个儿子三个闺女,再加上第三辈第四辈,还有曾孙媳妇肚子里揣着的第五辈,人都说是双胞胎呢。拍照的是从影楼请来的,很专业,也很认真。来来去去,闪光灯不停地闪。老寿星的头都晕了,半眯着眼,嘴角挂着机械的笑。这时候大儿媳发现老寿星机械般微张的嘴角有涎水流出来,滴在大红锦缎衣服上,她赶紧找几张面巾纸,用身子挡住宾客和照相机,擦了。

压轴的是副镇长,他最后上台发言,满面红光吐着僵直的舌头说,等老寿星的第五代孙一出世就亲自题词送块匾额过来,上面就写:五世同堂。街坊邻居三亲四故又啧啧赞叹:早先五世同堂的人家是常见。这年头,晚婚、晚育,五世同堂上哪儿找去?这样的年纪,这样的身子骨,这满堂孝顺的儿孙,几世修来的福哇!为了这福泽深厚的老寿星,走一个!一只只酒杯碰在一起,发出了清脆的声响。响声里夹杂着些口齿不清的祝福,什么福如东海、寿比南山;什么年年有今日、岁岁有今朝……只不过这些话都是自己听的了,也或者是举杯的理由,没人再关注老人了。他像个演出完毕连谢幕都不需要的演员,被子孙搀扶着送回自己的住处去了。

老人性格倔强,从不吃饭店的饭。他常跟孩子们说:不能吃！谁知道那里面放了些啥！女婿死后女儿叹着气说：早该听爹的话，他说得对，这年月，能入口的东西太少了。鸭蛋有苏丹红，大米有石蜡，白面有滑石粉，谁知道哪道菜是用地沟油炒的！儿媳也顺着小姑子说：是啊，从前妹夫体格多好，提了正科后就没见着在家吃过饭。好好个人，说没就没了。女儿一下就变了脸：你是说你妹夫腐败了吃死的？儿媳立马一缩脖噤了声。

其实老人说过的话还有很多，比如全镇的人都一窝蜂似的开展种植黑木耳的时候，老人坐在河边垂钓时自言自语地念叨：钱是身外物，命中有时终须有，命里无时莫强求。那物本是自然生，咋还人为了呢？违背自然规律，就是逆天了。

老人离开后，酒店里的热闹才正式开始，推杯换盏，笑语喧哗，几口酒下肚，不是亲人胜似亲人，友谊也天长地久了。副镇长终于绷不住，和二儿子勾肩搭背起来，二儿子在深圳，是建筑商，回小镇都带着奔驰车和司机。耳鬓厮磨一会儿，感情就升了温，话说得也就顺溜了：哥哥呀弟弟呀，人不亲土还亲呢！咱是啥感情！一个壶里尿大的！有事说话！

太阳越升越高，水面波光粼粼，晃得人睁不开眼。老人闭着眼，视线里失了颜色，只剩一片血红。血红的颜色里晃动着永远年轻的妻，在河边石板上洗衣，棒槌举得很高，砸碎了潋滟的波光，溅起高高的水花。她不时地抬头搜寻河中挽着裤脚的老寿星，唇边的笑靥里，漾着些羞涩。

老人怕做寿，做一次就折腾得浑身酸疼，仿佛筋骨都断了，需要好些日子才缓过劲来。老人喜欢一个人坐在河边，一个人的时候，妻会来陪他，早走的大儿子也会来。还有好久不见的大闺

女、出差的小儿子、出国的小孙女,尽管只看着老寿星笑,不说话,但是他们都会来,现在又多了女婿。揉揉眼,老寿星看见他们都站在妻的身后。

老寿星的住处是小镇最繁华的地段,左右全是做买卖的商铺。美容美发的,卖摩托车的,还有个洗浴中心。洗浴中心过去,门口几棵垂柳,垂柳的绿荫里若隐若现着几家按摩房、足疗屋。厚厚的窗帘子紧闭的门,硕大的牌匾上有个半裸的女人,眼神迷离,微张着猩红的嘴唇,像刚吃过活人的样子。过午,满脸倦容的女人穿着细带子睡衣,趿拉着拖鞋走出来,猩红的蔻丹上挑着几张花花绿绿的票子。雪白的手臂拂开柳条枝,有小憩的蝴蝶惊飞起来,昏暗的眼神里便有了几丝光彩,提着长长的睡裙追着跑,睡裙领子开得低,半个酥胸颤着,引得过路男人侧目。蝴蝶飞远了,女人站在原地惋惜着,眼睛里那抹亮色也散了去。在街口转一圈,手上提了些吃食,边走边往嘴里塞,吃了东西便开始梳洗打扮,粉底胭脂眼影唇膏,浓浓地抹。她们是昼伏夜出的动物,暮色降临的时候就来了精神。大眼睛眨啊眨,眨出万般风情来,有男人猫着腰闪着眼溜进去,后半夜溜出来的时候满面疲惫之色。

常有厉害的角色闪在夜色里,扯着衣衫不整杀猪般号叫的男人出来,嘴里祖宗八代地骂着,直到扯回家。

隔几日男人又来了。

这里的生意一直红火,人们提起这里会撇着嘴叫这条街的另一个名字:红灯街。

过了中心街就是河北街,十字街口就是张记石磨豆腐。老板叫张诚，到他这里第四代了。豆子前一天晚上泡，凌晨三点准时磨，早年先人磨豆子是捧着磨杆一圈一圈地围着磨道转。现在好了，一按电钮，白色的豆浆和沫子就流出来了。除了磨豆子，张诚就拒绝电器了。其他工序是省不了力气的，过滤是第一道程序，高密度纱布四角吊在棚顶上，滤除豆腐渣，上锅烧开，点卤，压豆腐，几道工序后就等豆腐出来了。但是每一道工序里的学问可就大了去了。要不豆腐坊好几家，大伙咋会一清早的排着队到老张家？三百六十行，行行出状元。老张家的豆腐就是不一样，鲜嫩可口，豆香十足。买回家还冒着热气，直接装盘，园子里薅几棵小葱、几根香菜切碎了，拌在辣椒油里往白生生的豆腐块上一浇，细细的盐面一撒，最后淋上几滴香油。尤其在这茶不像茶饭不像饭的时代，吃一口这小葱拌豆腐，一整天胃里都满着呢。

张诚有两个儿子，大儿子叫张建璐，前几年跑去殷实人家做了上门女婿。小儿子叫张建弛，二十啷当岁。这小子书不爱读活儿不想干，更不爱进豆腐坊。他看不上这营生，撇着嘴角说：都啥年代了，还做这老豆腐！你去酒店点一道三鲜日本豆腐尝尝吧。张诚还真去了，三鲜日本豆腐呈嫩黄色，嫩得用筷子根本夹不住，有点像自家的豆花。配了虾仁、胡萝卜片等熘炒出锅。张诚舀一勺尝了一口，一丝豆腐味儿也没有，就气呼呼地扔了调羹：挂羊头卖狗肉！这也叫豆腐！张建弛回嘴：咋不叫？这叫三鲜日本豆腐！张诚仰天大笑：连个正经八百的豆腐都吃不着！怪不得日本人都长得跟小土豆似的！

的确不像豆腐，这年头岂止是豆腐不像豆腐呢，蔬菜像蔬菜吗？水果像水果吗？猪肉像猪肉吗？外观看也许像，但是味道就

不好多说了。味道真像的你敢吃吗?其实不仅是吃的,现在"不像"的东西越来越多,比如:冬天不像冬天,男人不像男人,女人不像女人,狗不像狗,人不像人。

张诚对小儿子说:社会再发展,人类再进步,无论发展多快,进步成个啥样子,别忘了本。一艺在身,走遍天下!这是你爷爷说的。从明天开始,要么你像你哥一样和我脱离父子关系滚蛋,要么跟我学做豆腐,把老祖宗的手艺传承下去!张建弛晃了一下棕红色的头颅没吱声,闪了。

张诚嘟囔半天,回头见没了儿子的踪影,便叹口气捻灭了烟蒂,抄起一只硕大的瓢开始舀豆子,挑豆子。一些往事随着乱跳的豆子浮现在眼前。前些年有人来提过亲,那人张诚也见过,细眉细眼,皮肤白嫩,很受端详,她身边偎着两个孩子,一个男孩一个女孩,张诚从两个孩子的眼神里看到了敌视和恐惧,叹口气起身就走了。后来又有人提过一个不生养的寡妇,长得粗糙,性格泼辣,跟张诚倒是说得上话来,话说得热闹的时候两个儿子不知趣地凑上来,那人眼角就冷冷地扫。看在眼里的张诚心里又叹口气,老辈人常说:秋风凉,秋风凉,顶好的后娘不是娘。转头看看自己那两个自小没娘疼的孩子,就铁了心,自此再不想续弦的事,一心一意地当爹又当妈。

张诚将挑好的豆子倒在一口大缸里,放水,泡上。回头想再点一支香烟的时候,发现不知道什么时候饭桌上的烟盒边多了个牛皮纸信封。张诚没碰那信封,抽出一根烟点上,他知道那是和他断绝了父子关系的大儿子偷偷送回来的。这些年每到黑木耳收获后的季节都会送,偷偷送,有时在枕头边,有时在灶台上。张诚知道那里面是一沓或厚或薄的钞票，那些钱张诚一分也没花过。他想着找个时间扔回去，最好扔在他脸上。

张记豆腐坊往前走是排门面房，蛋糕房、冷饮厅，再往后是一串时装店。落地橱窗里一些忸怩作态的光头模特身上挂着几缕布条，这个不看也罢。再往前走，左手边是河堤，右侧是农贸市场。农贸市场不分季节地热闹着。民以食为天，谁能不吃不喝呢？市场里有四排直溜溜的长柜台，柜台上面摆着四季不分明的蔬菜，琳琅满目的水果、干货、冻货。卖肉的、卖鱼的、卖菜的，站在柜台后面的大都抄着手，目光如炬盯着过往的行人，见有眼神流连的便叫：美女，买菜啊？帅哥，看看吧，新鲜的牛肉。

门口有几个衣着暗淡的人蹲在那里，他们面前是一个个颜色不一的塑料桶，桶里装着虎口长的河鱼。可不能小瞧这河鱼，漆黑的背上有黄豆粒子状的斑点，身子呈肉滚滚的圆棍子形，脑袋扁阔，两根肥嘟嘟的须子比身子都长。这是小镇特产，叫花丽羔子。冷水生冷水长，肉质鲜美嫩滑。从前逆天的河里就有这种鱼，后来河水污染没了，就有聪明人出了小镇向东远走，把还没流进小镇的河水截流，养殖。它价格是普通鲤鱼的十倍左右，聪明人发了大财。

欢蹦乱跳的林蛙在透着气的网兜里上蹿下跳，怎么挣扎也挣脱不了那网兜。后面坐着的人笃定地笑，她知道，这满市场的东西都剩下了她的林蛙也剩不下，这可是稀罕物。还有一些野鸡、野兔，活着的样子，趴在透明的冰柜里。一拎起来僵直、冰冷，才发现是具尸体。这些东西比里面的海鲜都贵。小家小户掰着手指过日子的人买不起。一斤林蛙一斤野味儿要十几斤猪肉的

逆流

价呢。

农贸市场过去是小吃一条街，终年飘着令人难以忍受的香味。衣着光鲜讲究体面的少妇拉着一步三回首的孩子：不能吃，都是些垃圾食品，你没见电视曝光吗？米线是啥做的？胶皮、鞋底子！烤串也不能吃，死耗子肉做的！正忙着烤串的新疆小伙子抬起了头，愤怒的眼神砸向女人。女人依然拉着孩子走：咋就这么馋呢，乱吃东西吃死你！她没回头，看不见帅气的新疆小伙子眉头拧成的肉疙瘩和突突乱跳的小黑胡。

再往前就是旅店宾馆了，一排一排，门口牌子上写着：二十四小时营业。另有一块小牌子补充着：临时休息，一个小时二十元。有男人进进出出，眼神淡定或东张西望，进去了个把小时就出来了，出来时也是东张西望的，出了门口腰杆子就挺得直直的了，甩开四方步慢慢走。过一会儿门里又闪出个女人来，也在迈出门槛后挺直腰身，高跟鞋有节奏地、淡定地敲着地面。

旅店生意兴旺，南来北往的木耳商多的是，不愁没生意。门口常有些挎筐挑担的，筐里是些时令水果或者干果什么的。秤是小杆子秤，称秤的时候眼睛警惕着，见了穿制服的，货也不卖了撒腿就跑，跑慢了就完了。

再往那边便是镇政府了，小镇最气派的建筑物。门口广场的石狮子也气派，出出进进的人更气派。

政府过去是几栋住宅楼，住宅楼下的门市房里很多关于汽车的店面，修车的、洗车的、保养的、美容的。

再过去便是公安局、法院了，常有闪着警灯的车无视红绿灯疾驰而过。这里不细细地逛了吧。

穿过桥向南便是河南街了。河南街像是"川"字的第一笔，一撇就撇出一片人家来。这里大都是农民，种植黑木耳的耳农。这些年因为种植黑木耳发了财，小镇也有了些名气，曾有领导亲笔题名：中国黑木耳第一镇。硕大的牌子就立在河南街街口。黑木耳又名黑菜，早年生长在深山老林里腐烂的柞树上，营养价值极高。这些年随着科学的进步，黑菜也就走出了深山变成了地栽。

小镇的农民种田不种庄稼，就种黑菜，也叫地栽。效益是种五谷的几十倍呢。山上还有些拳头粗的柞树，锯成粉末子，加豆饼、油糠、麦麸子、石膏、白灰，再加适量的水搅拌。放入特制的大铁锅蒸，然后装袋，灭菌。灭菌是大事，这一年的收成里这是最为关键的一步，灭菌不好出了杂菌就得扔掉。灭菌的主要原料是甲醛熏蒸，或者是喷洒。这几年又加上了紫外线照射。甲醛，不用细说您知道，装修完毕的新楼房不开窗放上个把月谁敢搬进去？近几年，常有癌症病人死去，不分老少。好好个人忽然就浑身不得劲了，去了医院就回不来了，即使回来也是抬着了，瘦成一把骨头，临死前恶狠狠地嘱咐家人：把那些家什都砸了，再别种黑菜！黑菜，黑财，拿不得！

这话没啥用，发送了死者，活着的人依然春种秋收，生命和贪婪孪生而来，但很多时候，钱比命重要。

接种后发菌期是马虎不得的，都放在事先盖好的塑料大棚里。菌袋入室之前要先点火，空烧一星期后，湿气没了，温度也够了。菌种是有灵性的东西，你要有像侍候婴儿般的好性子。菌丝长好了就开棚，开棚是耳农的大日子，要放鞭炮，上大供，还要请左邻右舍吃饭。吃罢大伙一起动手，将长满菌丝的菌袋摆在

靠河边的土地里去。河水也不花钱,想咋浇就咋浇。黑菜离不开水,有了河水的滋润就疯长。疯长着的黑菜需要打药:灭虫的、增厚的、促长的。你要问这些药对人体的影响?管他呢!五谷杂粮水果蔬菜也需要化肥、农药,哪一个不吃?卖菜的吃带石蜡的大米,卖大米的吃有瘦肉精的猪肉,卖猪肉的吃用苏丹红、防腐剂腌制的酱菜、咸鸭蛋;卖酱菜的吃鲜嫩碧绿挂着厚厚的农药和果蜡的水果,就连襁褓中的孩子还在喝三聚氰胺呢。

这是人类的生物链,或者叫生死链。

疯长的黑菜远远地望过去真是美,一大朵一大朵簇拥着,有些争相绽放的感觉,那宽厚的耳瓣一层一层叠在一起,像绽放的牡丹花。它的美是含蓄、内敛的。它们肥嘟嘟地在耳农的笑声里颤着。

远远望去,遍地花开,一幅壮锦。

开始收获了,采摘的头遍叫拔大毛。拔完大毛,木耳商就来了,哗哗响的钞票就来了。

河南街的种植大户是孙满堂家。据说孙满堂祖上是大户人家,到了他这一辈人丁不旺,只有他一个男丁。他娶妻兰英,兰英个子不高,是个泼辣能干的女人。是个标准的"精灵鬼儿,透灵碑儿,小金豆子不吃亏儿"的主。计划生育最严的时候她躺在自家炕上连生三个闺女。三个闺女还没来得及长大,孙满堂就死了,癌症。兰英虽然泼辣倒也能干,一个人撑起了家。后来大闺女远嫁,二闺女考大学走了,兰英寻死觅活地留下了三丫头扣儿,老豆腐坊张诚的大儿子张建璐做了她的上门女婿。

为了这,张诚和张建璐断绝了父子关系。

说起兰英，小镇没人不知道，刚过门那年，还是个肚子里揣着娃的小媳妇呢。家里丢了一只牡丹红鸡，兰英站在街口破口大骂，内容大约是谁家偷了她的鸡，养孩子没屁眼，吃饭噎死喝水呛死走路摔死出门被车撞死上茅房掉粪坑浸死……这些内容里面夹杂着偷鸡人的祖宗十八代。骂街倒也不稀奇，茶余饭后女人叉腰瞪眼骂街也不是新鲜事，关键是时间。兰英骂街论天，谁惹了她她就胳肢窝夹瓶矿泉水拎个马扎坐在人家大门口骂，骂得唾沫星子乱飞嘴角泛白沫，内容都不重样。清早起来就开始骂，一直骂到太阳都口吐鲜血坠下西山。第二天一早又来了，胳肢窝还是夹着矿泉水，手里拎个马扎。

兰英的男人不到四十岁，就撇下她和三个闺女走了。人都说兰英的男人是被她咒死的。没见过哪个女人骂自己的男人骂得那么狠，开口便是天杀的、遭瘟的、早死早投胎的、该死不死的，等等，张口就来。男人不理她，若无其事地干活，她就跟在后面骂，骂够为止。骂够了抬头看看西斜的太阳，去河边捧一把河水洗脸，拉着女儿回家，该做饭做饭，该洗衣洗衣。

当年三丫头扣儿和张建璐谈恋爱的时候兰英可没少费心思。自己没儿子，张建璐是从小看着长大的，人也厚道老实。张诚越反对她就对张建璐越好，一边帮着女儿哄未来的女婿一边上蹿下跳地挑拨人家的父子关系。

其实张诚和兰英还有一个不为人知的结。那一年有好心人给两个丧偶的人牵过线，张诚一听兰英的名字头便摇得像拨浪鼓，连声回绝了。兰英听了好心人的回话一口唾沫吐到地上又踩了一脚：臭癞蛤蟆，以为姑奶奶多稀罕你！也只能这样。只有这件事

让兰英觉得窝心，无论如何也不能像平时那样坐在人家门口骂个痛快。骂不出来一口气就憋住了，这一憋就憋了十几年。

结婚那天婚礼办得极风光，张诚却没参加。他坐在豆腐坊里听着礼炮声从牙缝里挤出一句话：鞭炮一响，儿子白养！话还没落地眼泪就下来了。

二十年前，两个儿子，一个五岁一个三岁。卖豆腐的媳妇打外面回来，汗水弄得身上的褂子都湿透了，跑到水缸边舀了一瓢冰凉的井水咕咚咕咚喝下去，转身一打挺仰头倒地，人就没了。

扣儿长得花朵般俊俏，秉性却和她妈如出一辙。张建璐啥也不怕就怕老婆，怕得要死。尤其这几年，离家在外的连襟一个发了财一个升了官后，扣儿骂人的架势越来越像她妈了，有时候会更甚。骂张建璐不仅带上上下祖宗十八代又加上了窝囊废、吃软饭、吃屎都赶不上热乎的等词句。兰英偶尔也帮腔：早知道是个窝囊废，我就是把闺女剁碎了喂鸭子也不给你。

张建璐自然是不敢接茬的，机械般地在木耳地与家的路上来来回回地忙碌着，无论怎么忙碌、无论怎样的丰收年景都堵不住媳妇的嘴。谁见过土里刨食发了大财的？张建璐却只会使蛮力。随着扣儿的谩骂，张建璐更沉默了，一天到晚，看不到他脸上一丝晴朗，听不到他嘴里吐出一个字。

张建璐只在菌种开棚的日子说话，几个月没黑没白地忙碌，这一天定了输赢。这天一早张建璐会去左邻右舍邀请：兄弟，来家帮帮忙，今天开棚。左邻右舍尽管平日里被兰英骂得不说话不上门，这日子也给面子。张建璐人厚道，平日里谁家需要都伸手，何况开棚是个大日子，没人可不行。张建璐会站在大棚门口，兰英低眉顺眼地焚香、上供。一挂鞭炮响过,张建璐会气运丹田放开嗓子喊出一年到头那唯一一句:开——棚——了——

性子越来越沉闷的张建璐也喜欢上了小河,常在河边痴痴地坐,眼神飘过河望向对岸。河那边,有张记豆腐坊。张建璐涣散的眼神里不仅有豆腐坊,还有那条逆天而流的河。他经常看见在河水中扎猛子的自己和弟弟,光着黑黢黢的屁股,一个猛子扎下去,一捧锥螺举上来,娘在河边洗豆腐衣,伸过脸盆将锥螺接过去。看见过去的张建璐常想起娘,多温顺的女人,整天笑呵呵的,就没听见她和爹吵过嘴。想到这里张建璐会叹气:同样是女人,差别咋这么大。

张建璐从省医院拉回来后,他媳妇扣儿就不骂人了,兰英也温顺了许多,一个人伺候着两个上学的外孙吃喝拉撒。伺候完了孩子就一路小跑去木耳地,样子有点像当年她新寡的时候。忙完了木耳地忙孩子,忙完了孩子忙家务,像个飞速旋转的陀螺。

正是采摘的日子,肥嘟嘟的黑菜长势喜人,远远望去,又遍地开花了。望着望着,兰英的眼泪就下来了。她想起走了的丈夫,临闭眼前恶狠狠地吐出的那句话:黑菜,黑财!要不得!不仅仅是丈夫,小镇很多故去的耳农临终前都说过这句话。她又想起火化后丈夫的骨灰,黑乎乎的。

兰英去了豆腐坊,见张诚在低头挑豆子,讪讪地坐在他身边的马扎上,不知道该怎么开口。偷眼看张诚枯树皮样皱纹横生的脸,又看他乱蓬蓬花白的头发,兰英忽然生出许多内疚。她没法开口,怎么告诉他张建璐现在日子不多了想见爹最后一面?当年进你家的时候人家可是个壮得像牛犊子的汉子,才几年呢!张诚

也不说话,只在她进门的时候抬了抬头就继续挑豆子。挑半晌豆子,进去拿出几个牛皮纸信封扔在她面前。兰英看了一眼,知道里面装的是啥,更不知道该怎么张口了,只好枯坐着。又半晌,张诚再起身,又拿出个被报纸包裹得厚厚的包扔在兰英面前,继续低头挑豆子。兰英有些坐不住,泪珠子成双成对地落下来。张诚也不抬头,挑豆子的手用了力,有些豆子跳出来,落在兰英脚下。她终于坐不下去,逃也似的起身走了。

兰英走了,张诚停下挑豆子的手,抬起头,一张脸上布满泪水。他忽然起身,恶狠狠地抬起脚踢翻了装豆子的笸箩,又抬起脚踢翻了放牛皮纸信封和报纸包裹的包。一张张红色的百元大钞散落出来,飘落在满地翻滚着的豆子上。

张诚蹲了下去,双手掩面,从指缝间滑落的泪珠子掉在满地金灿灿的豆子上,也掉在那些百元大钞上。他恶狠狠地骂:该!短命的,凭着老祖宗的手艺不要,偏往绝路上奔。落在这两个婆娘手里,还有好日子过?早死早享福!骂到这里,张诚骂不下去,哭出声来,沙哑的声音像晨曦里磨豆子的电磨,轰隆隆响。

此时张建璐已在弥留之际,他已经感觉不到疼痛了,迷糊之际只觉得身子飞速向下坠落,无休止、没有底地坠落。恍惚中见一个人进来,那不是爹嘛,笑盈盈地看着他,就像小时候那样。张建璐赶紧挣扎起身,他伸出手叫:爹,你来了。扣儿赶紧拉回他的手:哪里是你爹,是我妈呀!兰英顿住脚步,她惊恐地发现张建璐不是前几天的张建璐了,五官还是那五官,模样还是那模样,哪里不对了?听说临死前,人的魂被收走了就会变样,难道……兰英忽然觉得一丝寒气从脚底冒上来,顺着她的四肢百骸蔓延,她打了个冷战,掉头跑了出去。

黄昏的时候,张建弛捧着那堆牛皮纸信封和那个报纸包裹回来了。张诚死死地盯着小儿子的脸,张建弛走过来抢过张诚手里的瓢扔在一边,将张诚揽在怀里。父子俩从不曾这般亲密过,僵着身子的张诚发现,小儿子不知什么时候高出了他大半个脑袋。半天他哽咽着从胸腔子里挤出一句话:爹,从明天开始,我跟你好好学做豆腐。

老寿星走了。在晨曦里的河边,他什么时候去的河边呢?半夜?凌晨?或者是昨夜就没回来?家人吃早饭找不到他就去了河边,他一个人静悄悄地坐在晨曦里,微笑着,身子硬了。人都说这是个老神仙呢,只有成佛成仙的才坐化,老寿星这是成仙了。七嘴八舌的声音又响起来:准备了几十年的棺椁用不上了,要重新打一个坐着的。另一个声音响起来:坐着躺着实木棺椁都没啥用,火化后就是一捧灰,一个不足一尺的骨灰盒就够了。忽然人群里有个高声蹿出来:老寿星为啥长寿?因为人家不种黑菜!想想吧,种黑菜的哪个活过七十?哪个是寿终正寝?黑菜,黑财!不贪财、无欲无求才活得长!

人都愣愣地站着,寂静了。寂静里只剩下这条逆天的河,哗哗地流。

曾孙媳妇差四天预产期,五世同堂的匾额都做好了。一场好戏还没开始,老寿星就走了。他的孙男娣女哭得凶极了,大致众口一词:咋就不等等,这就五世同堂了啊!

老寿星走的那天中午,张建璐也走了。铁塔似的汉子瘦成一把骨头,支棱着寿衣。扣儿没了往日的威风,戚着脸,眼神茫然

空洞。有人劝：哭出来吧，别憋坏了。她也不哭，只重复一句：我对他，是不是太狠了？两个小身影跪在租来的冰棺前，也不哭。四只眼睛骨碌碌地转，看着身边帮忙的人影来来去去，像是在看一场与自己无关的热闹。

隔日，河南河北两件丧事一起操办起来。

老寿星丧事办得比寿宴都隆重。子孙意见也惊人地一致：什么都要好的、贵的！请的丧事主持人也是远近有名的，声如洪钟，路引念得好：刘加国老先生，原籍山东省平度市朝阳村，于2015年6月16日寿终正寝，辞阳归西。去往冥府，路程遥远，孝子贤孙有诚孝之心，以重金购得白龙马一匹、马童一名、金童玉女各一名。金童牵引路，引到奈何桥。玉女送西方，送到莲花台。携带大批金银细软，路经山川峡谷、河流险滩、道路桥梁等各处关卡，凶神恶鬼不得阻拦、哄抢。冥有冥规，律有律法，如有阻拦、哄抢者，杀无赦！

冰棺上面盖着块大红布，喜丧呢！红布被来吊唁的人一条一条地扯走，据说拴在腰里辟邪。一块九尺九的大红布一会儿就扯没了，另一块接着盖上来。主持人接着念：刘加国先生，生于1913年6月16日……很多人开始掰指头了。

念罢路引，要指路了。通常是长子指路。大儿子先他走了，二儿子被搀上了云凳，花白的头发在微风里格外刺眼，他举着扁担颤巍巍地给父亲指路，苍老沙哑的声音也颤抖着：爹、爹，上西南，大路通天您走中间……

每一个程序都细化了，百岁的喜丧，小镇头一桩呢。

相对来说，张建璐的丧事就马虎了些，早丧的通常不大办。

掐指算，还没过四十岁。灵棚、棺椁、排场，能从简就从简了。十一岁的大儿子给指路，声音稚嫩荒凉，主事的教一句，他学一句，学得含含糊糊。末了，主事的叹口气，亲自烧起了冥纸，边焚烧边念：老黄牛，弯弯角，一生最爱吃草料，驮着主人往西去，上山你拉车，下山你坐坡。这一路，浑水你蹚过，脏水你喝它，主人有罪你跪下……

念毕，烧光。

这就成了。

那早逝的，也就被定了罪，至于那罪过是前世的还是今生的，丧事主持没说。但是大家都明了，没有罪过，咋会早逝呢！

一把瓜子嗑到这里，不多了，小镇也逛过了。我说过，小镇就这么小。小镇上的人和事自然也是简单的，不简单的只有那条河，它自东向西，逆着流。

这时老寿星的曾孙媳妇生了，一男一女，龙凤胎呢。有人擦着眼睛叹：唉！要是老爷子能坚持到现在，这就五世同堂了！前后就差这两天哪！咋就不能等等。

有些事是不能等的，等也等不到，比如生、死。

一南一北，两行人，护送着两个棺椁，朝着一个方向。

该来的来了，该走的也走了。亘古不变的只有那条河，经年累月地流淌着小镇的岁月。

他乡客

一

月亮在碗里颤着,麦子端起来,吞了下去,一股子辛辣直抵肠胃。热流涌上来,让麦子觉得头都大了一圈。

麦子将一张车票放在面前的木板上,对面抱着吉他的玉穗儿正在调弦。她细长白皙的手指很灵巧地轻轻扭动琴码,拨几下琴弦,扭一扭琴码。额前的刘海儿在夜风中轻轻地抖,清脆的琴音也在空旷、寂静的工地上抖。麦子将手机压在车票上说:明天早上七点,别误了。玉穗儿抬起眼看看面前的车票又仰起头看看天上的月亮:大哥,奶奶活着的时候说:人在,一切就都在,其他都是身外之物。麦子鼻子一酸,哽咽着说:玉穗儿,最后一次,我最后去他家楼下蹲他一天一夜。玉穗儿似乎调好了琴弦,她将吉他立起来抱在怀里说:大哥,我把新歌唱给你听。

当玉穗儿说想去趟工地时,她翻遍了口袋买了一瓶60度的白酒、一把花生、两个馒头。她将那瓶白酒的一部分倒在刘远遇难的地方,然后就盯着那摊液体一动不动,像是盯着一个人,哀戚的眼神在空旷的夜幕中凝滞。

昔日灯火通明且嘈杂的工棚也空了，只有脚手架还高高地擎在惨白的月光里。麦子有些恍惚，他似乎又看见那个身影从高高的脚手架上栽下来，直直的，像是一只被击中的大鸟，头朝下，飞速地坠落。咕咚一声，很沉闷，像是一个麻袋包掉在了地上，连一声闷哼都没有，只有两条腿机械般地抽搐了几下便不动了。

招聘者说本不想招他的，太单薄，怕出不得大力气。他拉着招聘者的胳膊不松手，一个劲儿地哀求：大哥，我时间不多，只有这个暑假，开学了还想复习考大学。你别看我瘦，我干活一准下大力气。招聘的中年汉子长得五大三粗心却柔软，拍拍他瘦弱的肩膀带上他了。

就像泰坦尼克号中的杰克，拿着那张本不属于他的船票奔向豪华游轮的时候，他也不知道他正奔向爱情也奔向死亡。

麦子将瓶里的酒全都倒进了碗里，月亮又颤在那半碗液体中了。

玉穗儿是村里最漂亮最有才华的姑娘，她无师自通地学会了弹吉他，不仅会弹会唱，还会写歌。爹娘都是土里刨食目不识丁的人，将她的才华视为不务正业。高中刚毕业，媒婆就上门了。麦子赶跑了媒婆，拉着哭红了眼的玉穗儿对他娘说：我供我妹妹学唱歌，以后不用你管了。

刚出来的时候学了一个月就没钱交学费了，艺术类的学生，一般家庭都不敢问津，何况一个打工仔。玉穗儿嗓子高音出奇的高，低音略带沙哑，老师说：那叫穿透力。玉穗儿含着眼泪就在艺校打工，边收拾卫生边偷偷听老师讲课，一晃就半年多了。

他乡客

这次回家，爹娘会给她定亲了吧。想到村支书家那个满脸疙瘩的青年，麦子胃里一阵翻江倒海。

叮叮咚咚的吉他声回荡在寂静的夜色中。歌声也响起来：

这条路不认得我
我也不认得它
熟悉或者陌生有什么关系
我在这里行走，在这里迷茫……

玉穗儿的嗓音穿透了黑夜，传出很远。麦子想到上学时学的一个词：余音绕梁。麦子呷了一口酒想：听过很多电视上录音机里的歌，哪一个也没有玉穗儿唱得好。

唱完一段，玉穗儿停下来：大哥，好听吗？麦子抿一口酒问：歌名是什么？玉穗儿说《他乡客》。麦子将最后几颗花生抓在手心里，往嘴里扔了一颗，谁写的？玉穗儿低着头说：他写的词，我填的曲。写给你，写给我，也写给他。

那个叫刘远的青年，文笔极好。考上了大学不去上，偏喜欢什么文学系。于是来工地打工，打算开学复读。他来到这个工地，遇见了玉穗儿。平时玉穗儿弹吉他唱歌，他就在边上坐着。那眼神，都是过来人，怎么会不懂？麦子叹了口气说：接着唱。

这条街不认得我
我也不认得它
清醒或者迷茫有什么关系

我在这里呼吸,在这里歌唱……

麦子的心被这歌声的苍凉弄碎了。他仰起脖子吞下了碗里最后的液体,也吞下了那轮被他摇碎的月亮。他摇晃着站起来,将玉穗儿手里的吉他拿开:妹,哥怕是对不住你了。

玉穗儿哭了,低下头颤着声音叫出一声大哥,就噎住了,半晌才抬起头憋着哭音说:大哥,你尽力了,我认命。玉穗儿这句话像是一只铁榔头,狠狠地在麦子心头敲了一下。

此时的玉穗儿百爪挠心,爱情来得突然,走得也突然。为什么坚持来这荒芜寂静的工地和大哥吃这顿晚饭?玉穗儿想:我要一个仪式,埋葬爱情和梦想的仪式。她怀里抱着吉他,盯着被液体濡湿的地面,仿佛看见刘远躺在那里,抽搐着,不甘心似的抽搐着。她抬起衣袖擦擦眼角:刘远,我把我们创作的歌唱给你听了,你听见了没?要是听见了就给我托个梦,告诉我好听不好听,过了今夜我再也不会唱歌了。我要听我娘的话,面对现实好好过日子。玉穗儿说到这里用双手捂住了脸。

麦子的嗓子仿佛被什么东西塞住了,说不出一个字。

月亮已经高悬在那里了,洒下一地凄凉。玉穗儿又说:娘和嫂子让我跟你一块回家。麦子坚决地说:你先回,哥晚一天回。

农历八月十三,天凉了,即便是微风,也开始往骨头缝里钻了。玉穗儿说:大哥,那天嫂子给我打电话,让我给你带句话,她说:劝劝你哥那头犟驴,尽人事,听天命。有钱没钱的,日子照样过!麦子笑了:你嫂子的话我都记下了,回去告诉你嫂子,让她在家等我,拿不到钱我也会好好回去。

二

汽车载着玉穗儿走了,麦子直接奔着刚子家走去。刚子已经两天没给他打电话了,他知道,打了也没用,关机。麦子在小区树荫里的石凳上坐下。这个位置很好,不显眼,又对着刚子家的楼道口,他出出进进,逃不过麦子的视线。麦子眼睛眨也不眨地盯着那个楼道口,有人出来有人进去。

太阳升起来又慢慢奔着西山去了,太阳还没完全落下去,月亮就急着出来了。楼道口也寂静了,好半天没有人进出,麦子似乎闻到了一些香味,抬头去看楼上次第亮起的窗子,香味是哪个窗子里飘出来的呢?他抽搐了一下鼻翼,确定是鸡肉的香味!应该还有榛蘑干。

母亲做这道菜最拿手,榛蘑干泡发后攥干,扔进炖着小笨鸡的铁锅里,鸡汤浸润了榛蘑干,小火慢慢煨出来,那滋味,东北的中秋节要是少了这道小鸡炖蘑菇就算不得过节了。这是谁家提前过节了?许是城里人钱多,可以随时买只小笨鸡炖上。不像山里人,熬一年,熬到鸡够了分量,到了中秋这一天才舍得杀一只炖上。

逃过这一劫的鸡就能活到过年了。

浓郁的香味挑逗着麦子的味蕾,麦子的肚子咕噜咕噜叫了几声,牙齿和舌头间的口水也更寡淡。他撩起夹克解开皮带向里面紧了两扣。

这样的时代饿肚子,麦子觉得是一种讽刺。

亮起灯光的窗子很暖，麦子知道，每一扇窗子后面都是一个故事，故事里有男人、女人、老人、孩子。温馨幸福也罢，痛苦焦灼也罢，都关在窗子里面，将自己与这座城隔开，甚至与这个世界隔开。

这时候楼道口传来吵嚷声：他妈的！我就不信找不到他。就是死了我他妈的也把他从地底下挖出来！一个穿藏青色风衣的男人骂骂咧咧地从楼道里走出来。他刚走，有个戴着红袖标的居委会大妈就进了楼道。

太阳已经完全落下去，月亮也高高地升起来了，比昨天更丰满了些，眼看着就圆了。麦子待不下去了，他也不想再上楼去砸那扇门，他怕邻居恼怒且不屑的目光再一次砸向他：敲什么敲，不是告诉你这家很久没人住了嘛！吓着孩子怎么办？麦子站起身，坐了十几个小时的石凳还是冰冷的。此刻的麦子有些茫然，其实早就知道是这个结局，为什么不跟玉穗儿一起走呢，坚持这一天为什么呢？口袋里一分钱也没有了，去哪里？做什么？

麦子拖着铅球似的双脚，出了小区大门蹒跚在马路上。偶尔有风掠过，不大，但还是有不堪重负的枯叶飘落下来，汽车疾驰而过，枯叶随着尾气去了。

完了！所有的一切都完了！这么多年的血汗、理想，还有妹妹玉穗儿的梦想，都完了。

电话响起来的时候麦子浑身都抽搐了，他抖着手掏出电话，慌乱中差点扔出去。屏幕上来电显示：孙喜来。麦子顿时觉得像是被抽去了筋骨，孙喜来说：麦子，回来了没有？咋？还没回？兄弟，回来吧，要过节了，想开点，别强求了，大不了咱还一起

割地。

没进城的时候日子贫瘠、简单。秋天一到,孙喜来和麦子他们几个壮劳力就一个村一个村地去割地,一亩地五十块,一天两个人能割三亩地。麦子想到这里叹口气,虽然苦点,那钱挣得踏实,黄不了,赶上手里没钱的就给粮食。打完场就把粮食送上门了。和土坷垃打交道的农民,做事也像土坷垃般实诚、守信。

可是,刚子也是那块土地上生长的汉子啊,进了城咋就变了样儿?

如果前年过年刚子和麦子没一起回老家,如果从小一起长大的几个兄弟没聚在一起喝那顿酒……麦子摇摇头,哪有那么多如果。

五十多人的建筑队都走光了,同村的几个兄弟也都走了。大家都很失望,临走时金梅撇着薄薄的嘴唇说:还不如在家里呢,虽然土里刨食,只要肯下力气,老天爷不欺人,啥年景都不会空手。孙喜来狠呆呆地拽起媳妇就走:不说话能憋死你?金梅尖酸的话语飘向麦子耳边:能。能憋死。咱两口子地都不种了跟着他跑出来,出了一年多冤力气,一分钱没见着,回家喝西北风啊?

麦子一句话也没有,只想将头插进裤裆。孙喜来本不想出来,是麦子跟刚子去人家喝了一顿酒,说了很多让人热血沸腾的话,孙喜来被他说热了,临时把地承包给了别人,带着金梅出来了。

那天谷子也说:哥,我不等了,先回了。

柱子也说:麦哥,我也不等了,跟他们一起回了。

谷子是麦子的亲弟弟,柱子也是从小玩到大的兄弟。

三

儿子，中秋节了，有钱没钱的都得回家！麦子娘来了好几遍电话了，最后一句恶狠狠地说：儿啊，你赶紧给我回来！回来？多简单的两个字。一个大男人在外忙乎一年多了，空着口袋咋回家？麦子很头疼，他不知道怎么面对白发苍苍的母亲和高出自己半个脑袋的儿子。他记得出门的时候儿子歪着头看着他说：爸，还走？麦子拍拍儿子的肩膀：爸挣钱给你娶媳妇。

麦子脑子里忽然闪过一道亮光，会不会钱已经打进我的银行卡了？于是沉重的脚步忽然像充了电般朝着路边一个自动取款机奔过去，屏幕上很清楚地显示着，账户余额：0.85元。看着那串数字，麦子太阳穴上的青筋都暴起来了。

麦子掏出手机，又一次按了那个被他诅咒了一万次的电话号码。麦子知道刚子不会给他什么希望，但是骨子里的那股子犟劲上来了。越打不通越打，就像越饿越不给自己吃东西一样。

麦子从来不觉得双脚的重量，今日他觉得有些拖不动了。双脚越来越重，重到几乎抬不起。他不想再回那个黑黢黢的小旅店，那里除了几件脏衣服什么也没有了。他害怕看见老板娘那双鹰一样犀利的眼睛。那双眼睛里的光带着钩子，似乎要把麦子空空的口袋翻过来，再抖搂一遍。

太阳完全逃到山那边躲起来了，月亮渐渐亮起来。路灯也亮了，整个城市显得静谧、安详。家乡的月亮比城里的月亮更圆更亮，城里的路灯把月亮的光亮减弱了。不像小村，只有那一轮明

月,高悬在天上,整个森林、田野、院落都会披上一层白纱。

麦子忽然特别想家。

麦子又掏出手机,剩下一格电了,拨了一下,居然通了。电话那头传来一个刚睡醒的声音:喂。有几根青筋在麦子的太阳穴处暴起:刚子,你个驴日的,我他妈的以为你死了呢。那头沉默了一下,似乎在等麦子喘过那几口粗气。良久,一个比月光更凄冷苍凉的声音响起来了:麦子,我没死。还他妈不如死了呢!麦子舔了一下干裂的嘴唇把攒在唇边的恶语吞了回去,他想:别说不中听的话吧,万一这电话撂了再打不通呢?为了证实他在听,他咳嗽了一声。电话那头的声音像是裂开了口子:这么多年了,咱哥俩咋样?我刚子对你咋样?对弟兄们咋样?现在哥身不由己了。这个楼盘你知道,计划得好好的,谁知道政府政策又变了,盖不下去了,就是盖好了也卖不了,所有的手续都废了……兄弟,我在外地,有家不敢回,口袋里一个钢镚儿都没有了。一堆要账的蹲在家门口。说到这儿,刚子顿住了。麦子憋在嗓子眼里的狠话,此时随着喉结的蠕动,和着一口唾沫,全部吞了回去。电话那头又传来刚子的声音:兄弟,你还在工地吧,对不住了。如果你能回去,帮我去看看你嫂子,她乳腺癌,刚做完手术,在娘家……麦子的头都炸了,他恶狠狠地骂了一句:我操你妈!狠狠地挂了电话。

麦子觉得天边的那轮满月迅速地坠落了。

四

刚子媳妇玉秀的娘家,在麦子家隔壁。玉秀从小就是个漂亮丫头,性格开朗。明亮的眼睛弯成月牙儿,长得一副喜庆相。小时候常跟在麦子身后甜甜地叫麦哥哥。麦子和刚子都偷偷地喜欢玉秀,可玉秀偏对刚子情有独钟,麦子看出苗头后就敛了心,做了玉秀永远的麦哥哥。

麦子其实还想说些什么,哪怕再骂几句粗话也好,但是终于也没说出来,拿电话的手臂就软了,耷拉下来。

麦子想起很多年前,小村里的月亮也是这么圆,这么亮。月亮地里,刚子和麦子、柱子、喜来,还有很多一起长大的兄弟,在麦秸垛里藏猫猫,黄土坡上拼木头刺刀,玩得汗流浃背、声嘶力竭、忘乎所以,直到爹娘拎着棍子怒气冲冲地撵来。20世纪70年代出生的孩子大都有这样火热难忘的童年。

麦子想起自己的童年就同情儿子。他永远也忘不了前些年的那个傍晚,远远地就从开启的大门缝里看见儿子,小身影坐在门槛上,小脸扭在一边,像是在专注地看着什么。火红的晚霞映照着儿子的侧影,看上去像是一幅油画。麦子三步并作两步朝着那幅油画狂奔过去,近了才发现,儿子在看蚂蚁,一群蚂蚁列成一长溜,凌乱又有秩序地穿梭着。儿子抬头看了他一眼,很淡的一眼,没有任何内容,当然也没有麦子期盼的惊喜。儿子将食指放在唇边"嘘"了一声:明天会下大雨。爷爷说了,蚂蚁搬家,长虫过道,第二天就会下大雨。麦子半天无语,失落狠狠地爬上心

头,自己风尘仆仆地归来,居然赶不上一群搬家的蚂蚁。他心酸地把儿子搂在怀里。

那也是个中秋,第二天没有月亮,果然下了大雨,而且连阴好几天。

时间倒退而去,也是月圆日。麦子和刚子带着几个小伙伴在场院上做弹弓,做弹弓的粗树杈是湿的,需要一个弯,麦子就回家取来了火柴。几个小伙伴拢了一堆麦秸,点着了。做弹弓的树杈还没凑过去,麦秸堆就迅速燃烧起来,瞬间点燃了豆垛,那晚风很大,火苗借着风势很快映红了半个村子。大人赶来的时候,旁边没来得及打场的豆垛烧得正旺,黄豆粒子被烧得啪啪地炸响。黄老太太看着熊熊大火一屁股墩儿坐在场院里拍着大腿号啕大哭:谁家天杀的死孩子点的啊,可要了我的老命了,我活不了了……

黄老太太守寡多年,和打光棍的儿子住在一起,是个惹不起的角色,在小村里很有名气。

那是一轮集体审讯,当所有疑惑的目光都抛向麦子的时候,麦子的腿肚子打起了摆子。

不是麦子,是我!刚子的声音这时响起来。刚子说这话时脚向前迈了一步,和刚子一起向前迈了一步的,还有孙喜来。但是刚子的话是和脚步同步的,孙喜来先迈出了脚,刚要张嘴,刚子侧过头瞪了他一眼,他就把脚缩回去了。挤满了屋子的村民似乎在同一时间发出了一声"哦"。这声"哦"还没落地,刚子娘就分开人群扑向刚子,接着劈头盖脸的巴掌就下来了:你个作死的小祖宗哟,看我不打死你,都死了吧,没法活了。

第二天天刚亮，刚子家还没来得及打场的豆垛就移到了黄老太太的场院里。

那天早上，麦子早早就等在刚子家门口，看着刚子红肿着脸，一瘸一拐地朝自己走来，麦子想说什么终究没说，只把自己握在手里的煮鸡蛋递给刚子。刚子剥开皮一口塞进嘴里，一边嚼着鸡蛋伸手揽住麦子的肩膀，像是什么事也没发生的样子，他们朝着学校走去。

从那时起，他们变成了最要好的兄弟。

五

又一阵风吹过来，几片枯叶打在麦子身上。月亮整个悬在半空。在这施工快两年了，麦子熟悉这条街，再往前走就是郊外了。郊外的山坡上春天开满达子香花，紫盈盈，一片片，用刚子的话说就是带劲儿。刚子高兴的时候就会说这句话，看见漂亮姑娘说带劲儿；吃一口对胃口的菜，呷上一口酒，也会说带劲儿。

开春的时候刚子和麦子都踌躇满志，尽管这几年楼市一路下滑。刚子说：没事，信哥的。停了两年了，今年这个楼盘一竣工就会被抢购。到那时，咱哥俩兜里揣着钱，回家看爹娘看娃儿，睡老婆。刚子说过，只要一开盘，他就会把这一年多欠下的钱都还了。刚子还说找个时间，找几个兄弟去那座开满达子香的山坡，自己带上烤串的箱子，买几斤肉，抬几箱啤酒……

达子香花期很短，刚子的话落地没几天就落了。

去年的中秋节，麦子坐在院子里看月亮，他仰着微醺的脸疑

惑：为什么一年到头就中秋这天的月亮不一样呢？那么大那么圆那么亮，似乎离人间更近些。那影影绰绰的，是桂树还有伐树的吴刚？儿子十七了，他不再是胆小沉默的男孩，已经长成飘着金黄色头发的不羁少年。他用眼角斜视着麦子，撇着嘴说：桂树？吴刚？哈哈哈，那是月球被陨石撞击留下的痕迹！老爸，你不会告诉我说地球是圆的吧？麦子一扬手一只拖鞋飞了过去：不是圆的还他奶奶的是扁的？儿子一侧身，拖鞋落在搓衣服的妻子身边，他回过头用眼角挑衅着麦子：当然不是圆的，是椭圆形不规则球体！大老粗！扔下这句，儿子拾起球风一样地刮了出去。妻朝着大门外喊：去哪儿疯去？早点回来。远远地传来轻飘飘的一句：知道啦。

妻子把拖鞋送回到麦子脚下：你呀，有话不能好好说？麦子瞪眼：有这样的儿子跟老子说话的？你看看你养的好儿子，学习不咋地，流里流气，跟个小流氓似的。妻子停下搓洗的双手，低头抠起了指甲：你一年见他一两次，长这么大，你一共看过他几眼？抱过他几回？我不也是前年他升初中才回来？你知道吗？这样的孩子，现在有个新词，叫留守儿童。顿了一会儿，妻子沉了嗓音，留守儿童还有一个代名词，叫问题儿童。

麦子呆住了，他想起很多年前他赶回来看儿子的那个傍晚，儿子孤单的身影笼罩在晚霞里，他痴痴地看一群搬家的蚂蚁。

妻子端起盆进了屋子，将一声叹息扔在麦子的脚下。

他一直被小时候那件事感动着，刚子在他心里，是个有担当的好兄弟。为了兄弟，他可以两肋插刀，自己也可以。兄弟嘛，要的就是这份情义。

前两年，刚子开始自己搞开发，他将一些工程分包给了麦子。麦子也开始拉起了自己的队伍搞承包工程了。第一年麦子净赚了三十多万。麦子和媳妇商量好，大干几年，也在城里弄个楼房。谁想到，火热的地产瞬间泡沫，眼看着豪华气派的楼房卖不出去，银行里的利息像堵车时的计价器，蹦得飞快，刚子就这么垮了。麦子一年多的工程，除了赚来的三十多万，还有这些年打工积攒的，还有银行的贷款，都做了垫付款。手下兄弟的脸色越来越难看。麦子的处境越来越窘迫，本来以为这个楼盘可以让自己翻身，结果刚子的手续一直办不全，据说还摊上了官司，谁敢买没有购房手续的房子呢？

手下的人开始还闹腾，后来见怎么也闹腾不出来钱，就都走了。

这两天麦子翻遍了工地上做饭的那间简易活动板房，除了一只仓皇逃走的老鼠，再也找不到别的东西了。前阵子刚子还说：中秋，麦子，你信哥，中秋之前一定让你见到钱。其他兄弟都撇嘴：信他？你还信他个狗日的？麦子信，一直都信。

明天就是中秋了，麦子在心底叹了一口气。

六

麦子觉得忽然有几分轻松，电话毕竟是通了，刚子接了，还说了那么多话。其实结果麦子早就知道，但是电话不通麦子就发疯。为什么发疯呢？麦子想：通了就说明兄弟遇到了难处，谁还没有个难处。不通不行，不通就好像自己被兄弟骗了似的。刚子

是那么好的兄弟,从小就知道舍生取义地护着自己,怎么会骗自己呢。

　　家是要回的,在外流血流汗风餐露宿遭这些罪,不就是为了一个家嘛。想到家,麦子的眼圈就止不住地红了。又一阵风掠过,几片乌云移过来,脚下的枯叶依然在打旋儿。麦子仰起头,盯着快要被乌云盖住的月亮,大声地唱起玉穗儿写的《他乡客》:

　　　　这条路不认得我
　　　　我也不认得它
　　　　熟悉或者陌生有什么关系
　　　　我在这里行走,在这里迷茫

　　　　这条街不认得我
　　　　我也不认得它
　　　　清醒或者迷茫有什么关系
　　　　我在这里呼吸,在这里歌唱

　　　　这座城不认得我
　　　　我也不认得它
　　　　阴暗或者明朗有什么关系
　　　　那边街角,葬着我失落的梦想……

　　麦子觉得痛快极了,胸腔里那团塞了很久的棉絮随着嘶哑的歌声喷了出去。麦子的声音越来越大,也越来越嘶哑,他唱得树影、路灯甚至月亮都颤抖起来。

脚下忽然不一样了，低头一看，双脚已经踏上了土地，沥青路在身后，路灯也在身后，郊外了。麦子知道，远处那片灯光是一个叫兰宁乡的地方，城里人管那里叫郊区，那边的山坡上，常在早春开一片达子香花。

一辆电动车停在麦子的前面，一个穿着时尚的少妇下了车，波浪长发散在腰际，一件藏蓝色毛外套根本挡不住里面那丰满润泽、玲珑有致的身材。此刻她一只脚支着地，一只手把着车把，另一只手从一个细带坤包里掏出手机接电话。麦子似乎看见敞开的坤包里有厚厚一沓红色钞票。目测了一下，少说也有三千块。钱！这个让麦子想红了眼的东西此刻就在眼前。只要他一伸手，抓出那沓钱，然后推倒她，骑上电动车跑出去几公里，再将电动车扔在路边，就可以包个出租车回家了。麦子的肚子又咕噜咕噜地叫了几声，他前后左右看了看，没有人，连辆路过的汽车都没有。路灯也够昏暗。他手心里渗出了汗水，嘴唇发干，胸膛里也打起了鼓。麦子深吸一口气对自己说：就一次，就这一次！想到这里的时候麦子已经朝着女人身边走去，女人依然旁若无人地接着电话：嗯，妈，我开支了。开了四千多块，明天我都给您，去给爸交住院费，您姑爷没有意见，不会的，妈，您放心……麦子的手伸出去了。

麦子的手又停住了。给父亲交住院费？她爹病了？麦子摇摇头，管他呢。我现在流落异乡街头，有家回不去，快饿死了，谁他妈的可怜我？麦子想着就起了狠劲，缩回来的手坚定地伸了出去。

　　女人忽然撂了电话转过身，昏暗的灯影里冲着麦子粲然一笑。是个漂亮的女人。麦子眼前一下子浮现出妻子的身影，自己离家在外的这些日子，她也是这个时间，从镇上的餐馆里干完活儿回家，只不过她骑着的是一辆自行车。

　　女人将手机装回坤包。麦子看见她拉上了坤包的链子，那一沓红色的钞票看不见了。女人跨上电动车，麦子忽然大喝一声：你等一下！女人回过头来，若有所思地侧着脸盯着麦子：大哥，有什么事？麦子向前冲了几步，走到电动车前边。女人此刻似乎感觉到了某种危险，她把稳了车把：大哥，有事吗？麦子艰难地吞下一口口水，顺便也把心脏吞了回去，他吼道：这么晚了还不赶紧回家！女人笑了：是啊，这么晚了，回家。电动车启动了，擦着麦子的身体。只要伸手一推，只要伸手一推！推倒了就可以伸手抢过那个女士坤包，就可以拿到坤包里的钱了。

　　一阵细微的风吹过，吹开了麦子几乎就要伸出去的那只手，还有胸腔里所有的念想。女人没再回头，身后却扔下一句：大哥，你也赶紧回家吧。

　　电动车带着几枚落叶飞走了。麦子脚下，只剩下一地凄凉的月光。

助浴

第一章

我在儿子七岁上小学那年走出家门来到华清池。

那是个和往常没什么两样的初夏的一天。上午八点，天空没有一丝云彩，太阳正挂在东山头一拃高的地方，新阳灼眼的光芒使天空看起来更蓝。不远处的校园里传来早操声：下蹲运动，一二三四，五六七八；二二三四，五六七八……我似乎看见儿子夹在队列中认真地伸胳膊踢腿，那稚气小脸上堆满了认真，我笑了。

我迈着轻快的步伐上了一座小桥。过了桥，就是"华清池"。"华清池"是小镇上的一家浴池，边上有一家小旅馆叫"联合国客栈"。华清池楼上楼下加在一起也不到三百平方米，而联合国客栈一共只有八个勉强可以称作标间的房间。小镇上的商家为了吸引顾客，在起名字这个问题上可谓绞尽脑汁。比如串店叫孙二娘涮烤；卖炒货的叫丈母娘香瓜子，门口喇叭里喊得更精彩：瓜子啦，老丈人种的，丈母娘炒的，小姨子烧的火，嘎嘎香。

那日我在报纸的角落里看见一则消息：华清池招聘助浴。

助浴

　　助浴是华清池墙上贴着的名字。上面写着，助浴：五元。盐浴：二十五元。奶浴：三十五元。香熏：六十元。洗澡的客人就不这么叫，进门通常干脆地喊上一句：搓澡的。里边脆生生地回：这儿呢。接过助浴票加一句：你前面有俩人，先泡着，轮到你我叫你。也有挑剔的，进了门裸着身子缩着肩探头探脑地瞧，直到见了自己心仪的助浴师才咧开嘴满意地叫一声：搓澡的！也不管几个助浴师同时抬头，更不管那些装满期待的目光，只朝着目标走去。

　　同样是洗澡，南方人叫冲凉，每天临睡觉前都要冲。北方不会，天气干燥，没那么多汗水，讲究的三天两天也在家冲个澡，但是每周总要去浴池通透地泡一次。在蒸汽房里蒸几分钟，再搓个澡，新陈代谢的死皮打着卷下来，一身的疲倦也就一扫而光了。

　　华清池在镇上算是讲究的，地理位置也好，在镇中心靠近农贸市场。两层楼，一楼是男女两个浴池和一个汗蒸间。楼上是足疗按摩和休息的地方，女士一般不上楼，上楼的大都是吃饱喝醉的有钱男人。一壶最普通的猴王茉莉花茶二十八元；一盘不到二两重的葵花子三十八元；一壶龙井一百六十八元。价格虽然贵了点，但沏茶女那娇滴滴的样子很招人疼，身上精简得不能再精简的打扮也撩人。兜里的钱够厚的话，可以领走一个。

　　都是姜太公钓鱼，愿者上钩的事。

　　我去华清池两个月后，他居然在我和儿子吃晚饭前回了家，进门就用眼角斜视着我问：你去华清池搓澡去了？

　　我正忙着给儿子做饭，儿子中午吃小饭桌，晚上放学买个面包直接去补习班，九点才能回到家。这一顿饭不能马虎。每天我都很认真地做这顿晚饭。我将葱爆羊肉装进盘子,"嗯"了一声算是回答。他愣了一会儿,转身走进客厅:"你是真他妈有本事!"这句话刮着轻蔑嘲讽的风从他的嗓子眼里挤出来,落在满是油烟的厨房里。我似乎听到了,却没有任何反应。嘲讽也好,污蔑也罢,有什么关系呢。我还要给儿子做一个排骨冬瓜汤,儿子近期个子猛蹿,营养跟不上会影响长身体。明天呢?我想,明天用小虾米煎蛋给儿子吃,虾米含钙量很高。我忽然想起家里没钱了,就朝客厅喊了一句:"喂,没钱了。"良久,他旋风般地刮进来,啪的一声将几张钞票摔在我面前,转身扔下一个字:"操!"

这是我下岗后的第一份也是唯一一份工作,我爱上了这份工作。我认真地搓客人的每一寸肌肤,看着污垢打着卷纷纷落下,心头就会涌起莫名的舒畅,仿佛落下的不仅仅是污垢,还有其他的什么东西。

这些年,儿子成了我们维系婚姻的唯一理由。我知道他偷偷喜欢单位的一个出纳,喜欢了很多年。我曾经嗤笑他:"爱都不敢堂堂正正说出口,算什么男人。"他牵一下嘴角冷笑:"我就这样。你当初咋瞎了眼看上我?"当然,这样的话是儿子不在的时候说的。儿子在的时候,我们用最温和的声音说话,甚至在吃饭的时候互相夹菜。他微笑着吞下面条,我冒着胃痛的危险咽下米饭。

夜幕降临,我们躺在一张床上做着各不相干的事。我看无休止连载的小说,时而笑时而哭,随着故事中人物的命运死去活来。他在漫长而孤寂的夜里意淫那个出纳,然后手淫。他通常在那个时候呢喃着叫出她的名字。

助浴

　　不是合不来，是格格不入。我喜欢吃面他只吃米饭。他觉得睡觉时应该裸睡，他说这样是卸下所有负担完全放松。而我却觉得一丝不挂没有安全感，无法入睡。我常在被他剥得一丝不挂时心慌出虚汗，总是想如果有意外怎么办？这样光着身子怎么跑出去？看着我在黑暗中抖着手重新将自己包裹成一只粽子，他拧着眉咆哮："能他妈的有什么事？"我也面色苍白地咆哮："世事无常这句话你没听说过？失火、发大水、地震……"我还没说完他就霍地起了身，将被子狠狠地扔在我脚下，同时又扔下俩字："有病！"然后，绝尘而去。

　　昨天儿子终于如愿以偿地穿上了那身橄榄绿，我和他爸去送他。他胸前戴着大红花，笑意盈然的脸似乎比胸前的红花还要灿烂，他边侧着步子跟上队伍朝军车走去，边挥手用刚刚粗犷起来的声音喊："妈、爸，回去吧，快回去吧。"他说这话时脸上看不出不舍，倒有些迫不及待。

　　这样的年纪是不懂离愁的，就像母鸡翅膀下的雏鸡，急着破壳而出时，只扑棱着挣脱，没有不舍。也许很多年后他会思念这里，思念这个他急着离开的小镇，以及小镇上的我。在互相远离的岁月里，他在成长，我在衰老，小镇在变化。谁都不能再以原貌重逢。

　　几片枯黄的叶子随着车轮飞旋起来，不甘心似的翻转几下，落在行人脚下。

　　我贪婪地看着儿子威武健壮的背影，看着他颤在唇边稚嫩的绒毛，在一片锣鼓声中渐渐远去。秋风吹疼了我，离愁如蜘蛛结网般爬上我的脸，洒下一片冰凉的液体。

载儿子的汽车开走了，送别的人也渐渐散去。我站在秋风里，用手背不停地擦拭着面庞。

儿子走了，日子就空了。接下来该怎么过呢？我想。

第二章

当鲁迪踩着一拃多高的细跟扭进华清池的时候，那轮照过古人又照耀着现代人的太阳正躲进一片云彩。她像是一只色彩斑斓的火鸡，迈着笃定的步伐，高昂着头颅，从白日的阴影中走进来。我以为她是来洗澡的客人。刚要迎上去寒暄，她却扬起高分贝的声音喊："你们老板娘呢？"她说话的时候，我看见了她编贝般的牙齿，以及挤在牙缝里的粉色口香糖。

老板娘孙丽凤像一只几天没有喂食的哈巴狗一样迎了上来。

很多事不可理喻。

就像鲁迪。税务局局长的千金来学搓澡。刚听见这个消息的我以为自己耳朵出了问题。老板娘孙丽凤跟在我后面喋喋不休："宋姐，咱得罪不起啊，这祖宗估计也就是玩一下，过几天就走了。"见我呆着没有反应，她又凑近我的耳边说，"她出徒前这段时间我给您助浴费双倍。"我抬了一下眼皮："为什么是我？你换别人教她不行？"孙丽凤跺了一下脚："点名跟你学！咱镇上，谁有你的名气？那祖宗说，学就要找最好的师傅学！"见我别过头冷着脸不言语，她换上另一副面孔说，"宋姐，你不知道，她也是个可怜的孩子。父母离婚了，她爹给她娶了个比她大不了几岁的后妈，她跟后妈处不来，前年快过年的时候一脚差点把她后妈

踢流产……她爸狠狠地打了她一顿。挨了打她就再没回过家,跑到社会上到处流浪,做尽了让她爸颜面扫地的事。"

我锁上柜子转头打算进浴室了。我不喜欢她附在我耳边说话,呼出的热气中夹杂着口臭味,让我的胃里翻江倒海。她紧着脚步跟着我说:"她后妈给她生了一个弟弟,去年端午节那天刚生的,取名端阳。算命的说此子是什么童子下凡,未来了得!她爸老年得贵子本来就欢喜,听了算命先生的话更是了不得。也不再管她了。"我眼前浮现出继父那张笑容可掬却叫人不寒而栗的脸,心里没来由地抽搐了一下,说:"好吧。"

孙丽凤将她引到我面前时她低着头抠着长指甲里的污垢,孙丽凤拽了一下她荷叶边的衣服袖子说:"鲁迪,快叫师傅。"她的脸从一堆焗得五颜六色的爆炸式头发里探出来。那是一张青春明艳的脸,一双大花眼里忽闪着吊儿郎当的神情,长长的睫毛忽闪忽闪的,像一对蝴蝶的翅膀,挺直的鼻梁让人怀疑里面是不是有什么填充物,嘴唇涂着鲜红的颜色,这使她原本轮廓鲜明的嘴唇看起来像绽放的花瓣。"好漂亮的丫头!"我在心底叹。她将涂满蓝色蔻丹的手指掰得嘎巴嘎巴响,嬉皮笑脸地拉着长音说:"师傅——我们何时去西天取经?"她一定觉得这个玩笑很好笑,说完自己就肆无忌惮地哈哈大笑起来。我面无表情地接过一张助浴票边朝里面洗浴间走边说:"出去将头发扎起来,指甲剪短了再来。"

浴池内依然蒸汽弥漫,一些白花花的肉体在升腾着的热气里若隐若现。空气中飘散着一些味道:来不及洗的女人的下体味、臭脚味、狐臭味,当然还有不同的洗发水、沐浴露味,这些味道混合在一起，让本来就有些缺氧的浴池里更加透不过气来。

一口气搓了好几个，我有些力不从心。走到更衣室门口，摘下一次性口罩大口地呼吸着，像一条搁浅在沙滩上好不容易见到了水的鱼。喘了几口气，觉得有些头晕，我一只手扶着墙，另一只手脱下脚上的橡胶靴子，将有些凌乱的手纸仔细地塞进脚趾缝。十指连心，我碰到了那些裂开的伤口，一丝疼痛弥漫开来，我不由自主地咧了咧嘴，嘶的一声吸了一口凉气。似乎随着这口凉气的侵入，疼痛缓解了很多。我塞好了手纸又将一个白色塑料袋套在发白浮肿的脚上，再穿进靴子。

里面有人喊："搓澡的！"我应声："来了。"

吃得下这苦的人不多，这不仅是个下力气的活儿，整天闷在湿漉漉不透气的屋子里见不着阳光，脚会溃烂，身上也会得皮炎。况且，客人五花八门，不好伺候。

我不相信那个小太妹样的局长千金能吃得下这样的苦。

绝不相信！

当我汗流浃背地再一次抬起头的时候，鲁迪已经低眉顺眼地站在我面前了。她五颜六色的头发绑了一个短马尾，指甲也剪了。她的甲床很宽阔也很漂亮，其实没必要留那么长的指甲。她穿了带淡紫色蕾丝的胸罩，下面是同色带蕾丝的丁字裤，丁字裤很漂亮也很性感，私密处有几根不安分的阴毛钻了出来。我皱了一下眉："出去，把胸罩脱了。"鲁迪看着我一用力就来回晃悠的乳房，在口罩里嘟囔："摘了胸罩胸会不会松垮下垂啊？"

我冷笑："当然会！你没见搓澡的那两只奶子都像倒空了的布袋子？穿着胸罩时间久了你的胸会患皮炎，会溃烂。下垂好还

是烂掉好？"

她的脸冷下来，我似乎看见她白皙的眉宇间拧出了一个小疙瘩。她待了一会儿就转身出去了。

我长出一口气，猜她不会再回来。

浴床上的人翻了个身："宋姐，又带徒弟了？"我开始从脖颈下手向下搓，嗓子眼里挤出一个字："嗯。"她又加一句："她可不像吃这碗饭的，看样子更适合去楼上。"我不喜欢别人背后这样说话，心头有些不悦，搓后背的手用了力。她不再饶舌，轻声呻吟起来。

流进眼睛里的汗水杀得眼睛生疼。我在墙上取下毛巾，拧了拧，擦擦眼睛，又将浴膜扔进垃圾桶，舀一盆水泼洒在浴床上。鲁迪回来了，她赤裸着上身站在我面前，泼在浴床上的水溅了她一身。一对坚挺白嫩的乳房上，两只粉嘟嘟的乳头像是含苞待放的花蕾，娇娇地颤着，溅上去的水珠娇娇地滚落下来。我抽回目光面无表情地说："我收过两个徒弟，你是第三个。"她立马奉上一张笑脸说："我听说了。师傅您是这个镇上最有名的助浴师傅，不乱收徒弟。"我接过话茬："对，我没打算收第三个。"

沉默、尴尬，我又说："这不是闹着玩的地方。这是个吃苦遭罪的地方。"她似乎有些不高兴，沉了笑容拉直了嘴角。

这个跋扈的女孩子怕是这辈子也没受过这样的委屈，她茫然又不知所措地站在那里。边上忙碌着的刘晶有些看不下去，接了话茬："小美女，咱师傅就这脾气，别介意。"我目光凛冽地扫了一眼刘晶，刘晶赶紧低下头。鲁迪转过身去："你是？"刘晶舀起水冲了一下澡巾说："我是你大师姐刘晶。"鲁迪立马兴高采烈起来，叫："大师姐好。"

又一个客人上了浴床，我将她递过来的小票贴在墙上。床上的客人说："姐，我搓完给我妹妹搓行吗？她也在等你，等了半天了。"我朝边上的刘晶看了一眼。她正将浴床上刚用过的浴膜扯下来扔进垃圾桶。面前的瓷砖墙上空着，没有排队的助浴票了。我歉意地笑了笑："这不行，老板规定不能加塞也不能不排票。"说完这话怕客人生气我又调皮地眨了一下眼补充，"会罚款的！"客人不满意地起身朝刘晶走去："真有意思，你不说我不说谁知道？不给搓拉倒，用得着找这借口。"

我曾经收过两个徒弟。大徒弟刘晶，跟我一个班。另一个赵静雪，嫌搓澡挣得少，上楼做了沏茶女。上了楼她的脚就不再裂口，皮炎也不治而愈。她穿了低胸的衣服，也就不叫赵静雪了，叫雪儿。常有醉醺醺的客人在她丰满的胸上捏一把，淫笑着问："雪儿，你真白。因为像雪一样白才叫雪儿？"赵静雪也不说话，迎上去一个媚笑。客人再问："雪儿不是真名吧？真名叫什么？"雪儿再迎上一个媚笑，露出浅浅的酒窝，说出两个字："你猜？"

赵静雪初中毕业，从山沟里走出来，做过很多职业，饭店的服务员、清洁工、卖货员等，都做得不长。她上楼前说："这样下去，不仅挣不出钱帮我爹还债，连我自己都得饿死。"

她爹跑山摔断了腰，住院半年多，欠下一屁股债，经过治疗，能像虾米一样佝偻着走路，却再出不得力气。家里还有一对双胞胎弟弟正读初一。面临中考的赵静雪二话没说，直接走出大山，来到镇上打工。

这是个好人不愿意干，一般人又干不了的活儿。身体不好的

干不了,力气小的干不了,性格暴躁的也干不了。看似简单,做好却很难。为了这个工作我买了一些中医推拿和按摩的书,不断地学习。好几年我才摸索出其中的软硬轻重,现在我已经拿捏到位,手法也精练得体,搓得客人既干净又解乏。搓完我还会在几个穴位上做几个动作,客人该麻的地方麻,该酥的地方酥,等从床上起来的时候通身经络仿佛被打通了似的,通身舒畅。我的盐浴、奶浴做得更好,客人躺下来奶还没抹完就昏昏欲睡,从头顶到脚趾,经我一双手捏捶一番,浑身就抽了筋儿般地绵软下来,等出了华清池的门,立马精神抖擞了。

第三章

　　我用近十年的时间研究出这套手法。

　　很多客人宁可多等一会儿也要等我,可我也要照顾刘晶,我看不得她眼巴巴地在一边站着看我忙得四脚朝天。

　　搓一个澡十五分钟,五元钱,老板扣掉两块。一天下来二三十个,偶尔有做盐浴奶浴的,挣得就多一点。累是累了点,一个月下来也是一笔收入。我喜欢这个工作是因为只要技术娴熟就不用大脑,我觉得我所有的脑细胞都在家里煎熬死光了。再者,我可以不花一分钱就可以天天洗澡。这对于我来说是个不小的诱惑。

　　我总是不可救药地觉得脏,到处都脏。生活中我只喜欢用纯白的床上用品,而且必须整洁,甚至没有一丝折痕,哪怕有一根头发,我也会觉得如刺在心头。而他觉得家就应该是随心所欲的住所，东西乱放怎么了？不讲卫生怎么了？舒服就好。所以他总是盯着洁白甚至没有一丝折痕的床恶狠狠地说："这是家？分明是医院！不，应该是停尸间！"而我躺在一尘不染的床上觉得世界清明，通身舒畅。

当初结婚的时候无关爱恨，都到了该结婚的年纪。那年冯志刚站在我一尘不染温暖舒适的小屋子里说："我们该有一个家。"当时我想：有了自己的家就不用再躲继父那双时而凶恶时而迷离的眼睛了。于是点头答应了婚事。那时候他一定没听说过"洁癖"这个词，我也不知道"南辕北辙"到底是什么意思。没走进婚姻的人绝对不会知道二人相处是多么大的问题。

说起来冯志刚也是可怜人，读初一的时候他妈跟别人私奔了，父亲除了喝酒和骂人再也不会做别的事。他说："没有妈的日子真他妈不是日子，家也不再是家，是他妈的地狱。我在地狱里上顿不接下顿地熬过青春期，长出嘴角的绒毛和鸡巴上的屌毛。"当时他说这话的时候我们正在布置我们的家，我对他产生了一种母性的怜爱。想着要疼他一辈子，不让他再受一点委屈。

我不满周岁就失去了父亲，于是很多个叔叔依次走进我的家。刚学会走路我就知道每一个叔叔都有两张面孔：一张像天使般和善，而另一张像魔鬼般狰狞。还没学会说话我就学会了看脸色，学会了巴结、讨好、委曲求全。

我常在叔叔们狰狞的眼神里仓皇失措地拿起抹布，擦拭家里所有能擦拭的地方。

十年磨一剑，我怎么愿意将自己的手艺一而再再而三地传授？再说，这丫头也不是来学艺的啊，我哪有时间哄她玩。赵静

雪和刘晶的身世让我心生怜悯才破了戒收了她俩。如今这个局长千金也来凑热闹，我打心眼里反感着，拿定主意不教。

鲁迪在华清池的第一天就被我晾了起来，直到下班，我一句话也没和她说过，她一直讪讪地站在边上看。

不出三天，她准跑！我在心里对自己这样说。

第四章

刘晶又要结婚了！当她喜滋滋地把这个消息告诉我的时候，我的脸顿时红了，仿佛宣布这个消息的不是刘晶而是我自己。鲁迪当时就拍着手跳起来："真的？太好了！刚来就遇见这么好玩的事。大师姐，你不是初婚吧？几婚了？"我满脸尴尬地快速扫视了一周，发现楼上那三位正聚精会神地说着昨晚的一个客人，其他浴客也在自己的身体上自顾自地忙碌着，没人注意刘晶。

浴池拐角处有三个花洒喷头，没有任何标识，但都心照不宣地知道那是给楼上的准备的。赶上周末或者节假日，浴池里就塞得满满的，好几个人挤一个花洒。再挤也没人去那边，那三个花洒孤零零地寂静着。每天临近中午，楼上的会下来，那三个花洒才会开出花来。

孙丽凤知道大家介意，她规定她们只能在那里洗澡，不得进浴池里面。

现在临近中午，三个花洒都开花了。水花中的她们不时地爆着粗口，伸手朝对方的奶子上捏一把，撇着嘴笑："这家伙，耷拉得像只面口袋。"被捏的也不示弱，一巴掌狠狠地拍在对方的屁股上:"你他妈的脸抹得跟下了霜似的,身上却粗糙得像柞树皮,扒光了后没人退钱退货吧?"她们似乎没有注意这边,或许也没听见刘晶的话。如果听见了会怎样呢?我想起前几天韩月月撇着嘴笑话刘晶的话:"几个了?四五个了!靠,还不如我呢,至少还能挣几个钱。他妈的白睡,睡完了还他妈的给人家做饭洗衣……"

而此刻刘晶的脸在蒸腾着的热气中泛着红晕,细密的鱼尾纹中闪出亮晶晶的色彩。我仔细看了看,是的,没看错,她的眼神是亮闪闪的,和每一次结婚一样,里面装满了憧憬,找不到一丝难为情的痕迹。

刘晶没有看到我脸上的难为情,她颤着兴奋的声音说:"师傅,别忘了,周六,银河酒店二楼。"那边韩月月的声音突然传来:"又要白玩喽。"接着几声刺耳的坏笑响起来。刘晶扔掉手里的脏浴膜就走,我怕她打架,赶紧叫了一句:"刘晶!"她却绕开她们朝着门走去,走到门口掀开门帘时她忽然仰起头朗声说:"磨不坏帮儿,磨不坏底儿,挣点钱儿,买点米儿……"

"我操!你个傻逼,磨坏了你也挣不到买米的钱……"韩月月气急败坏地掬一把水朝刘晶背影泼过去。

鲁迪笑得直不起身子,那两只仙桃般的乳房都被笑颤了,像两只不安分的小白兔,突突地乱跳。

我接过一个助浴票,顺手贴在白瓷砖墙上,仿佛看见粉红色的两张毛爷爷作为份子钱,飞出了我的口袋。

第四次。刘晶第一次离婚,从农村来到华清池给我当学徒,十年,四次。加上第一次,这个快半百的女人结婚五次了。让我

助浴

不明白的是刘晶哪来的这股子劲头，每一次恋爱都激情四射、激动不已，每一次婚姻都带着满满的憧憬，每一次结束又同样的肝胆俱裂。痛也罢，喜也罢，对于刘晶来说，似乎只是一时的事。

她像一只失去记忆的飞蛾，一次次朝着那束致命火光扑过去。

第五章

一个星期后我决定开始教鲁迪了。

那天我在更衣室准备吃午饭的时候，儿子打来电话，腻腻歪歪问候了半天。他说："妈，你别搓澡了，我以后把军贴都给你花，我在这里吃住都不用花钱。"我幸福得有些眩晕，眼泪也流下来，哽咽着絮叨了好一阵子才恋恋不舍地撂了电话，回头时差点撞上鲁迪，她手上举着几张面巾纸，眼睛却看向别处："你儿子？"我边擦眼睛边应她："嗯。"

"他多大？"

"十八岁。"

"小我一岁，他是个有福气的弟弟。"

我在她这句话后面愣了一下，想起她远走他乡的亲妈和她那年轻的后妈。将一口气叹进肚子里，看看她瘦小的肩膀，随手将我的干浴巾披在她肩上。

她没有往日的嬉皮笑脸，认真地跟我说话。她问了很多关于我儿子的问题。我正被强烈的思念牵扯着，很愿意在这个时候有人和我说说我的儿子。我一一地回答着："嗯，我儿子从小的梦想就是当解放军，长大了也没改变这个理想。他还说一定要当英雄。嗯，我没怎么打过他，不是他小时候不淘气，是淘了气马上就搂着你的脖子承认错误，你原谅他不到五分钟，下一个错误又来了。"鲁迪听到这里咯咯地笑。一只淡蓝色口罩挂在她左边的耳朵上晃悠着。看着她素着的一张俏脸，我忽然想起她来了一周了。

她在我的冷暴力中熬过了一周。

我举着饭盒问她："我自己烙的葱油饼，一起吃？"她停住穿衣服的手，有几分扭捏："一个人的饭两个人吃，师傅就不够吃了吧？"我笑笑："放心吃，带了双份。今天你师姐不跟我蹭饭了，她借午休跑出去买结婚用品了。"我往饼里卷了大葱，抹了酱，又夹了几根香菜，递给鲁迪，鲁迪学了我的样子大口地吃着。她边吃边有些神情恍惚地看我，眼神温柔得像一头小鹿。我也神情恍惚地看着她，儿子香甜咀嚼的憨样冲进脑海。我不由自主地说："慢点吃，这是死面的，吃急了不好消化。"鲁迪用甜糯的声音嗯了一声。

一股子浓香扑鼻而来，孙丽凤走进来，手里拎个肯德基的袋子，她对鲁迪笑得后槽牙都出来了："迪儿，怎么吃上这个了？阿姨给你买了肯德基。"鲁迪鼓着腮咀嚼着说："你拿走吧，以后不要给我买饭了，我和师傅吃。对了，前些天买饭的那些钱，从以后我的工资里扣吧。"

孙丽凤愣了，我也愣了。孙丽凤失落地转身离开时说："你爸来电话了。他知道你在这里，很生气。"

鲁迪停止咀嚼，忽然张开满是食物的嘴巴发出一阵刺耳的笑声："真的？哈哈哈……"孙丽凤看了看她，又看了看我，无奈

助浴

地叹口气,走了。

那天鲁迪吃了两张饼,当她喝完我递给她的热水后响亮而满足地打了一个饱嗝,一股大葱味从她丰满圆润的唇齿间蹿出来。

除了我和楼上的,华清池的其他人都在外面厅里吃饭,午饭是免费的。女浴里的助浴,一个收拾卫生的老大姐,男浴的三个助浴,还有男浴里一个年纪不小的收拾卫生的跛子,大家都端着塑料小盆围着吧台,一只手掐个大馒头,另一只手从塑料盆里捞出菜往嘴里塞。菜大都是白菜土豆萝卜豆腐之类的大炖菜,很少见肉,炖土豆块里偶尔放个鸡骨架就算改善伙食了。

其实吃啥无所谓,从前我也吃过。出一上午力气又累又饿,吃什么都很香。寡淡不寡淡的也无所谓,毕竟热汤热水的,吃下去很舒服。当我偶然进了一次厨房后,就不再吃这顿免费的午餐了,我宁可自己做好带来,哪怕是凉的。楼上的通常叫外卖,她们口袋里的钱厚,想吃什么就叫什么。

饭吃了一半,里面有人叫:"搓澡的,先别吃了。我着急,先给我搓了吧。"

我放下手里的饼,脱下外套锁进柜子,鲁迪也站起来。我说:"你吃吧,我去就行,你吃完再进来。"

鲁迪没有听话,跟着我进来了。她站在浴床旁边,有几分虔诚地看着我。我对她笑了一下,边搓边说:"搓澡,从上到下,从前到后,最后是两面侧身。"她有些惶恐地应着:"我记住了,师傅。"客人有些不耐烦:"你快点吧,教徒弟别这时候教,我着急有个饭局。"因为泡得时间短,搓起来很费劲。没泡透就急着搓澡,搓完了也泡透了,还能搓出泥来,不明白的还以为搓澡的

53

舍不得力气，没搓干净。我边搓边说："没泡透呢，容易搓不干净。"她说："搓吧，干净不干净的不找你。"停顿了下她又说，"想搓干净泡不透也能搓干净，你看君海浴池那个张大姐，从来就没有多余的话，搓得那叫一个干净。"我有些胸闷。

我不再理会客人，接着对鲁迪说："助浴师这活儿，不仅要记住流程，学好技法，你还要明白，这是服务行业，你会碰上形形色色不同性格不同要求的客人。所以，你还得学会忍耐。"

客人似有不悦，嘟囔了一句："有完没完啊，偏在我搓澡的时候教徒弟！"其实我一直认真地搓着她的身体，教鲁迪的时候也没有停下手里的工作，并没有影响我对她的服务。搓完下地穿拖鞋的时候她脚底滑了一下，一个趔趄差点摔倒。我赶紧扶了她一把，她甩开我的手骂了一句："他妈的，什么破狗逼浴池，连个防滑垫都没有，人家君海浴池从来就不会有这样的疏漏，今天我要是摔了，你们浴池得包赔我！"鲁迪看了我一眼，眉毛一扬就要开口，我伸手拉起她走出浴室。

我们接着吃饼，吃饼的当儿我又给她讲了基本手法。当她听我说基本手法就有五种的时候扔下手里的饼跑去拿智能手机，她在手机上像个小学生般认真地记录着：一、碎式搓法。二、上推式搓法。三、圈搓法。四、平搓法。五、侧搓法。记完了又跑回来拿起饼就往嘴里塞。那一瞬间我有些糊涂，这是一个怎样的孩子，有着那么优裕的日子不过跑来学这个？看着她娇嫩的小身子我生出几分疼爱，又去给她披上浴巾："你还真打算学搓澡啊？"鲁迪不假思索地说："对啊。不然来这里做什么？"

"为什么啊，这可是个发不了财的苦活，哪有年轻人愿意干

这个的？"我问。

"原因嘛，"她顿了顿，"有两个。"我哦了一声抛出疑问，她伸出葱白似的手指，我发现一涉及数字她就掰手指头。她歪着头掰着一根手指说："第一，我实在想不出还有什么能让我爹难堪的事了。"她又掰出一根手指，依然歪着头侧着脸，娇憨的样子很惹人疼，她说，"第二，我想让自己过又累又苦的日子。不过，这还不算太苦。如果我是男人就好了，我就去下煤窑。"

"为什么啊？"我瞪大了眼睛，张大了嘴巴。

"因为身体上的苦会把心里的苦冲淡，冲淡了心里会舒服一点。"这句话说得轻飘飘的，仿佛事不关己的样子，却像一根刺，扎进我的心里。

我一把将她搂进怀里。

她依在我怀里很安静，像只小猫般蜷缩着。

第六章

儿子很爱我，不超过三天，我的手机上准会出现一条短信。每周有一次给家里打电话的机会，他给我讲他的新兵训练、他的战友和他的班长，随着他的讲述，我仿佛看见有一群青年，他们生龙活虎地在训练场上奔跑、跳跃，样子朝气蓬勃，率真可爱，对未来充满了向往和追求。

刘晶的婚礼有些粗糙，简单得让人怀疑是糊弄份子钱。她身边那个耷拉着像瘤子一样的下眼袋的男人笑起来让人想吐。在整个婚礼过程中，那个瘤子都没有蠕动过，只有刘晶在笑，满脸的笑容拉出了面部所有的皱纹，那些皱纹在脂粉后面跳出来，很刺眼。她烫了头发，鬓边有一枝粉色玫瑰。"二婚都用粉色，只有初婚才用正红。"吃酒席的人这样说。

我想：他们说得不恰当，应该是二婚以后不论几婚都用粉色。

鲁迪开始独立搓澡，我经常会安排一些孩子，或者陌生面孔给她。"她很认真，只是力气小了些！"很多被她服务过的人这样说道。看看她纤瘦的小胳膊小手，我抱歉地朝浴客笑了笑。

那件事发生得太突然，她去了楼上！

那天我起早包了牛肉馅儿饺子，装了满满两饭盒，又把饭盒用毛巾包好放进保温箱。做这一切的时候，我似乎看见鲁迪满脸幸福大快朵颐的样子。她跟我说过妈妈知道她爱吃饺子，不爱吃甜食，所以总在生日那天包饺子给她吃。

她却去了楼上！我打发掉最后一个浴客又给自己冲了一下澡。出来打开柜子拎出保温盒发现她不在。出去问吧台后面的孙丽凤，她朝楼上努努嘴。没有任何思考，我旋风般地冲上楼。

她在和雪儿吃饭，面前摆着好几样菜肴，还有啤酒，边上摆着一个大蛋糕，蛋糕上有几朵鲜红的玫瑰，蜡烛刚熄灭，还缭绕着些烟雾。她和雪儿中间，坐着一个大腹便便猪一样的中年男人。

楼上没有窗户，只有晕黄的灯光，可能是灯光晕黄，也可能是喝了啤酒，此刻她双颊酡红，更加漂亮了。男人的眼神片刻也没有离开她，随着她站起身来。雪儿高兴地说："师傅，您来了，太好了。今天鲁迪生日，我们一起给她庆生吧。"我推开了雪儿抓起鲁迪的胳膊，可能是用力过猛她咧了咧嘴。雪儿回过神挡在我面前："师傅，您啥意思？"我目光凛冽地对雪儿说："她还小，

以后你离她远点,她不能来楼上!"雪儿的鼻孔大了,双乳也因为她用力喘粗气几乎承载不住那层薄纱,一副呼之欲出的样子。她指着我的鼻子:"师傅,您瞧不起我?"我拨开她的手:"我没瞧不起任何人,何况你是我徒弟!只是鲁迪还小,不能来楼上!"鲁迪终于挣脱了我的手,她揉着胳膊说:"师傅,二师姐好心给我过生日,没别的意思。"我瞪她一眼,粗声喝道:"下楼去!"

雪儿忽然发疯般地掀翻了小圆桌,蛋糕还有蛋糕上鲜红的玫瑰都被压在了小圆桌下面。盘子碎了,汤汤水水洒出来,啤酒瓶也碎了,那猪尿样浅褐色的液体流了一地。那个猪头样的男人可能想劝劝雪儿,他嘴里说着:"小祖宗,这是干吗?快消消气。"就伸出胳膊去抱雪儿,雪儿没有任何犹豫扬手就是一耳光,啪的一声脆响。那男人怔住了,所有人都怔住了。几秒钟的愣怔后,男人发了飙,他提着雪儿的胳膊,像提一只小鸡,一松手,雪儿被摔在按摩床上,他恶狠狠地从牙缝里挤出一句话:"臭婊子,脾气还不小,你他妈找死吧。"雪儿像只母豹子般迅速从按摩床上弹起来,抄起一瓶啤酒砸向那个男人,男人一歪头,啤酒砸在后面的茶色玻璃墙上,玻璃碎了一地。看热闹的人发出一声惊呼朝后闪了闪。男人顿时目露凶光朝着雪儿扑过去,我也扑了过去,我们三个扭打在一起。我尽可能地护着雪儿,伸出手朝男人的脸上乱抓。

孙丽凤来了,在角落里看热闹的客人也围拢来了。按摩的、足疗的、喝茶的、男浴里的助浴,不分男女都来了。

这世界太无聊了,大家的日子都麻木寡淡,谁能错过这场热闹?大家都围拢来又不靠近,随着我们的扭打前进或者后退,充分保持着安全的距离。有些虚无缥缈的声音在人群里响起来:"别打了,别打了,有事说事呗。"这些声音里夹着孙丽凤的尖叫声:"停!停下来!别打了!"混乱的打斗持续了多久我不知道,后来我听见雪儿叫了一声:"师傅,您流血了。"我抹了一把流进嘴里咸咸的液体,随手抹下来的,还有奶油、菜汤,也许还有啤酒。我晃了一下疼痛发涨的脑袋,爬起来拉着目瞪口呆的鲁迪下楼。

身后传来那个猪头歇斯底里的叫声:"他妈的,手机呢?我要报警!"同时传来的还有雪儿更尖厉的声音:"好啊,报警!谁不报警谁是孙子!最好再去找电视台!不然我用手机先给你拍下来取证!"那个猪头瞬间失声,抓起外衣像条落水狗般地匆忙逃离。他下楼的时候挤得我的身子一晃差点跌下去,仓皇的身影后面扔下一句话:"这仗打的!真他妈莫名其妙!"

所有人都意犹未尽地散了。

鲁迪一进更衣室就甩开了我的手,她瞪圆了那双花眼:"你干什么啊?我和二师姐吃顿饭怎么了?"说到这里,她孩子气地瘪了嘴带了哭音,"今天是我生日,只有二师姐记得我生日。"我忍着疼又抹了一把脸,想告诉她我也记得她生日,但张开嘴巴却说:"不能上楼,无论什么理由。"

"你凭什么管我?你以为你是谁!"她带着哭腔喊完这句话一跺脚跑了出去。

这句话像一个闷雷滚过我的头顶,我有些恍惚还是清醒,或者一开始是清醒的现在恍惚了。是啊,我是她的谁?凭什么管她?

我呆立了很久,然后冷笑着打开柜子,从保温箱里掏出饭盒,将包裹在外面的毛巾拉开,将那盒带着温热的饺子连同饭盒一起

扔进垃圾桶。

第七章

鲁迪从那以后不跟我说话，我也不理她。过了几天孙丽凤安排她去另一个班搓澡。从此她上班的时候我休息，她休息的时候我上班。她一共学了不满一个月，就提前出徒了。她像一阵风一样刮进了我的生活又刮了出去。

冯志刚这个月有几个晚上彻夜不归，我也没打听为什么。生活循规蹈矩地过着，我隔三岔五就会接到儿子的电话或者短信。他告诉我已经挨过了新兵训练期，分到了汽车连，一切都很好。母亲来过一次电话，她哭着告诉我说继父死了，死于第二次脑出血。她说："这一次是脑干出血，这个人是该死了。死前几天就不正常，絮絮叨叨老是说过去的事，说对不住你，他啊，是糊涂了，哪里对不住呢？挣的钱都给了我，把你养大。他身后也没个孩子摔盆，你是不是回来送送他？"我截住她的话："别难过了，死了就死了，你哭也不能复生，我也不回去送了，送不送的他都走了。有合适的，你再找一个。"电话那头母亲停止了哭泣也停止了絮叨，当我以为她挂断了电话的时候，苍凉的声音又传过来："不找了，算命的说我克夫，找多少都不能白头到老，我天生的鳏寡孤独命。我却害怕鳏寡孤独的日子，老天爷怎么这么对我。"

这句话的尾音拖了很长，像是茫茫荒野上一缕风苍凉地刮过。我有些想我妈了，也想起了从前的家。那时候她年轻貌美，时而开朗活泼，时而悲伤绝望。那时候年轻父亲的照片挂在客厅正面的墙上，模糊地笑。他是不是被她克死的呢？我想。

家里的牙签用完了，我找出一根缝衣针，跪在地上抠地板缝里的污垢。几平方米的卧室和客厅，从凌晨四点半到八点，终于擦完了，我的心里一片清明。匆匆地换了衣服，拿了几块钙奶饼干出了门。

下雪了。

干冷了半个冬天后雪终于来了。我有些兴奋地踩在上面，耳畔传来好听的咯吱声，像是偷到了食物的老鼠，发出了愉快的叫声。有些孩子开始攒雪堆雪人了，他们手上拿着小铁锹，小脸蛋通红。父亲母亲在旁边陪着，手上拿着大铁锹。

雪是冬天的魂。

我踩着洁白的雪，咯吱咯吱地走，上了小桥，这座桥有九个桥墩，桥边的围栏有三百六十八根立柱，这是一座有了年代的桥。每次走在上面我都会想，很多年以前有没有一个像我这样的女人从这里数着桥围栏的立柱走过呢？

快过旧历年了，要不要去给那个死去的人烧些纸钱呢？烧纸钱的时候我说些什么？问他一句：你为什么在母亲看不到的地方瞪我，伸出脚将我绊倒，然后故作疼爱地扶起我问："孩子，怎么这么不小心？"

我真想去问问他：为什么那样对我？

第八章

接电话的时候里面有个陌生的声音问我："您是冯令辰的母

亲?"我说:"是啊。"那边好像说了很多话,不是本地口音,我听得有些吃力。他大概说我儿子的手机里只有妈妈的号码没有爸爸的,这个电话只能打给我。我当时心里咯噔一下,怎么没有他爸的电话号码?他们不联系?他没有将短信像发给我一样发给他爸?这个道貌岸然的男人,是不是在我看不见的地方虐待了我的儿子?我要去问他。

他还说您儿子是好样的,他是我们学习的榜样。我在电话这边听他这样夸奖我的儿子会心地笑了。我的儿子当然是好样的,这还用你说!我在心里想。后来他一遍又一遍地说:"阿姨,您能听清楚我说的话吗?冯令辰牺牲了,我们这里液化气公司失火,紧急调遣了我们连,发生了连环爆炸,他,还有几位战友,牺牲了,我负责与您联络并且接您来部队。"后来他失去了和我说这件事的耐心,说:"好吧,阿姨,就当我什么也没说过,我现在去您那里。"

我的脑海中失火了,通红一片,看不到任何东西,只有火,熊熊地、轰隆隆地烧。

我醒过来的时候孙丽凤在拼命地拍我的脸,掐我的人中。我推开她说:"失火了,冯令辰牺牲了。"孙丽凤瞪圆了眼睛,嘴巴一张一合,我什么也听不见,脑子里轰隆隆地响,那是大火燃烧的声音。

我想,我应该去看看那火。我向门外走去,走着走着我又想,在这之前我先回家,去问冯志刚,是不是虐待了我的儿子。就像我小时候,继父躲开母亲的眼神,做过的种种。想起那个眼神,我浑身战栗地扫视了一下身边,没有抹布,也没有地板。我走在桥上，这座桥的那头，是一个弯，拐过去，通过两个红灯，是我的家。

我脑子混乱地想：我回家的路怎么这么曲折？小桥、弯路、红灯、车来车往的路口，十三年来我就这么走过来走过去。拐弯、上桥、下桥、等红灯、避开车来车往的路口的车，十三年，我就这样走过十三年！

好像有人跟着我，有一个模糊的声音从远处传来："宋姐！"还有一些声音："师傅，师傅。"我想起鲁迪，学了她的样子顺口说出那句："师傅，我们何时西去取经？"想着她娇憨的样子我歪着头笑了。上了桥，我边走边说："这座桥有九个桥墩，桥边的围栏有三百六十八根立柱。"我边说边用手去抚摸那些立柱上的圆疙瘩。那是水泥做的圆疙瘩，滑溜溜的。我不知道说给谁听，似乎很多人都在听。很多人的嘴巴一张一合，但是他们不发出声音。这真是好笑，我听得见自己的说话声，却听不见别人的。这个世界怎么哑巴了？

我继续走，脑子里都是轰隆隆的声音，震得我太阳穴一跳一跳的疼。我得说点什么，那些声音会把轰隆声冲淡一些。于是我对那些张合着嘴巴的哑巴说："失火了，冯令辰牺牲了。"我说这话的时候声音淡然，像是在问候他们："上班去？"或者，"嗨，吃了吗？"

轰隆隆的燃烧声中有一些声音似乎从遥远的天际传来："给她家人打电话啊！""她家人？""她不能没有家人吧？她老公！""没听她说过！""其他人呢，她有没有要好的朋友？""好像没有！没见过。"

这些声音夹杂着轰隆隆的燃烧声,我的大脑快爆炸了。我堵上耳朵继续朝前走,那些声音不见了,只剩下轰隆隆的燃烧声,我脑袋舒服了一点,眼前却通红一片,眼前的石桥、大树、河水、行人,甚至天空,都通红一片。

我的世界失火了。

第九章

那火是在一声脆响中灭掉的。

我看见冯志刚站在我面前,扬着他的巴掌,我的脸上火辣辣的疼。他的眼睛也失火了,大火烧红了他的白眼珠。他瞪视着我,我问他:"你是不是在我看不见的地方欺负了我的儿子?是不是瞪他了?是不是伸脚把他绊了个狗吃屎,再把他扶起来关切地问:宝贝,怎么了?"我继父就是这样瞪我的,他一瞪我我就去擦地,他就笑了。我不能吃米饭,米饭不够三个人吃,只够两个人。我不能吃,我胃疼。对,我就是这么说的,我不吃米饭,我胃疼。从那以后我吃米饭就胃疼了。每一粒米在我的胃里都变成一颗棱角分明的石子,硌得我生疼。

他的唾沫喷到我的脸上:"新月,你想什么呢?那也是我的儿子,唯一的儿子啊!"他说完这话抱着脑袋蹲了下去。新月?是的,我的乳名叫新月,谈恋爱的时候他叫过。

我此刻无比的清醒,于是又接着说第二个问题:"失火了,儿子牺牲了,没有儿子了。"他蹲在地上发出狼一样的号叫:"儿子,我的儿子没了,死了!"我认真地更正着:"不是死了,是牺牲了。"见他不理我,我蹲下身子捧起他的脸认真地说,"是牺牲了!不是死了。"我听见冯志刚发出了狼一样的号叫:"天哪!天哪!"

冯令辰变成了墙上的照片,他也模糊地笑着,露出两个小虎牙。照片旁边,是烈士证书,下面有很高一沓百元大钞,据说是抚恤金。我看着看着就困了,就委顿下去,睡着了。

我很累,睡了很久,做了很多梦。

我梦见爸爸没死,他把我举过头顶,让我骑在他的脖子上咯咯地笑。我还梦见一直藏在心里的那个人,他结婚了,新娘是我。我没有像另一个梦里那样,哭泣着跪在角落里,不能呼吸。我穿着洁白的婚纱,在教堂里举行婚礼,爸爸将我的手交给他。我梦见他温柔地拿开我手里的抹布说:"我来擦。"他知道我从来讨厌擦地,讨厌抹布拿在手里湿漉漉的感觉。

我梦见鲁迪不搓澡了,她爸来接她,温和地笑着拉着她,从阴暗潮湿的华清池里走出去,一直走到阳光灿烂的大街上。

我梦见自己能吃米饭了,因为那个人没有在妈妈去厨房拿辣酱的时候瞪我,对我说:"今天饭做少了!"我很饿,米饭又香又甜。

我做了很多梦,做得很疼,似乎哪里都疼,又说不清楚哪里疼。疼得不想再做下去,于是我努力挣扎,睁开了眼。

鲁迪的面孔在我眼前,她说:"师傅,喝水吗?"我说:"水?水是喝的吗?是用来洗澡的!洗去污垢的!"

鲁迪端着水杯低着头:"师傅,我们能搓去皮肉上的污垢,能搓去心里的污垢吗?能搓去这世上的污垢吗?"

助浴

这句话让我混沌的头脑慢慢清晰起来。

那间豪华宽敞的房子是鲁迪妈妈离开时就给她准备好的,鲁迪煮了一锅面条,她说:"好久没回来了,所以没准备什么吃的。明天我去买菜,你爱吃什么?"我咽下杯里的水又吞下她喂进嘴里的面条,看她一会儿想了想:"绞点肉馅,买点青菜,或者白菜、萝卜,包饺子。"

鲁迪瞬间开心地笑起来,一双眼弯成了月牙儿:"嗯,包饺子。"

"吃完饺子后呢?"我问。

鲁迪歪着头看着我,她听不明白这句话。也难怪,她还是个孩子。

我接着说:"吃完饺子去上班,搓澡。不管皮肉上的还是心里的,我们总能搓去污垢,变得清洁一点。这是个神圣的职业。"

鲁迪笑了,她呼啦一下吸进去一大口面条说:"对,这是个神圣的职业。"

鲁迪说,她从冯志刚手里把我抢来的。她撇着嘴说:"我那个师爹,只会抱着你说对不起对不起,根本不可能会照顾你。我抢人的时候他很凶,问:你是谁?为啥抢我老婆?我狠狠地瞪了他一眼对他说:我没抢你老婆,我带我妈回家!"

阳光透过窗子射进来,丝丝缕缕,暖融融的,多好的早晨!新的一天开始了。我喜欢看见早晨,还有早晨的太阳,还有在早晨太阳里背着书包的孩子。

冯志刚来过,拎来一些瓜果蔬菜。我一直没跟他说话,也不看他。我怕看到那张酷似我儿子的脸。

他也没跟我说话,他只跟鲁迪说:"我把家里擦得一尘不染,地板缝都用牙签抠了,还洒了消毒水。"

后来,我开始上班了,依然在华清池,依然将手纸塞进脚趾缝,再裹上一层塑料布。

太阳每天都会落下去,隔日又会升起来。一升一落便是一个日子。一个日子连一个日子,便成了岁月。人行走在岁月里就像鱼游弋在水里,停下了,生命就结束了。儿子成了停止游弋的鱼。他调皮的笑脸却无处不在,有时候在花洒下面的水雾中,有时候在客人白花花的身体上,在路上,在空气中。后来我才发现:他在我的眼前、心头。他没有离开我,在我身边的另一个时空里陪伴我。我这么想。

鲁迪报了省城的一所民办大专院校,学习播音主持专业。她说她从小就喜欢主持人,穿着漂亮的衣服,将话说得那样漂亮。她几乎每天晚上都给我打电话,叮嘱我说:"窗台上的薰衣草没干死吧,你别忘记浇水。"她还说,"这个周末我回家,你能不能给我包两种馅儿的饺子啊?牛肉萝卜馅和芹菜青椒肉的我都想吃。"她在挂断之前说,"可惜你离我太远,看不到我背着书包去教室的样子。"我笑笑:"我能看见。"是的,我能看见,她背着书包的样子,儿子背着书包的样子,经常重叠在我的脑海中。

雪儿走了,她赚够了替她爹还债的钱,她没有和任何人告别,悄悄地走了。那一天她失声地对孙丽凤说:"够了,终于够了!"说完她长出一口气,第二天就离开了。我知道离开这里的她就不是雪儿了,而是赵静雪。

刘晶又离婚了。她悲痛欲绝地问我:"师傅,这世上有没有

助浴

不骗人的男人啊？"我想都没想，说："有，一定有！"于是我看见悲痛从她脸上消失了，一缕笑靥缓缓绽开，那绽放出笑容的脸上的皱纹里，也绽放出一些希冀、憧憬来。

▣▣拘魂枕

　　小雨不紧不慢地淋了好几天，入夜起了风，晨起一看，地上一片枯黄。天更高了，蓝得晃眼。黄狗伸了个懒腰抖搂抖搂毛，转个圈，抬起后爪子撒泡尿，就钻进窝里再不肯出来。铁成娘缩头缩脑地推开屋门，跳着脚闪出来，在屋檐下扯几个干红辣椒，再拾几块木头桦子就逃回屋里去了。不一会儿，烟囱里就袅袅地绕出些炊烟来。麻雀扑棱着翅膀在凌乱的枯叶中东啄西啄，也不知道找着啥没有。小院里零星地飘出来咳嗽声，还有不紧不慢的狗叫声，慵慵懒懒的。

　　小村醒了。

　　一场秋雨一场寒，再落下的，就指不定是雨是雪了。

　　铁成娘把一碗热腾腾的小楂子粥递给铁成爹：又是星期五了，一会儿你去后山坡上再给儿子打个电话，问这个礼拜天回来不？要是回来就杀个鸡。铁成爹呼噜呼噜地喝几口粥：不打。爱回不回！铁成娘沉下脸把粥碗狠狠地摔在饭桌上，一扭身甩给铁成爹一个后背，再不言语。

　　老挂钟贴在墙上嘀嗒嘀嗒地走，屋子里只剩下铁成爹呼噜呼

噜的喝粥声。花猫睡醒了,弓着身子贴着铁成娘的手背蹭过来,见铁成娘不理又弓着身子蹭回去,见还不理就仰起脸"喵——"地叫了一声,声音含娇带怨。铁成娘软了心,叹口气掰块馒头蘸了菜汤送过去。花猫伸出粉嫩的舌头舔食起来。铁成娘瞄一眼把辣白菜嚼得咯吱咯吱响的铁成爹刚要开口,门外传来孩子的哭声。门一响吹来一股凉风,闪进来一个年轻的媳妇,嘴里叫着:婶子,吃饭呢。把怀里厚厚的毯子掀开,露出个周岁模样的孩子来,张着小嘴嘶哑着嗓子哭,鼻涕哈喇子挂满了哭红的小脸。铁成娘赶紧起了身:邱凤,蛋蛋这是咋了?邱凤红着眼睛:婶子啊,不睡觉就是哭,刚哄睡一个激灵就醒了,一边哭一边眼睛瞪得溜圆四处瞧,好像屋子里都是鬼怪似的,一宿了。要不是风太大半夜就来找您了。铁成娘叹口气一盘腿上了炕接过孩子,小手冰凉。邱凤盯着铁成娘的脸:婶子,是吓着了?铁成娘握着蛋蛋的小手:吓着了。在您家叫叫行不?俺家人太多,出来进去的没个闲时候。铁成娘把嘴唇放在蛋蛋头上:咋不行呢,行。铁成爹撂了饭碗紧着收拾了饭桌子。邱凤也上了炕,歪着身子一撩衣服将奶头塞进蛋蛋的嘴里。奶头堵住了蛋蛋的嘴,只一会儿孩子就抽抽搭搭地迷糊过去。

  铁成娘盛了满满一小碗金灿灿的小米,用红布包好在孩子头上左转三圈右转三圈,一边转一边说:猫精狗精,给蛋蛋叫叫惊。爹吓的惊,来收惊;娘吓的惊,来收惊;客吓的惊,来收惊;谁吓的惊,谁来收惊。渴了来喝水,饿了来吃米。然后细着嗓子问邱凤:来了吧?邱凤应:来了!如此三遍。蛋蛋就沉沉地睡着了。邱凤下巴贴着蛋蛋的额头也醮了眼。铁成娘轻手轻脚下了地，轻轻关上门。

蹲在灶前抽烟的铁成爹抬起头：睡着了？嗯，睡着了！你去后山坡给铁成打个电话吧，半年多了，我想儿。铁成爹又阴了脸：你想他？他想你不？不打！铁成爹扔给铁成娘一个倔强的背影，拾起镰刀出了门。

铁成娘蹲在灶前叹口气，心里又恨起老兰嫂子。要不是当妇女主任的老兰嫂子，自己咋会那么傻就生了这一个？那时候计划生育刚开始，因为头胎就生了铁成，老兰嫂子就劝：生一个就算了，反正都有儿子了，现在城里都是一对夫妻一个孩儿呢。一个孩儿好养，挣的钱都花他身上，将来培养成大学生你们老两口就有好日子过了。你看看咱这辈人，哪家不是猪羔子似的好几个！学都上不起，能有个啥出息？还不是一辈一辈地过这土里刨食不见天的日子。这番话当年听着是个理儿，铁成娘还成了首批计划生育的先进典型，胸前挂着大红花的照片在村委会挂了好些年。

铁成也争气，一路顺风地上了大学还留在省城有了工作，又娶了城里的姑娘。出息是出息了，唉……一声长叹后面跟出一句谚语来：小喜鹊，尾巴长，娶了媳妇忘了娘。自从铁成上了班娶了媳妇就很少回来了，离家的时间越长就越忙，平时电话都不舍得打一个。早知道再生上一个闺女就好了，闺女心思细腻，知道牵挂娘，要不咋说是娘的小棉袄呢。老张嫂子闺女嫁去了镇上，一个月回来好几趟，回来大包小裹的，都是爹爱喝的酒娘爱吃的肉。哪个星期天太阳落山的时候老张嫂子都爬后山坡，下雨打着伞也乐颠颠地跑。人家约好的，不管有事没事，打电话报个平安。想想自己，铁成娘又叹口气，钱是不缺了，可这日子

过得空落落的。

邱凤蹑手蹑脚地出来：婶子，您看看，睡得多实啊，谢谢您了。谢啥！乡里乡亲的。邱凤扣好扣子：铁成哥好久没回来了吧？铁成娘眼底落了霜，嗓子眼里哼了一声：嗯，大半年了。邱凤看了铁成娘一眼转了话题：婶子，黄豆割完了？还没呢，这几天光下雨，老天爷不给空啊！婶子啊，铁成哥不是寄钱给你们吗？这把年纪了还种地干啥？铁成娘瞭一眼邱凤：不种地干啥去啊？光吃完等死吗？说完把串钥匙扔给她：我去地里看看。蛋蛋醒了你给我锁上大门，回来我上你家拿钥匙去。邱凤追到门口：婶子，把叔叫回来，我让蛋蛋爸开收割机过去，你家那点地，眨眼的事。铁成娘走得急，身后扔下一句：别，没几棵了，一会儿割完了我和你叔拉回来就行了。

山山岭岭都枯了，撂荒地里的草也黄了，一人多高呢，随着风一波一波地滚，滚出满目凄凉。庄稼也都收拾得差不多了，裸露的土地显出些老态来。脚下脉络横陈的枯叶沙沙地响，让人不忍心下脚，怕踩碎了。地头上，老黄牛摇着尾巴啃玉米棵子上的干叶子，一口一口，拖着涎水嚼得很费力。瞄一眼地那头的铁成爹，铁成娘猫腰挥起了镰。

现在村里的年轻人都不费这劲了，从播种到收割腰都不弯一下，全都是机械化了。铁成爹佝，从开春到秋收，牵着老得连豆秸子都快啃不动的黄牛在自家地里一寸一寸细细地耙。

今年春脖子长雨水大，地沉。老黄牛拉犁弓了腿塌了腰，铁成爹也弓了腿塌了腰。春天还在眼前呢，这一转眼又是老秋了！

铁成还是过年回来过，大半年了。那娇娇的媳妇嫩生生的孙子睡不惯火炕，用不惯露天茅房，眼瞅着大孙子让泡屎憋得满院子跳就是拉不出来，急得铁成娘直冒汗。勉强过了个大年三十儿，初一一大早就回了城。铁成也睡不惯了，翻来覆去地折腾，还不时地看手机，他媳妇气恼地嘟囔了一句：有啥看的，也没个信号！铁成就萎靡了，把手机随手一扔抓起棉被盖了脸。铁成爹也没睡好，吃完年夜饭在西屋里躺下又起来，摸索着又去生火，怕后半夜炕凉了冻着儿子孙子，结果烧多了，早起孙子就上火了，嘴角起了燎泡，临走时甩开奶奶的手说了一句：这破地方，我再也不来了。媳妇脸上也不好看，铁成诺诺地跟在娘俩后面走了，走到大门外回头深深浅浅地看了爹娘一眼，也没说出个啥。说啥呢？媳妇娘家爹娘都在省里当着官呢，这小院里的爹娘土坷垃一样。

一个大男人，腰杆子硬不起来啊！

铁成娘抬起头擦把汗，见铁成爹在地的那头。镰刀在太阳底下闪着寒光，一片片的豆棵子倒下，就剩下这几镰刀的活儿了。前阵子铁成爹不让铁成娘插手，就让她站在地边上看。他说：一共就这三亩二分地，经不住忙活，你给我留着解解闷吧。前几年铁成回来把地都给卖了，说不让爹娘太辛苦，该享福了。从那时候起按月寄钱回来。钱是够用了，可这大把的光阴咋打发呢，就偷偷地买回来这三亩二分地。可舍不得让机器碰，机器太快了，播种收割一沾边就没了。没几下俩人就接上了头，铁成爹扔掉镰刀：你回去做饭吧，我套上牛装车。你去小卖部买个梅林扣肉罐头，我想吃肉了。

铁成娘回到家才十点多，要生火看看表又扔掉打火机，想起

了什么似的跑进屋子。铁成娘让蛋蛋妈帮着调出号码来，蛋蛋妈叮嘱着：婶子，上了坡一按这绿色的键就拨出去了。手机是铁成拿回来的，平日里放在抽屉里不敢碰，怕碰坏了就不能跟儿子说话了。

　　一路小跑着上了后山坡，快到坡顶的时候见一个人低着头垂着双臂走下来。是水凤。水凤的男人进城打工了，家里只剩下一个五岁的儿子小刚和她做伴，男人一年半载回来一趟。年轻轻的，不容易呢。婶子！嗯，您也来打电话了？嗯，信号还是不大好，那边工地上噪音大，也听不清个啥。错身的时候铁成娘摸了摸小刚的头：没事，要不你用我的打吧？水凤摇摇头：算了，等哪天天好再打，抬起手背抹了一把眼睛。村里的手机就自家的最好，都说了，这可是诺基亚的牌子呢。一站到这坡上，信号就是满满的。

　　电话通了，半天那个想得心口疼的声音才传过来：爹？还是娘？铁成娘手有点抖：我是娘，儿啊，你那边可好？

　　好，我挺好的。娘，家里有啥事吧？

　　哪有啥事，没事！

　　没事？早上俺爹刚打过电话了啊！

　　铁成娘一时接不上话了：打过电话了？咋没说呢？

　　电话里铁成的声音又响起来：娘，没事就好，天冷了，您儿媳妇在网上给您和爹买了两件羽绒服，波司登的，估计快寄到了。

　　花那钱干啥！以前买的棉袄还没上身呢！

　　买了就穿吧，也是我们的一片孝心。我这边忙着呢，就不多说了，挂了啊。铁成娘刚要问问这就周末了，能回来趟吗，电话那头就寂静了。把手机送到耳边又喂了几声,一片忙音。只有山坡下河水哗啦哗啦地流着。铁成娘看看手机有些不甘心地又送到耳边:儿啊,娘好着呢,你爹也好着呢,地里的庄稼也收完了,鸡也养肥了,就等你带着媳妇孙子回来呢,回来就杀鸡,顺便给你带些笨榨的豆油回去,听说城里的油都转基因了,别吃坏了俺大孙子呀……

手臂酸了,铁成娘无力地垂下了手,眼底起了雾水。别吃坏了大孙子?大孙子十好几了,一共也没见几回。前些年想孙子想得厉害,进过城,铁成家到处都亮堂得晃眼睛,找不着能下脚的地儿。住了几天,弄出不少笑话。铁成爹犯了倔脾气,再也没去过。后来慢慢地就习惯了,到后来再想的时候甚至想不起大孙子啥模样了。

小村尽收眼底,不规则的房子零散地分布在山坳里,一条小路纽带般地穿过。多少年不盖新房了?有本事的年轻人都走了,学校也黄了。剩下这老弱病残的守着,就这几十户还有些空着的呢。只有这环着后山根的靠山河还是流淌得热闹。今年两头涝中间旱,河水大着呢,浪花翻卷着,也不知去了哪里。树干高高地擎着,一阵风吹过,几片零星的叶子也无奈地飘落下来。唉——铁成娘长长地叹口气,这村子也老了。

刚歇了风又下起雨来,这云也不知道啥时候上来的。铁成娘紧着步子过桥,河水顶着桥面了,再下雨怕就没法过桥了。

到家一看铁成爹把豆垛都垛起来了。梅林扣肉炖白菜吃吧。铁成娘边刷锅边问铁成爹。就那么吃!炖白菜就没味儿了。铁成爹舀了半桶豆饼水,趔趄着脚步奔着牛圈走去。铁成娘看着铁成

拘魂枕

爹弓着的背影摇摇头：老倔头，冷天冻地的，炖棵白菜热汤热水的，多舒坦！火苗舔着锅底，两瓢清水倒进去，一把米也撒进去，上面馏上个发黄的开花馒头。铁成娘一手好活，偏蒸出这样的馒头。可能是面碱放重了，这几年这事没少干，放完碱转个身又放一遍，炒菜也是有时候咸得要死有时候寡淡无味，七十岁的人了，真是老了。

雨淅淅沥沥又下了一夜。早上起了风，打在身上刺骨的寒。东北的天就是这样，三九天一尺厚的雪盖着，只要不刮风也不觉得冷。这深秋里的小雨一飘再一起风，就钻骨头了。早饭是昨晚上剩的，馒头在饭桌和箅子上折腾了几个来回变成了黑黄色，铁成娘掂在手上想了想又放到箅子上。剩粥也用小铁盆盛了一起放上。梅林扣肉剩了大半盒，用筷子扒拉到盘子里。再挑几头糖蒜，一顿饭就成了。

铁成爹喂饱了牛边洗手边看饭桌：没炒菜？铁成娘把糖蒜碗往桌子中间一放：顿顿炒顿顿剩，狗都吃不了了，晚上再炒吧。水凤跑进来的时候铁成娘刚掰了一小块馒头：婶子，小刚来没？没有啊！水凤转头就跑。铁成娘扔下馒头追出门：咋了？一早就说梦见他爸给他买游戏机了，我做早饭也没理他，做好饭就找不着了。还以为到哪儿玩去了也没理会，到现在也没回来。水凤脚下生了风，扔下这句话头也没回。铁成娘笑着摇头：小孩子，一门心思就是玩儿，别急，看看谁家孩子有游戏机就去谁家找找。

水凤早跑没了影。

饭吃得提不起精神，铁成爹喝了一碗粥，馒头一口也没动，梅林扣肉还是没吃完。铁成娘吃饭的空儿看一眼铁成爹，正碰上铁成爹飘过来的眼神,一碰就互相绕开了。铁成娘没问打电话的事,也没说自己偷偷打电话的事。杀个鸡吃吧,养了一院子,这一冬天怕是吃不完。铁成爹撂下粥碗:一个梅林扣肉罐头吃好几顿,杀个鸡还不吃到明年开春去?铁成娘把几根飘在眼前的发丝塞到耳后:杀了请街坊邻居过来一块儿吃,还怕吃不完?再去镇上,买排骨,买鱼买虾。铁成给的钱年年留着干啥,也不会下崽儿!找街坊邻居乐和乐和吧。铁成爹点上烟袋锅,脸上闪出了笑模样:好!雨一歇我就去镇上。

铁成娘扔掉刷了一半的饭碗跑到河边的时候已经聚了一群人了。水凤声嘶力竭地哭着,她的左手拎着一只旅游鞋,右手捏着一部手机。

几个男人女人拉着她的手臂,她一次次冲着翻滚着的河水冲过去,一次次被拉回来,河水已经没过小桥了,在她的眼前湍急地奔流着。

村长来了,妇女主任来了,全村人都来了。

男人们手拉手筑成人墙下了水,冰冷的河水拍打着年轻的汉子。男人绷紧了腮帮子,拧成团的额头鼓起个肉疙瘩,跌跌撞撞地往下游走。村长在岸边挥着手臂:来,再来人!一百米换一次岗,水太凉啦!几个男人跟着跑,换岗的时候挤到岸边把抖成团的汉子薅上岸。几个女人扑过来把自家男人抱住。河里一群男人随着水流游,岸上一群男人女人跟着河里的汉子移。

太阳从头顶滑向西山。水凤的嗓子再也发不出任何声响,张着嘴巴不错眼珠地盯着河水,白眼球渗了血,红通通的。铁成娘浑身抖成一团,跟着几个拿长竹竿的年轻人后面在河边来来

拘魂枕

回回地走，眼睛都酸了，揉揉再看，仔细地扫视着河面。派出去的人陆续回来了，浑身筛着糠，牙巴骨咬得嘎嘣响：村长，下游找到下水村了，怕是夹在哪块石头缝儿里了。村长看一眼水凤低了头，下水村连着镇子了，镇上的河床几十米宽呢。男人哆嗦着：村长，咋办？就是没有哇！村长木了，双手抱头一跺脚蹲在了河边。女人擦着眼泪劝：小刚妈，想开点吧，想开点吧！怎么拉水凤也不起身，一双眼睛瞪得溜圆，直勾勾地盯着河面。人群中有人低语：找不着也得找啊，死不见尸不成了孤魂野鬼了？这当妈的以后还能吃得下睡得着？铁成娘猛地想起什么似的紧走几步扒拉开人群：水凤，回家把小刚的枕头拿来！水凤啥也听不见了，只会把眼睛瞪得溜圆，直勾勾地盯着河面。有两个媳妇架着她朝家里走去。

　　起风了，每天都是下一夜雨早上起风，今天却风雨交加起来。仰起脸看天，太阳红着脸在薄薄的云层里穿梭着。风夹着冰冷的雨点打在人的脸上、身上，直往骨头缝里钻。蛋蛋妈将一柄黑雨伞罩在铁成娘头上，铁成娘在河边烧起了纸钱。水凤被人扶着，怀里抱着个碎花枕头，呆呆地看着河面。铁成娘握住水凤的手一扬，把枕头扔进河里去，铁成娘紧着念：

　　　　荡荡游魂，何处留存，三魂早将，七魄来临。
　　　　河边路野，庙宇庄村，宫廷牢狱，坟墓山林。
　　　　虚惊怪异，失落真魂，今请五道，游路将军。
　　　　当庄土地，家宅灶君，山神河伯，六甲黄巾。
　　　　吾今差汝，着意搜寻，收魂附体，告慰亲人。

失魂人江旭刚，天门开，地门开，千里童子送魂来……

念着念着，风更大了，人们的身体抖成秋风里落叶的模样。有人抖着声音说：受不了了，先回家暖暖吧。村长牙缝里挤出几句话：有多冷？能冻死？小刚爸得明天才能赶回来呢！我看哪个龟孙子怕冷？铁成娘的声音都抖成一团了，颤着声念着：

荡荡游魂，何处留存，三魂早将，七魄来临。
河边路野，庙宇庄村，宫廷牢狱，坟墓山林。
虚惊怪异，失落真魂，今请五道，游路将军。
当庄土地，家宅灶君，山神河伯，六甲黄巾。
吾今差汝，着意搜寻，收魂附体，告慰亲人。
失魂人江旭刚，天门开，地门开，千里童子送魂来……

水凤对着河水直直地跪下去了，嘶着嗓子：儿子，回来吧，儿子！

这不是迷信，这是我亲眼看见过的一幕。在那个冰冷的黄昏里，一河床瑟瑟发抖的乡民目视下，小刚的尸体慢慢地被浪花送到了岸边。我记得那个黄昏，大风终于掀开了黑压压的天幕，太阳懒懒地倚在西山顶上，红彤彤的阳光把河水都映红了。小刚没成年，没成年的孩子是不能入殓的，就那么换了套干净衣裳用床棉被裹了埋了。小刚爹真给他带回来一个游戏机，在河边同小刚的衣服、书包一起烧了。过了些日子小刚爸就回城了，工地上催得紧。

早上早起的人常看见水凤坐在河边，晚上晚归的人还能看见她坐在河边。乡亲把她拉回家，一转身她又去了。她老是念叨：游戏机真买了，也不知道会不会用呢。太小了，怕他害怕，我陪着他吧。

铁成中秋节回来过一次，没带老婆孩子，一个人回来陪着爹娘吃了顿中秋饭。铁成爹杀了鸡，铁成娘把铁锅刷了又刷，细细地炖了，还放了些冻蘑。三个人也没吃多少，铁成爹低头吃饭也不看他，铁成满腹心事的样子也没顾上看爹娘，看了好多遍手机。倒是铁成娘在眼角余光处绕着铁成看了又看，啃鸡骨头啃了自己的手指才醒过来。月饼是铁成从城里带回来的，里面还夹着蛋黄。铁成说多吃点，这个东西金贵着呢，一块就五六块钱呢！铁成娘咬了一小口就撂下了，太甜了。前些年进城检查过，老两口血糖都高呢。包装盒很精美，上面一轮烫金月亮金灿灿的。铁成娘收了盒子，小心地放在柜子上。铁成爹撂下饭碗又杀了几只鸡，说给城里的孙子带回去。铁成来得匆忙走得也匆忙，临走又在娘的柜子里塞了一沓钱。塞完钱铁成长出一口气，像卸下了多重的负担似的，拎起笨榨油和鸡就走了。

铁成走的时候没说，铁成爹和铁成娘也没问，啥时候再回来呢？

小村的冬天是睡着的，厚厚的白雪盖住了小村，也盖住了小村通往山外的路。大雪怕是压断了电话线，一个冬天都打不通铁成的电话了。日子一天一天过成一个面孔。热炕头上铁成爹眯缝着眼似睡非睡，铁成娘盘腿坐在炕头上，彩色电视机里的雪花片比窗外的都大，也看不清个啥。花猫叼出来一团毛线球，扑腾着玩得不亦乐乎。看着看着铁成娘就一把抱过花猫,宝儿啊宝儿啊地唤着,一双青筋凸露的大手深情地摩挲着猫背。花猫没疯够呢,挣脱了铁成娘的怀抱去寻毛线球了。

  谁家娃娃惊吓了还是来找铁成娘。经过了河边那次,铁成娘的名气更大了,邻村也有过来的。铁成娘好说话,有求必应。人都说:铁成娘真是神仙呢,会拘魂。铁成娘听了这话不言语,回家后问铁成爹:你说,我会拘魂吗?我也是瞎弄呢,就是小时候见同村的一个婆婆这样弄就照着瞎弄呢,谁知道碰巧一弄娃娃就好了。铁成爹眯缝着眼笑:你会,你给多少孩子拘了魂!铁成娘苦笑:是啊,我给多少娃娃拘了魂?你说我咋就拘不回自己儿子的魂呢?

  墙上的钟表嘀嗒嘀嗒地敲着无边的日子,花猫累了,蜷缩在铁成娘身边打起了呼噜。

  铁成爹还是眯缝着眼:老婆子,该做饭了,要不再买个梅林扣肉罐头吃?铁成娘擦擦眼睛看看墙上的挂钟,下午四点多了,可不又该做饭了,就活动活动僵硬的胳膊腿,下了地。

发廊里的姑娘

发廊不大,也不豪华。老板娘十几年前就认识,算是俊俏。进店来寒暄都是老样子:来了?来了!半晌,她从吹风机的热气中探出头来:你这大忙人,今日有闲空臭美?

我笑笑没理她,找个空位坐了。几声稚嫩的狗叫声响起,顺着声音寻去,一只纯白色毛茸茸的小东西在一个方形铁笼子里蹿了几下,又叫了几声。一个女人的声音响起:樱桃,安静。随着声音过来一个女的,身上的衣服有些紧,巨乳、游泳圈、肥臀。肩膀、胳膊都像要挣脱那件低胸黑色紧身衣,呈呼之欲出的样子。她皮肤黝黑,脸盘巨大,头发分成两部分,上半部分高高束起来,我目测了一下,里面大约有天蓝、金黄、奶奶灰、艳桃红等颜色,下半部分编了几根金黄色细细的小辫子垂在肩上。我立马想到了一种禽类——火鸡。她耳垂上戴了一排耳环,我数了数,一只耳朵五只,一只耳朵四只,全是亮闪闪的金属环。鼻翼上打了鼻洞,也戴了一只亮闪闪的环。我又想起小时候家里养的那头黄牛,鼻环上连着根绳子,轻轻一拉它就乖乖地跟着走。

五官被肥肉挤得有些小,不甘心似的堆在一起。眼皮上面是蓝灰色,这颜色使她的眼睛看上去大了些。嘴唇猩红,这颜色让我想到了小时候父亲杀的鸡,鸡垂下挣扎的翅膀后,地上就摊着这样的颜色。

这装束!我暗叹。

她走到我跟前拨弄几下我的头发撇撇嘴:这头发,像干草似的。老板娘停住忙碌的双手探过头来:怎么弄?我摆一下头:漂染,弄成咖啡色。老板娘推一下那女的:让她等一会儿,我给她弄。那女的立马转头去了沙发,她坐下去的时候沙发随着她翘起的双脚抖了一下。我很担心她一屁股把沙发蹾塌了架子。她拿起一个白色手机,手指一划又一按,我似乎听见她绚丽的长指甲划过手机屏幕的声音:刺啦——我的身体抖了一下,这声音总是让我打冷战。她开始对着屏幕耳语,说几句又开始打字,忙得不亦乐乎。我在镜子里肆意地盯着她,她似乎一点也不知道。

这时候那只叫樱桃的狗又叫了几声,叫声里听出些讨好、恳求,还有渴望。她从手机里翘起头:闭嘴,樱桃。再叫把你扔出去!晚上下班我带你出去玩。樱桃似乎听懂了她的话,小鼻子蹭着铁笼子哼唧几声安静下来,只摇着小尾巴透过铁笼子的缝隙看她,她又沉浸在手机里去了。

我也打开手机看微信朋友圈。朋友圈里依旧都是各种晒,吃了盘饺子,买了件衣裳,收到了个红包……好像放个屁打个嗝儿也想让全世界人都知道。更多的是卖东西的,人人买人人卖,热闹得很。这是一个手机的时代,男女老少,都活在手机里,与世隔绝,我们被一个电子产品统治了。

老板娘终于打发了其他客人朝我走来,手上端着一杯热茶

发廊里的姑娘

递给我：我记得你是拒绝让头发失去本色的。我指指乱蓬蓬的头发：你看看，我的本色是黑色，可现在呢？她翻了翻我黑白相间的头发叹口气：唉！我们这就老了。她又翻翻我的头发，先褪色，不然怎么也不会变成咖啡色。我用韩国毛白剂给你褪色，可能至少要褪两遍。说着开始给我调褪色膏，我朝沙发努努嘴低语：那女的是谁？她抬眼瞄了一下：我徒弟。接着就想起什么似的扯开嗓子喊，小美，扫扫地上的头发，再把毛巾洗了晾到架子上去。那个叫小美的扔掉手机霍地站起来，我看见她又胖又黑的大手上面那十个不同颜色夸张的长指甲。她张开指甲抓起几条散落的毛巾走开，脚步很重，咚咚的，像个壮汉。在沙发上坐了半天，她本不宽敞的上衣缩到了肚皮上面，半截黑游泳圈露在外面，随着她沉重的步伐蠕动着。

　　这是一个丑陋不堪粗俗邋遢的女性。我在心里给她下了个定论。有的女人像昙花，在最该美丽的年纪美丽，婚后一旦生了孩子就变得臃肿邋遢；有的女人是常青藤，从年轻到老都不会太引人注目，但是年纪越长，性情越好，气质越佳，像一块温润的美玉；还有一种女人，年轻就肤浅轻薄，为了引人注目不惜打扮得花枝招展或者奇形怪状，却从来就没有真正美丽过，一生不伦不类地活着。我把眼前这个女性很不厚道地归为后者。说不清为什么，她让我生出很多厌恶。

　　忍不住问老板娘：你咋招了这么个徒弟？我想我的语气里是充满了嫌恶的。老板娘看看门外她忙碌着的身影不高兴地回我：这徒弟咋了？你认为不漂亮？我撇撇嘴：不是不漂亮，是丑陋不堪。老板娘不高兴了：你怎么变得以貌取人？真是老了……我怕听到更不愿意听的就截住了老板娘的话，问：她多大了？十六虚岁。十六虚岁？！我惊得差点从椅子上跌下来。老板娘淡定地说：有什么好奇怪的？我这次又控制不住自己：她看上去像是三十六岁！老板娘没再接我的话茬，自顾自地说：姐姐，不要用不好的语言说她。这是个可怜的孩子。她父母离婚后各自成了家，谁家都没有容留她的地方。她开始在奶奶姥姥舅舅姨妈家东一天西一天地流浪，后来就干脆不回家，在社会上流浪了。十二岁跑出来就再不回家了，当然，也辍了学。四年了。我问老板娘：我多久没来你店里了？老板娘带着一丝狡黠的笑斜视我：你经常来吗？我立马红了脸，想着是不是前些日子去前面那家搞活动的发廊老板娘看见我了。我诺诺地说：她看上去实在不像十六岁。你不说我真以为她三十六岁。老板娘撇撇嘴：像不像都是十六岁，不是每个孩子都有童年。听老板娘这么说，我心里一紧。

　　门一晃她端着个红色塑料盆走进来，老板娘朝盆里望一眼：晾起来，扫地。她沉着脸不言语，晾完毛巾拿笤帚的空儿顺手摸起沙发上的手机看一眼，一只手拎着笤帚一只手按住某个键压低声音说了一句话，她说话的时候眼角偷偷扫一眼给我弄头发的老板娘，说完就赶紧扔掉了手机。

　　地扫得东一下西一下，划拉半天，算是扫完了。刚把笤帚立在墙角老板娘又说：昨天姐姐给你留的小楷写完了？她没好气地扔下笤帚：你就不能让我歇一会儿！老板娘淡然地说：不能，去把字写完。当初我们说好的，每天一篇小楷。她瞪一眼老板娘：我晚上写！老板娘淡然坚定地说：不行，晚上我们去洗澡。她没再说什么，没好气地顺手抄起沙发上的手机。老板娘这一次说话的声音用了力：放下！写字去。她扔掉手机踢了一下身边的椅子，踢完椅子她转头的时候目光掠过镜子，就停住了。她开始对着镜子捋头发，上面高高翘起的一缕一缕捋一遍，下面金黄色的小辫一根一根地捋一遍，此时她完全丢掉了刚才那份不情愿，面部表情极其柔和。她眨眨眼，皱皱鼻子，摸了摸面颊，似乎很得意的样子，最后她抿了抿嘴唇，使上面的颜色更均匀一些，又左右摆了一下脑袋就满意地走到里面去了。

　　我的头发需要褪色，再漂染，两道工序加起来得需要三个小时。老板娘边给我弄边闲话：怎么下血本这样打扮？是不是看上了哪个爷们儿？我啐她：去你的！

　　各种颜色的头发早在中国大地上飘舞了几十年，我从不曾跟风去弄过，今日揽镜，华发与黑发交相辉映，让人心生悲凉。我说：我好像忽然就老了！老板娘叹口气：姐姐，你年轻过吗？我们这一代人，忽略了的不仅仅是衣着发式，甚至整个青春。她的话让我的思绪瞬间飘出去几十年。

　　她做了几十年发廊，就像我做了几十年幼儿园。无论经历了多少艰难，我们谁也没想过要换一种工作，或者换一种活法。一件事做上几十年便成了老字号，虽然门面装修不时尚，摆设也老旧，但是知根知底的都来她这里，她的发廊叫"新宇"，那是她女儿的名字，在这条街上很有名。

　　第一遍褪色剂抹完了，她将我的头发全部贴在头皮上，再用一个塑料膜裹好，我看镜子里的自己，觉得这装扮有点像电视剧里的如来佛祖。她看一眼墙上的表：中午和我一起吃点吧。我从镜子里去看墙上的表，十一点二十分，应她：不，我刚吃完。我没法在这充满了各种化学剂味道的空间里吃东西。

汪汪汪,樱桃叫了几声,见没人理又叫了几声。这时候小美从里面走出来。老板娘问:写完了?她眼睛盯着铁笼子哼了一声:嗯。老板娘从口袋里摸出几张零钱:去买午饭。她这时候回过头,不大的眼睛里流露出些祈求,声音也软了许多:师傅,樱桃饿了,该喂了。老板娘没接她的话,把举着钞票的手伸向她。她接过那些钞票塞进屁股兜,紧身裤更紧了。

她打开铁笼子,樱桃快乐地狂叫起来。她抱起它,一只手拿出一只翠绿色小塑料盆。樱桃粉嫩的舌头快乐地舔着她浓妆的面颊,她配合地俯下头迎合着。她一只手托着樱桃,一只手将盆放在旁边的台面上,倒出些粉状的东西。加热水,搅拌,加一点凉水。然后将那根涂着蓝色蔻丹镶钻的指甲伸进糊状食物中,嗖地扯出手指,再加凉水,搅拌,再伸进去。樱桃似乎饿坏了,还没等她放稳就冲过去大口地吞吃起来,一根小尾巴快乐地摇晃着,算是对她的感谢。

她看了樱桃一眼摇摇头笑了:吃得一点节操都没有。此时她的眼神里流淌着一些温柔的东西,和刚才跟老板娘顶嘴时的样子截然不同。她温柔地盯着那只叫樱桃的狗,正午的阳光透过玻璃照射进来,她的面部被涂上了一层光晕。这样的表情使她看上去好看了许多。

良久,她转过头来:师傅,想吃什么?老板娘摆弄着我的头发:你想吃什么就买什么,但是不许买麻辣烫、米线、油炸串。除了这些都行。她咕哝了一句:除了这些我啥也不想吃。走到门口她瞥了一眼满地蹦跳着的那只叫樱桃的狗,扔下一句:师傅,

帮我看好樱桃,我回来就把它关回笼子里,先让它活动一下。这时候樱桃已经将那只舔得光亮如新的小盆踢翻了。她在门缝里挤进一句:樱桃,听话!说完将跟过去的樱桃挤在门里就走了。

第一遍染发剂洗干净,回来吹干,镜子里的我变成了红毛老妖。老板娘开始抹第二遍。我看着我的头发有些心疼:这般折腾更像枯草了。老板娘敲了一下我的头:我给你用的可是纯韩国进口的毛白剂褪色膏。头发本来就营养不良,再用不好的,会一截一截断掉。说实话,也就是你,一般人我都不会用这个,造价太高了……

不知怎么我的心思都被那个叫作小美的丫头吸引了。我与她前言不搭后语:小美,却长得并不美,这个名字有点讽刺意味。老板娘有些不悦:有什么讽刺的!她长得不美却和所有女性一样有一颗爱美的心。"小美"是我给她取的名字,我觉得很好听。我捡她回来的时候她死活不肯说自己叫什么,却在能起身的时候第一时间去照镜子。我发现她比任何人都爱美,就管她叫小美了。第一次听我这么叫她笑了,咯咯地笑,高兴得不得了。

我大骇:捡的?

老板娘这一次抹的褪色膏有些刺激,头皮有些刺痛,我难受地扭了一下身体。她安慰我说:忍一下。褪色就属这个最不遭罪了,想臭美就要付出代价。我又问了一句:你刚才说什么?她是捡的?老板娘说:是的。那天我出去买午饭,她被几个少年打倒在地上,鼻子里流着血,脸上身上都是伤,四周围满了看热闹的人。奇怪的是她躺在地上看天空,也不反抗那些拳脚。我看不过,赶跑了那帮不良少年,把她扶回了发廊。她在发廊里躺了好几天不说话。后来就不肯走了。你也看见了，她根本不适合在发廊里工作，实在是个粗枝大叶的孩子，丢三落四的。脑子里不知道在想些什么，很多时候说话、做事都颠三倒四。

她来了多久了？三个多月了。前几天有个女人来找她，说是她妈妈，要带她走。她咬牙切齿地说我没有妈妈，就把那女人赶了出去。那，樱桃呢？樱桃是她捡回来的一条流浪狗。她捡回樱桃的时候是刚开春，满大街都是融雪，樱桃浑身湿透，毛一缕一缕地贴在身上，浑身抖成一团。她心疼得直流眼泪，嘴里叫着：我的小可怜啊。她给它洗澡、喂食。樱桃的名字也是她取的，她说：应该逃过危险和饥饿，就叫了樱桃。我每个月给她五百元零用，她买了狗粮、钙片，还买了笼子。她的确喜欢樱桃，经常给它洗澡，洗完还用吹风机吹干，晚上搂着睡觉，她还叫它小宝贝、小可怜、小骄傲。当然，也叫樱桃，她说：樱桃是正经名字，就像小孩子，有学名，也有乳名。

樱桃有好几个乳名，这是一条幸福的狗。我想。

这时候有客人推门进来，樱桃应该也是在这个时候逃出去的。这是一条有心计的狗，我和老板娘说话的时候没注意它，它很安静。它一定在等待那扇门开启，想出去寻找它的小主人。老板娘和刚进门的客人搭话的时候门外有刺耳的刹车声响起来，进门的客人和我们一样，吓了一跳。我和老板娘不约而同地扫视了屋里的地面，然后不约而同地冲出门去。

一辆白色吉普车下面樱桃被轧成了一具标本，它那么小，刚好是一个车轱辘的宽度。它的血、肠子和骨肉溅出去，剩下的只是一具标本。我愣在那里，大脑瞬间一片空白。

发廊里的姑娘

这时候一声凄厉的尖叫响起来：樱桃——

装土豆丝卷饼的白色塑料袋掉在地上，大糙粥直接从白色塑料袋里淌出来，还有一些榨菜丝、酸黄瓜片，都散落在地上了。有两个身影冲过去，老板娘朝着前面的车，小美朝着那具标本。此刻是正午，这里又是小镇最繁华的市场街，很快便有一些人围拢过来，前面后面有很多汽车喇叭刺耳地响起来，交通瞬间堵塞。

小美跪在那里，她后面漆黑肥胖的腰还有半个臀部都露出来了，她用十个不同颜色的长指甲去抠贴在地上的樱桃，边抠边叫：樱桃、樱桃、樱桃……我看不见她的表情，只听见她的声音，很难用文字形容。

前面响起了吵闹声，老板娘尖着嗓子：你怎么开车的？这是条什么路？你不知道限速三十？开车的是个穿着讲究的中年人，他扔掉嘴上的香烟歪着头：限速二十也躲不了，那条该死的狗跑得多快！老板娘声音里有了哽咽：你看见它跑得快为啥不刹车？你是瞎子吗？你赔我的樱桃！中年人手机响了，他从裤兜里摸出来扭过身：喂，到了，四零四是吧？倒酒，我马上。挂掉电话他摸出来一张名片扔在老板娘脚下：带上狗的户口、养狗证找我。如果没有，你给我拿钱刷车。我得刷掉晦气！说罢这些话他再没耐心看一眼老板娘，分开围观的人上了车。几声刺耳的喇叭响过，人群分出一条路来，车子朝前驶去。

老板娘拾起那张名片看都没看，撕成几片，狠狠地朝着车驶去的方向扔出去：我操你娘，你个遭瘟的，你赶着投胎去吧！

小美仍然跪在那里，樱桃的尸体被她抠起来了，地上剩下一摊模糊不清的痕迹，樱桃贴在她又黑又胖的手上，另一只手的指甲依然在那摊模糊不清的痕迹上抠着,嘴里不停地重复:樱桃、樱桃、樱桃……她的声音越来越弱了。指甲上的钻抠掉了一颗,她还在抠着,好像这样就能抠回樱桃的生命。她大概已经清楚了樱桃死亡的事实,大滴的泪水落下来,砸在那摊痕迹上,砸在她不同颜色的手指上。人群渐渐散去,一条狗罢了,这是午饭的时间,谁愿意浪费时间看这个?

这时候刚进门的客人站在门口喊:老板娘,做不做生意了?我要烫离子烫。

老板娘朝小美走过去,她试图拉她起来。拉不动,小美纹丝不动,只在那里机械般地抠着。她嘴里含糊不清地说:我把它关进笼子就好了,虽然没有自由,但安全。

客人又喊:老板娘,快点吧,我赶时间。

老板娘蹲下身子搂住小美的手臂,小美停止了机械般抠着的手,回过头,泪水花了她五颜六色的脸,她泣不成声无助地说:师傅,我把它关进笼子就好了,那里虽然没有自由,但安全。老板娘什么也没说,只把她搂在怀里。又有围观的人聚拢。

门口的客人还在叫喊:做不做生意了?不做我可换一家了。

而小美却只说那一句:我把它关进笼子就好了,虽然没有自由,但安全。

消逝在丛林深处的火车

题记：如果你出生在20世纪六七十年代，如果你出生在东北那片从没被践踏过的原始森林里，那么你也许和我一样，记忆里有一辆小火车，自丛林深处呼啸而来。

一

我父亲常捻着酒盅说他是拓荒者。我却不屑，说他是侵略者，比小日本还惨无人道的侵略者，或者是破坏者。他扔掉酒盅瞥了我一眼，沉思良久说：你也是！

很多年以后，我们同意了彼此的说法。

之前他住在镇上，是个木匠。和其他走街串巷行当不同的是，他不必吆喝，只挑着家什跟着来家请的主家去就可以。那时候的手艺人哪个能比他傲气呢？都是一路担着担子风里雨里地吆喝着讨生活的：

磨——剪子来，抢——菜刀——

洋针洋线洋袜子，牙刷牙膏牙缸子——

收破烂的则当当敲着大铜锣呼唤：拿破铺衬烂套子来换细碗儿，拿碎铜废铁来换细碗儿——

吆喝声和击打声相互交融，相得益彰。街巷胡同虚掩的木门后面会闪出些女人的面孔，手里端个笸箩。

而父亲只气定神闲地坐在家里，他手边常有一个搪瓷缸子，里面有一层厚厚的茶垢。有人上门了，弓着腰叫一声：师傅，辛苦一下，家里打个被格。父亲便神情自若地敲打敲打手里的旱烟袋，再端起搪瓷缸子咕咚咕咚灌上几大口浓茶，挑起家什不慌不忙地跟着走了。

他说：儿子混不过老子儿子就是失败的，我比你爷爷强，他只会种地，而我是手艺人。很多年他都用眼角的余光将这句话扫给我，直到后来我提了正科。

二

林业局建局后有一次大招工，那时候林业局可是赫赫有名的"林老大"，响当当的金饭碗。于是识字的不识字的，有手艺的没手艺的，赶车的种田的，都想来试试运气，看看天上能不能掉个金疙瘩一下子砸到自己。

父亲凭着他的木匠手艺和小时候那几年读私塾变成了林业局工人。那时候森林铁路刚开始建设，他们这帮人跟在铁道兵后面逢山开路遇水架桥，喊着震天响的号子将光闪闪的铁轨抬进森林。父亲说：那时候没有挖掘机，什么机械化的物件都没有，就是一群铁打的汉子，硬生生地把光闪闪的铁轨抬进了森林。

消逝在丛林深处的火车

母亲那时候还是个眉眼渐开的丫头,她挎着柳条筐给筑路工人送饭,左一块饼子右一块饼子分发下去,一条长辫子在筑路工人的眼波里荡来荡去。

森林小火车开进森林的时候拉来了母亲,母亲穿着大红袄,发辫盘了髻。

很多年后父亲常将眼神扔向远方,咂着嘴说:你不知道她当年有多俊!你那媳妇可不行!她?谁?我妈?父亲愣一下神,呷一口酒垂下眼皮:嗯,你妈。

父亲这话常被母亲恶狠狠地打断:又说这话,哄鬼吧。咋不提那个人呢?那个敢烫头发的死鬼?

我顺着父亲的话回头看母亲,她扁平的脸上分布着些雀斑,那些雀斑随着她撇嘴的样子跳动起来。我叹口气,母亲脸上雀斑太多,挤得她眼睛更小了。

铁轨铺进了森林,铁轨旁脱坯和泥建了房,正式成立了林场,一溜工房四个门头,每家都有一个小院子。父亲分到了一间最左边的,所以我家多出了一块菜园子,那里面种着随手就能薅几把的葱蒜菠菜豆角。父亲在窗底下搭了鸡窝盖了狗舍,还用白灰水粉了墙,母亲在土炕上一口气生了我们姐弟四个。

这儿,便成了我的家,后来成了我的家乡,叫小铁村。

父亲是小铁村林场运木材的小火车司机。

三

从前,我说的是从前。

这是一片东北的原始森林，茂密的、没有被人类践踏的原始森林。森林里光松树就有十几种，红松、白松、鱼鳞松、樟子松是常见的，不稀罕，最珍贵的要数刺柏松了。刺柏松又名红豆杉，有极强的药用价值，其中的紫杉醇就是抗癌药物必不可少的一部分。它的身价不是用米计算，而是斤。黄菠萝、山槐、紫杉、红毛柳等珍稀树种也满目皆是，也是不稀罕。

树干上缠着野葡萄、五味子。秋风一起，葡萄紫莹莹，五味子红艳艳，黑天天、灯笼果也在树下垂了沉甸甸的颈，空气里流转着淡淡的香甜。

这是孩子们的好时节。

菌类就更多了，榛蘑、冻蘑、松蘑、花子蘑遍地都是，一转身一挪脚就踩烂一堆，不用心疼，多得是，转个身还有。这些菌类在我儿时的眼里都算不得什么，高兴了就随着爹娘薅上几把扔在背上的背筐里，晚上回家在小菜园里摘几个辣椒一起炒了，也算得一道下饭的家常菜。

森林里最上数的菌类叫松茸。你可能听说过或者吃过这东西。据说日本核爆炸后寸草不生的土地上就只生长松茸。没开伞的松茸像男性生殖器，传说此物不仅抗癌防辐射，还有滋阴壮阳之功效。这些年松茸的价格一路飙升，一斤鲜松茸差不多可以买半头猪了。

各种动物就不细说了，太多了。除了你耳熟能详的东北虎、豹子、黑熊、猞猁、鹿、刺猬、獾、狐狸、野猪、狼、各种蛇，当然，还有傻狍子。傻狍子常会跌跌撞撞地奔跑在森林里，蹄起蹄落之际，惊飞树上的鸟儿、花丛中的蜂儿蝶儿，也会撞到树干

上，撞上后还一脸茫然地往前冲，不然怎么会叫"傻狍子"。

这些生灵，在这片肥沃的土地上惬意地生活着。

与这些生灵一起惬意生活着的，还有我的父亲母亲和乡亲们。

那时候等火车、看火车似乎成了小村所有人的念想，不然还能有什么热闹呢，深山老林一年一年地寂静着。虽然树木苍翠，虽然花红柳绿，虽然炊烟袅袅。小时候常听山外来客赞：神啊，这哪是人住的地方，简直是仙境！我顺着客人飘远的眼神看过去，却只看见了我熟悉得不能再熟悉的日子。我看不出那些从嫩绿到枯黄，或者红或者褐色的叶子美在哪里。这些景色对于常年深陷其中的人来说，就像是一起生活了一辈子的老夫妻一样，没有任何感觉，反正一直都在。

风景永远在遥远的、陌生的别处。

一到傍晚，女人抱着小孩子，大孩子领着狗，老人搬着小板凳，不约而同地聚集到站点边的白杨树下，边聊天边将目光扔向铁轨的那头，时不时地停下嘴巴歪着头伸长了脖子。有耳朵尖的，说：来了。这次是真来了！于是女人笑了，孩子欢呼了。小火车不会令人失望，它喘着粗气鸣着长笛呼啸而来。幼时的我常趴在母亲怀里和乡邻一起等，时间一到，一溜儿黑烟，父亲开着火车来了。于是谁家男人买了啥，谁家有镇上的亲戚捎了东西，谁家来客了……小铁村是没有秘密的。

客人自然是尊贵的。一群孩子围着个陌生的面孔跑着跳着。于是张家喊：他二大娘，家里凳子够坐不？不够打发孩子来搬。李家喊：二嫂，我家还有咸带鱼，拿去添个菜。乡里乡亲的自然不会客气，大到被褥、饭桌，小到几个鸡蛋、一小撮灯油，缺啥拿啥。客人是不能怠慢的，一家客一村待。

男人杀鸡女人炖肉，小园子薅几把菜，只一会儿香味就弥漫整个村子。女人在灶前边忙着边赶着馋嘴的孩子，男人坐在屋里陪客，老旱烟、浓茶，再捧出一把瓜子。窗子外面趴了些好奇的小脑袋，一双双眼睛眨也不眨地朝屋里望。

回家跟娘学舌：是来看他妹子的。

女人从忙碌中抬一下头：他妹子是谁？

不知道。

那，他叫你二爷啥？

妹夫。

都说啥了？

说揭不开锅了，借粮食。

……

深山老林里的夜长，火车来了太阳就下山了，太阳一下山夜就来了。秉着一灯如豆，拉响火车载来的新话题，夜就不长了。

父亲手巧，村里的饭桌板凳橱柜大都出自父亲的手。而我家的家什是最多的，谁家缺了凳子就来搬，送不送回来也无所谓。守着满山满岭的木材还有这一身好手艺，日子啥也缺不了。

后来吃了酒的父亲常望着空山愣神，长久的愣神后直着眼睛念叨：那是一段好日子。林正兴业正旺，工人工资待遇也好。再不靠着手艺吃饭了，再做木匠活就是帮忙了。不管忙几天，一顿家常饭，一顿烧刀子，一大堆邻里陪着喝一顿，就成了。

四

父亲没想到山会空。

后来我长大了，林校毕业也进了林业局，并且混上了一个不大不小的干部。我当上干部后父亲就退休了，慢慢地，森林铁路的一些部门单位也解散了。

小火车拉走了木材，拉走了父亲的青春，没啥用了。很长时间，那两条铁轨都寂静着。

局里开了取消小火车、拆除火车道的动员大会，会议开得不成功。分流、提前退休都没啥，一说到拆铁轨就炸了营。那场面乱的，局长艰难地伸了伸脖子，将声音的分贝提高了很多个八度，没用，还是压不住场子。

大会小会开了无数个，大喇叭里天天念动员稿子。播音员嗓子很尖，她说：我们要顺应时代的发展，积极支持林业局的改革，这是为了每一个林区人更美好的明天。听到这里父亲会骂人，他别过脸恶狠狠地吐口唾沫：娘了个西皮，放屁！

局长找我谈了话，说成立了拆除森铁指挥部，由我来当部长，全程指挥监督全部工作。末了局长放缓了语速说：任务完成之际，便是你小子破格提拔之时。我想起我爹，还有那些在大会小会上炸营的森铁老工人，头皮一阵发麻，艰难地吞下一口唾沫，说：局长……局长脸一黑手一挥：闭嘴，你生在小铁村，长在小铁村，对每一个人都了解。在不伤害的基础上把任务给我完成了，拿出成绩来给我看！我就垂首敛眉孙子般地退出了局长办公室。

　　那天我买了父亲爱吃的熏兔、腊鸭、酱肘子，还有两瓶精装竹叶青，用掉了我近半个月的工资。带着这些东西，我坐上了从镇上开往小铁村的小火车。小火车速度依然那么慢，不温不火的样子。我坐在平板车厢上，想着小时候坐着它来镇上读书，半路上想撒尿就找个坡处跳下去，一泡尿撒完了跑几步再跳上车。或者路过菜园子，跳下去摘几个嫩生生没长开的黄瓜、半熟的柿子。车上淘气的不让上，用手拨用脚蹁，下面的就喘着气笑着跟着跑。父亲的头从前面伸出来：兔崽子，闹你娘，作死啊，快上！于是几双小手一拉，就上了车。

　　我爹说得对，那是一段好日子。

　　可是现在，我要亲手拆了它。我顺手薅出一瓶竹叶青，酒很辣，灼伤了我的喉管和六腑。只几口下去我就醉眼蒙眬了，我看见了堆积如山的上好原木；看见了乡亲从镇上归来时手里的热闹和快乐；我也看见了当年的母亲，大红的嫁衣映着她不美丽却满是憧憬的青春面颊；我还看见了我的新娘、小铁村所有的新娘。火车载来她们的时候她们面颊光洁，身段轻盈。我也看见了父亲心中那位新娘，她不是母亲，是林业局为了修建铁路请来的技术员。铁路修完试车的时候她出了事故，死了。

　　那天开车的，是父亲。

　　我不知道铁轨是不是因为她的鲜血的冲洗才会这么亮，也不知道这道亮光刺痛了父亲怎样的人生，我只记得夜里母亲恶毒的声音常把我吵醒：睁开眼看看我能死啊！闭着眼想谁呢？又是那个死鬼！黑暗里只有母亲开启闭合的双唇，父亲的沉默如一潭死水。

我童年的夜很长，里面全是母亲的咒骂，还有远一声近一声的狗叫。

拆得了铁轨可是怎样才能抚平他们的皱纹？我对着夕阳和空荡荡的森林举起了酒瓶子，我发现，酒不辣了。我的喉管和六腑没有了火烧火燎的感觉，很多东西需要接受和适应。

那夜的月亮很好，父亲在月光里啃着骨头喝着酒，我坐在一边陪他。母亲终于住了嘴，起身捶了捶腰，佝偻着腰身进了屋。月亮地儿里，只剩下我和父亲。我僵着舌头说：我比你强，你看，到退休你也是个工人，而我是干部。他朝我扔过来一根骨头，我侧身躲过。半晌，他也僵着舌头说：我比我爹强，他一辈子土里刨食，而我是个手艺人。我愣住，他没说是林业工人。他说他是个手艺人，手艺人！

夜更黑，月亮更亮了。明亮的月光里我看见父亲佝偻成一根豆芽菜的样子，我在醉眼蒙眬中寻找他当年的伟岸和魁梧。最后我将一声轻叹扔在皎洁的月光里，他也是七十岁的人了。

他说：你小子不会知道，那时候的小火车是小铁村与外界唯一的交通工具。三年，我们用三年的时间将一块一块铁轨抬进来，将一块一块枕木铺进来。铁路延伸一寸，我们的希望和快乐就延伸一尺。你知道我爹我爷爷叫铁路什么？我抿一口酒：什么？他将下巴抬起来慢悠悠地说：神龙。他看着驶进小铁村的火车激动得脸都红了。他对着太阳正落下去的西天双手合十：老天爷啊！神龙来了！

我一直没敢开口说那件事，只是静静地坐在月夜里听他说过去。他的暴脾气我是无数次领教过的。小时候他铁簸箕般的大巴掌一直矫正着我成长的方向。

在他的叙述中我看到一群铁骨铮铮的年轻汉子，用汗水和力气挥洒着他们的青春和梦想。

我抬起头看看月亮，端起他的酒盅抿一口。他赶紧抢过酒盅看一眼，也抿一口：想啥呢，小子？我继续仰着脖子看月亮：想我多久没挨你的打了，是我娶了淑英那年？他撇撇嘴：咋，你小子还记仇？你四岁那年你爷爷还打我呢！官打民不羞，爹打儿不羞。你爷爷说的。

我看着月亮底下他花白凌乱的头发忽然很煽情地说：爹，你再打我一顿吧。他看看月亮看看我，一仰脖子干了最后一口酒，站起身头也不回地进了屋，踉跄的脚步里扔下一句：不用为难，爹不拖你后腿！

月亮跌进我的眼睛里，肆意地流淌出来。

第二天他没吃早饭，妈说他一早就走了，带了些干粮，巡道去了。退休后这些年，他和他那些老伙计一刻也没闲着，当起了业余巡道工。路边的杂草，铁轨边的垃圾，松了的螺丝，朽了的枕木。尽管很久没有火车经过，两条铁轨却被他们伺候得锃光瓦亮，一如当年。

我的小家早搬去了镇上，那里有很多高楼，里面有我一间。今早妻缠着我说：几天能完成任务啊？早点回来。她神情旖旎，我差点迈不动步。

铁路从大山深处开始拆除，一路倒退着，如果到了映着妻身影的那个窗口，铁路就拆完了，局长给我的任务也就完成了。

父亲是以什么样的速度建筑的我不知道,但是想要拆除真是太容易了。松螺丝,起道钉,松夹板。挖掘机一上,两条铁轨就起来了。没了铁轨的火车道,像腐烂了肉身的尸体,再把肋骨般的枕木起出来,曾经的轨道就只剩下一摊痕迹,像被盗空了的古墓,破败地印在地面上了。

我站在平板车上,看着工人一节一节地拆除着铁轨,觉得自己的肋骨生疼,心口像塞了一团棉花。

天很热,工人的汗珠子不断地掉到钢轨上,摔碎了。

拆到小铁村的时候是黄昏,那天的太阳似乎不甘心落下似的,格外晃眼。我顺着工人惶恐的目光看去,钢轨那头,黑压压一片。

刘大爷佝偻着身子坐在轨道上,他的烟袋杆发着抖,嘴里的烟雾一口接一口地绕着;解明叔叔趴在铁轨上,他的脸紧贴着铁轨,四肢伸展;李爷爷呈大字形躺在两条铁轨中间,落日的余晖铺满了他全身,他脸上有亮晶晶的东西与余晖辉映着。我在人群中看见了母亲、父亲。母亲正拿着一条白毛巾擦钢轨,一下一下,像是给儿时的我清洗满脸的污垢。父亲则昂着头站在人群里,他的目光在还没有被拆除的那头。

全来了,小铁村的森铁工人都来了,司机、副司机、司炉、巡道工、给水的、给电的、调度员、乘务员,还有家属……他们都来了,黑压压地盖住了前面的铁路。

我从没见过这样的告别,也从没见过这样的祭祀。

时间静止了。

太阳躲进了云层,一片暗影投下来。大森林的寂静来了,没有人咳嗽,甚至没有人呼吸。这死一般的寂静里只有远远的似有似无的蛐蛐儿懒散地叫一声。一丝风也没有,小铁村像是扣了一口大铁锅,空气闷极了。与这寂静对峙着的我瞬间色盲。我眼前的青山绿水像一张黑白色的相片,失去了五颜六色的斑斓。我眼前的父亲母亲父老乡亲,只剩下一副副骷髅和刻着木雕般的皱纹的脸。

我看看表,再耽搁今天的任务怕是完不成了。我咳嗽一声清清嗓子,张开嘴,才发现,发不出半点声音。我只能又咳嗽了几声。父亲回过头,苍老的面庞上慢慢挤出一个笑容,他用从未有过的温柔说:拆吧,孩子。拆吧!别耽误了林区的改革!别耽误了完成任务和你的前程!都拆了吧!不用管我们,不用管我们这把老棺材瓤子,我们也没别的意思,就是来告个别。说完转身对着大家,对吧,老家伙们,我们没别的意思,就是来告个别。

人群中开始有人抽泣,慢慢地开始是女性的嘤嘤哭泣,有些苍劲的哭声加进来,后来就是海啸般了,分不清男女,听不清声音,再一听那不是哭泣,是吼,就像火车开过时发出的声音,震耳欲聋,呼啸而来。

我头疼得炸开了。

这是镌刻在我生命中的一幅画面。后来的日子里我不敢回忆,却无时无刻没有任何预兆就挤进我脑海中的画面,我自此落下了头疼的毛病。医生说,三叉神经疼,治不了。

我走向父亲,父亲也走向我。他双目圆睁,我也是。我目不转睛地大吼:乡亲们让开!又一挥手,拆!

1985年7月15日,我永远也忘不掉的一个日子,我率领着工人亲手拆除了父亲亲手修筑的森林铁路。那个小小的站台上，一群不肯离开的乡亲，亲眼看着我把它们拆除。

自那日起，我再不敢抬头看父亲，父亲更不爱说话了，除了吃饭整天把自己关在西厢房里。母亲说，西厢房里的米面豆油都拿不出来了，钥匙就挂在他腰上，谁也进不去。我说：不要了，再买。母亲又说：他每天都鼓捣那些木匠家什，还不停地往里面运木头。叮叮当当的，吵得人头疼，也不知道他要做些啥。我头也不抬：做啥随他去，无事做他更不好过。母亲叹口气：也是。

因为顺利完成了任务，我得到了破格提拔，去了市里的部门工作了。

五

父亲去世前没有任何征兆。七十三八十四，阎王不叫自己去。他曾经常念叨的一句话。

那一年，他七十三。

我赶回去的时候他已在弥留状态中，他够狠，至死没有留给我和母亲一句话。我去西厢房整理他的遗物，看见了一个巨大的木头箱子。我砸开了锁，里面是一截一截打磨光滑的木块，像孩子的积木。我蹲在地上开始拼凑，一块一块，一个熟悉的雏形呈现在我面前。我额头沁出了细密的汗珠，双手打着摆子加快拼接的速度。每一块木头都光滑如玉，连接处的凹槽严丝合缝，落日的余晖从窗口挤进来落在木块上，在绮丽的光辉里，两条木头的火车轨道在我面前延伸开来，我将同样是木头做的火车放上去。

隆隆的响声自我脑海深处驶来，我看见冒着黑烟的火车，喘着粗气，从岁月那头驶来。

最下面有一个碎格子手绢，打开手绢，是一张皱皱巴巴、泛了黄的老照片。照片上有一个烫了头发的女人冲着我笑，她的大眼睛笑成一弯新月，唇边有两个小酒窝儿。

我想死

我想死。

这个念头闪进脑海的时候,我正在城市的雾霾中疾步穿行。我很想通过加快步伐来摆脱头顶那群阴魂不散的鸽子。可是不论我的脚步加快或者放慢,它们依旧盘旋在我头顶上,不远不近,恰好笼罩着我。有人说鸽哨声是空中交响乐,我想:如果一定要把鸽哨声比喻成音乐的话,我看索命曲更恰当些。我讨厌这尖锐的声音,一听见这声音,被我拧断脖子的那只鸽子绝望、清澈的眼神就在眼前晃动,那抓住、弄死它的过程就像电影一样在我脑海中重现。

它们一定是找我复仇的!这个想法让我毛骨悚然。我抬头,企图看清这群复仇者的数量,却见有一块月饼样的东西,在灰蒙蒙的苍穹里若隐若现。我放眼处只有雾霾,深厚的、无边无际的雾霾。我看不见它们,但我知道它们就在我头顶上的雾霾里,因为嘹亮的鸽哨声已经刺穿了我的耳膜。

我偶尔会瞬间失聪,听不见宝马车疯狂的嘶鸣。不用回头我就能看见油光锃亮扭曲变形的面孔,堆叠的面孔无一例外地写满了蔑视、愤怒、厌恶。这样的面孔太多了，我不以为然目不斜视地朝着马路对面横穿而过，红灯在空中狡黠地眨着眼睛，一阵阵刺耳的刹车声、咒骂声在身后响起。

我以为会有哪个倒霉蛋撞上我，这样的死法很好：车祸！是意外，不是自杀。"自杀"毕竟不是什么光彩的事。它会让人与懦弱、不负责任等有损我人格的词汇联系在一起。是的，我提到了"人格"。有些时候，我觉得人格比生命更重要一些。当然，这句话说出来会有很多人掩口嗤笑：活成这个逼样还他妈的讲人格，能不能不闹！

依旧无视红绿灯在每一个路口疾步穿行。我头不梳脸不洗，衣服又旧又脏，褶皱不堪。我的脚上穿着断了一根带子的塑料拖鞋，挤进似乎与我格格不入的人流，撞上了很多人。有化着精致妆容的女子，她身上的香水味掠过我的面颊，我皱皱鼻子阿嚏一声喷出去。这些年不论香臭，闻到刺激性的味道就打喷嚏，可能我的日子寡淡得太久了吧。她回头看我一眼也像我一样皱皱鼻子，眼睛里装满了嫌恶，抱紧了怀里穿着红色灯芯绒背心的小狗，快步离开。

西装革履的男人一个趔趄，他夹紧腋下的牛皮包回头扫我一眼，刚要张嘴就停下来，他没皱鼻子，皱眉毛。他看我的眼神不像男人看女人，像看一只滚了一身烂泥的猪。他唯恐避之不及的样子让我麻木的唇边绽开一丝轻笑：如果我也华裳裹体眉黛轻描巧笑倩兮香气袭人地撞上去，他还会用看一头脏猪的眼神看我吗？当然不会，他一定会双眸闪亮！

刘晓庆大我一轮呢！我才多大？

我想死

神游太虚之际我撞上了一个少年,他额前酒红色的长发盖住了半个脸,裸露的耳垂上有金光闪闪的耳钉。我撞上去的时候他正一只脚踏在滑轮上打电话。滑轮和苹果手机陪着他一起飞了出去。我听见他脱口而出:我操!便头也不回更快地消失在人流中。我不知道他爸爸是不是"李刚",只能加快脚下的速度,那几样东西我一样也赔不起。

我不怕死,但我怕活不起。

我撞上很多人,也或者说很多人被我撞上。没人理我,或者有人理,在我身后骂我些什么,比如神经病、瞎啊、急着投胎啊等等。我没听到,我走得太快。其实我倒是想听到一些话,哪怕是骂人的话,也好过那些转回头嫌恶、轻蔑的一瞥,让人觉得满世界荒凉。

这个城市像个巨型闷罐,把我还有形形色色的人一起闷在里面。我嗅觉敏锐,能闻出很多人的味道:小孩子的奶香味、居家女人的油烟味、风尘女子的挑逗味、壮年男子的荷尔蒙味,还有一些铜臭味、官僚味、腐败味……他们或是步行或是驾车,无一例外都在等,等绿灯亮了再走。我不等,我没时间。早市刚散场,环卫工人在清扫,我要赶在他们前面拾到或者抢到一些丢弃的菜。我说过,我昨晚又拧断了一只鸽子的脖子。那只鸽子已经被我洗净剁碎,它在等一些菜,或者菜叶。还有,王佳在床上等我,我不回去他就翻不了身,喝不了水,会尿到床上,尿了床他会哭,会内疚地说一些莫名其妙的话。他难过的时候五官挪位,丑陋不堪。

这是十八年来他唯一会做的事情。

107

很多事是想不到的。

四十七年前，当我降生到这个世界上的时候，我妈认为我是个有福气的人，因为我生在月圆日的中秋节。她一直觉得月圆日便是人生圆满的最好征兆，事实证明命运安详或是多舛是没有任何征兆的。或者婆婆骂得对：初一、十五生的就没一个好东西，命里就有毒！

二十五年前，我嫁给王佳的时候也没想到能有今天。那时我拍手无尘青春貌美，是王佳眼中的仙子。他忤逆了爹娘把我一个农村丫头领回家后就众叛亲离，除了我再无亲人。他的眼神里装满了爱，我以为我们会幸福美满一直到老。我以为我妈说得对，月圆日，就是人生圆满的征兆。

二十四年前，我生下女儿美歌的时候我没想到她有一天会抛弃我和她瘫痪在床的爸爸。我以为美歌会长成我最贴心的小棉袄，然后帮我一起挑起家庭的重担。事实证明，在极度贫困的日子里，奢望亲情是多么愚蠢的事情。

六年前，女儿离家出走时留下一封信，她说：妈妈，请原谅我的自私，我要离开这个让人窒息的家，我受不了同学的嘲笑和蔑视的眼神。我要过好日子，能顿顿吃到肉的好日子……在当下人们对垃圾猪、瘦肉精敏感恐惧到谈"猪"色变的时代，我的孩子因为吃不起猪肉离家出走了。

我的骨肉亲情败给了垃圾猪。

起初我以为她是青春期瞎闹，闹过后会回来的。

三天前，拾菜叶的时候遇见女儿的初中同学，她说她知道美歌在一个沿海城市，和她表姐在一起，是那座城市里的发廊妹。

我想死

她说美歌现在也穿裘皮、开宝马，日子过得阔绰得很。我抬手擦去额前的虚汗，心里有些欣慰，我的美歌她终于实现了理想，吃上猪肉了。自始至终我什么也没说，像听一个外人的故事一样听过后就继续拾菜叶去了。在这个世界上，我不知道除了躺在床上的王佳之外，什么人还和我有关系。

两天前，我去社区申请低保。申报大厅在市中心靠近时代广场的地方，申报大厅的地面是大块米白色釉面砖，我站在上面勾了勾大脚趾，想把黑黢黢的脚指甲藏起来，后来发现穿着断了一根带子的塑料拖鞋根本做不到，也就随它去了。我抬起头捋了捋散在耳边的头发，阳光透过落地玻璃窗照进来，铺满了我全身也洒了一屋子暖。我一直觉得阳光普照是吉兆。事实再一次证明我像我妈当年一样自欺欺人，也或者是穷途末路时刻最后那一点侥幸。我们这样的人总是对未来抱有一些不切实际的幻想，比如，天上真的会掉下香甜的馅饼、走路会拾到钱，或者拾到一张彩票，中了一辈子花也花不完的钱。我手头有一点钱的时候就会去算命。虽然每次算命先生说的都不一样，但是我听着他们不着边际的话语就会觉得好日子就在眼前了。明知是胡诌还是深信，因为茫然的灵魂实在无处可依了。

我忘记了阳光是洒满了整间屋子的，而我，不过是整间屋子里辗转在光线中的一粒尘埃。

当长长的队伍一点一点缩短，当我前面的人都带着满足的神情离开后，窗口里那个年轻的小姑娘告诉我：对不起，您不符合国家低保要求。她的声音又轻又柔，很好听。我看着衣着光鲜的人轻描淡写地捏着钱离开。再低头看看我冲出塑料拖鞋的脚趾，瞬间觉得肺部气流加大，顶得肋条骨生疼。我声嘶力竭地吼：啥条件才能符合要求？你说，啥条件？小姑娘没有任何表情的脸让我想起了扑克牌里的红桃Q，她藏在刘海儿里的眼睛瞟了我一眼：你有女儿吧？你女儿有赡养老人的能力吧？你老公是工伤，单位有补助的吧？再说，你是健康的，有生活和工作能力的。

我哑了，哑了一会儿就炸了：谁说我有女儿？我没有！她早就死了，我生下来她就死了！不，我根本没生过什么女儿！小姑娘的扑克脸掠过一丝轻蔑，顺手将我的户口本扔出窗口：死了？为啥不销户？她的声音真是好听，软软的，糯糯的。太阳穴处的血管麻酥酥的，哗啦啦地加速奔流。原本灿烂的阳光也在我的视线中暗了下去：我不符合？我尖声笑：哈哈哈哈——我不符合？好！那我们小区的赵大爷赵大娘符合要求吧？我昨天去他们家，八十岁的两位孤寡老人在啃一棵生白菜！他们的低保呢？小姑娘还是一副没有任何表情的扑克脸：他们也没来填报申请材料啊！我无话可说了，赵大爷赵大娘行动不便脑筋痴呆，当然不会来填报申请材料。这的确不应该怨人家，更不能抱怨政府！他们符合要求没有申报能力，我有申报能力却不符合要求。我双唇开启吐出一串恶毒的语言。窗口内的姑娘不再理我，朝我身后摆了摆手：下一位。

有衣着光鲜的人推开我凑上前去。

拖着灌了铅的双腿离开社保大厅的时候，我的肠子在迅速蠕动，在社保大厅门口我停住脚步放了一个响屁，这个屁放出去后肚子里空间大起来，我饿了。想起了家里剁碎的鸽子，我又健步如飞。这个时间，还赶得上早市散了后的清扫吧。

我想死

　　昨天回娘家，姐姐拉着我的手：小妹啊，你咋这么死心眼啊，现在啥社会了？就是松松裤腰带也不至于吃不上喝不上的吧，你家那位你都守了多少年了，还真打算耗完这辈子啊……我甩开她挂满黄金的手，她身上的香水味很浓，我像马一样打了个响鼻。

　　我是第一个进城的，要不是我，她现在还面朝黄土背朝天呢。我记得当时她在我面前能卑微到尘埃里去，后来她挂上了有钱的男人，日子就好起来。她在我这样卑微的人面前是高高在上不可一世的；但她也有低眉顺眼的时候，就是在她男人面前。我见过她像个侍妾般地曲意讨好、仰人鼻息的样子。一想起那个样子我都会忍不住像马一样打响鼻。我无数次甩开她的手，她无数次翻着白眼收起她的钱骂我：不知好赖，该着穷鬼的命！

　　妈把我拉进卫生间，左右看看确定无人，摸索着从裤腰里摸出个手绢包塞进我怀里。她浑浊不清的眼睛看着我，里面装满了疼爱。在她浑浊的眼睛里，我看见了一个面呈菜色、邋遢不堪的自己。我心头剧痛眼窝干涩，一滴泪水也流不出。三年前，她在一次走失后被查出阿尔茨海默病。在这之前，她经常把哥哥姐姐弟弟妹妹给她的零用钱攒起来包在手绢里塞给我。昨晚回家我打开妈塞给我的手绢包，里面是裁剪得整整齐齐的一沓手纸。我再一次心头剧痛却眼窝干涩。

　　肆无忌惮地流泪是多么酣畅淋漓的事情，可我却丧失了这个功能。

　　我知道，早在她检查出阿尔茨海默病后就再没有人给她钱了。

　　鸽子肉炖白菜很香，王佳也眼睛亮晶晶地绕着我转。我边盛饭边说：馋样儿，今天我们家开荤。我把鸽子肉小心地剔下来，放在案板上剁碎，白菜叶捣烂，掺上米饭喂给王佳。

那个江北佬又骂起来了：操他妈的，鸽子又丢了！谁他妈的偷了我的鸽子吃烂肠子、全家死光光……我站起身把虚掩着的窗子关紧，将一口鸽子肉喂进王佳嘴里：香吧？王佳皱了眉头：你又偷了人家的鸽子？我替他擦一下嘴角的残羹：没有！他艰难地吞下口中的食物：哪里来的肉？你就是偷了！你是小偷！无耻的小偷！偷了还不敢承认，你是个无耻懦弱的小偷！有一根青筋在我的额头暴起，血管里的血簌簌奔流。

我把饭碗砰的一声摔在床头：没有！我说没有就没有！我是……我看着王佳惶恐的脸顿了顿，放低了声音，是抓的！"抓"你明白吗？我伸出鹰爪子般的手做了一个"抓"的动作。王佳没有表情。我俯下身盯着他的眼睛：你明白吗？王佳。我又伸出瘦骨嶙峋的手指做了一个"抓"的动作：这不是偷，是抓！

王佳面无表情，泪水滴进碗里，一滴，又一滴。我用调羹舀起掺了鸽子肉屑白菜叶的米饭，连同王佳的眼泪一起喂进去。喂完饭我把剩下的米饭和菜倒进小塑料盆。

赵大娘赵大爷说不出一句囫囵话，见我来了就咧开没牙的嘴傻笑。我紧着给他们找调羹，翻了半天只找到一个。回头看时一盆米饭拌菜已经见了底，床沿上、衣襟上，到处都是汤汤饭饭。两只青筋暴露的手还在盆里习惯性地抓着。

我开始清洗换下来的尿布、衣服。替王佳擦身子的时候忽然发现，他肚皮处、腋窝处、脖子等地方褶皱横陈。我的手轻轻抚摸上去，眼前浮现出他当年的样子，帅气、威猛。曾经多么让人迷恋销魂的男人啊，这就老了。

我想死

我依然在黑夜降临和太阳升起的时候出门,这个城市有三个早市两个夜市。我依然目视前方无视红绿灯,那群索命鸽子依然在我看不见的地方追随着我,我知道它们的队伍在缩小,这个月,我掐断了六只鸽子的脖子。我走到哪里它们就跟到哪里,鸽哨声一次又一次刺破我的耳膜,我头疼欲裂,企图摇摇头摆脱它们。

拼命摇头的空当我听见一声尖锐刺耳的刹车声。我似乎看见自己腾空而起,塑料袋里的菜叶随着我飞舞起来,飞向雾霭重重的天空,飞向雾霭深处的鸽群。我终于看清了鸽群,很大一群,密密麻麻,混在我的菜叶里。

很久以后,我看见有人把王佳抬走了,王佳用不太灵光的手、含糊不清的语言拒绝着,但是没用。抬他的人都有一张扑克脸,他们和我一样,某个时候会瞬间失聪。我跟在他们后面,王佳的眼珠一直在人群中骨碌碌地转,他的眼神穿过我,望向远方。他的眼神不再温暖,满目荒凉。

和王佳一起被抬走的,还有赵大爷赵大娘。他们一行人,都进了那个气派的大门,大门顶部有块牌子,上面写着:敬老院。两边有副烫金字的对联,上联是:不是国家关照好,下联是:何来病老幸福多。

早知道我死了王佳、赵大爷赵大娘便有这样的归宿,我早一点死好了。我是一个看上去健康却一点本事也没有的女人,只能给女儿带来耻辱,给王佳带来吃了上顿没有下顿的日子。我死晚了。

广场电视上正在播新闻:一个高大威武的男人目光冷峻、斩钉截铁地说:"老虎要打,苍蝇也要打!"我看见人群中有很多

113

慌张的面孔闪来又闪去。

　　我的身体忽然不受地球半点吸引，凌空而起，穿过雾霾，穿过鸽群，才发现，雾霾只是笼罩在地球表面的一层薄薄的尘埃而已。雾霾上面是云层，云层上面是不受任何遮挡的太阳，散发着绮丽的光芒。回头看，阳光照射处云海苍茫，身后居然是一派壮丽的景象。我朝着那片温暖、祥和的绮丽世界，振翅而去。

同学会

同学会

一、电话

接到电话的时候是晚上八点。于春在洗衣服，红色塑料大盆里翻腾着黑黢黢的泡沫。于春的手指在里面穿梭，像是游弋在小时候村口水泡子里的泥鳅。

志刚围着水盆转了两圈，吐掉烟头用穿拖鞋的脚踹灭。于春手里搓着衣服，眼角余光斜视着志刚的脚，此刻她似乎看见了塑料鞋底子上烫出个指肚大的疤痕，里面沾满了沙子、尘土，也许还有别的什么东西。

志刚抬起脚踢了踢盆边儿：是不是该歇了？低沉沙哑的嗓子眼里溢出求欢的旖旎。于春抬头白了他一眼：没看见这一屁眼子活儿！歇，累了一天了谁不想歇？衣服你洗？儿子的吃食你准备？明天我不出工了？说着话手上也用了力，一团泡沫裹着脏水飞出去溅到了志刚脚面子上。志刚后退了两步脸涨成猪肝色，恼羞成怒地吼起来：老子就他妈的是个爬脚手架的泥瓦工，洗洗洗，洗他妈的也洗不干净！

儿子在隔板那边拍着隔板号叫起来：吵吧，吵死我算了。你们不就盼着我死吗？

志刚和于春对视了一眼，顿时萎靡了。志刚转身回屋的时候恶狠狠地扔下一句话：下个月说啥也他妈的买台洗衣机！

儿子的干号变了音：不爱伺候就掐死我啊！反正我也是累赘了。那笔赔偿款不够买洗衣机吗？楼房怕也够了吧，就我多余了！我就知道我多余，谁愿意养个残废呢？再生一个孩子吧，生一个能给你们养老送终、能让你们抱孙子的，让我死了吧，老天爷，打个雷，劈死我吧……儿子越说越多，哭声越来越大。

半晌，于春抬起手背抹了一把脸，长长地吐出一口气，胸口还是满满的，像是塞了棉花。

月亮和门灯同时挂在于春的头顶上。光线还是不好，混混沌沌的。于春仰起头看了一眼，月亮前面有一层薄纱，遮得月光也淡了。门灯四周有无数只蚊虫在打旋儿，挡得灯光也昏了。

这时候，电话响了。

使劲儿甩甩手又在围裙上抹了抹拿起电话。刘小燕说：你还记得吧，就是那个总拖着鼻涕的、坐在第一排、说话都不利索的那个？于春皱了皱眉头：燕子，你说啥呢？谁啊？刘小燕又说：同学，咱初中同学啊。于春沉吟了一下：张子旭？电话那头的刘小燕像是点燃的炮仗：对呀，真想不到啊，人家现在是省政府秘书长！还有那个总找你帮他写家庭作业的那个？于春又拧紧了眉毛，眼前浮现出一些稚气未脱的面孔。当年于春在班级是出了名的尖子生，找她帮忙写作业的多了，这一刻还真想不起来刘小燕说的是谁。半晌，电话那头传来一串刺耳的笑声：作业本里夹着给你

写的情书,你把情书给批改了,找出了六个错别字画了圈的那个。于春抬眼瞄了一眼窗子,里面传来志刚的鼾声,鼾声很大也很深重,仿佛承载不动的生活。夜色也随着志刚的鼾声发起了抖。

于春直了直酸痛的腰背:李建设啊!

隔着电话于春似乎看见了刘小燕的表情,挑着文得整整齐齐的眉毛,瞪着欧式眼睛,撇着红唇,这是她夸张时一贯的表情:人家现在干啥?你猜?于春淡淡地:我猜不出,这么晚了,猜人家干什么?

干什么?同学聚会!三十周年聚会,后天,也就是三十号。从早上七点集合一直到夜里,回学校、拍照、谈感想、吃饭、唱歌……我明天把通知给你送去!

于春打断她说:不用给我送,我不去。

啥?不去?姐姐,你这个死脑筋,李建设现在可是省里建设局副局长。你家赔偿款要回来了?再说,你家那口子是干啥的?咱可是同窗三载的同学,说不定人家一弹小拇指咱就发财了。

撂下电话于春接着搓衣服。月亮已经完全隐进了云层,光线更混浊了。

二、一个人的夜晚

三十周年了。

于春问志刚:你不是说你上学的时候没掉下来前三名吗?志刚皱皱眉毛:是啊,咋?不信?不信你问来运啊。

来运是志刚的姨表兄弟,同年,同班。

后来于春还真就问了，问了后很多年百思不得其解：为啥呢？两个尖子生生出个对学习一点儿也不感冒的孩子？儿子干什么都行，就是见不得书本。

于春爹滚了山碴子那年于春初三，眼瞅着就中考了。于春背着行李卷离开校园的时候老校长都出来送行了。他花白稀疏的几绺头发在秋风里抖啊抖，嘴里扔出一串：可惜了，太可惜了！末了又补了一句：可别扔了书本啊，如果有机会再接着念书。

于春摇摇头苦笑，几十年了，从辍学那天起，于春就和书本结了仇，再不瞥一眼。那天张子旭和李建设还有刘小燕走在最前头。张子旭说：以后咋办呢？我可咋办呢？班主任回头用百思不得其解的眼神瞄了一眼张子旭。张子旭立马就缩了脖子噤了声。

那一幕很久都没翻起了呢。

于春在院子里来来回回地溜达着。她看见志刚刚才碾灭的那个烟头，用脚踩上去，她想知道志刚鞋底上的那块疤有多大？明天刷鞋的时候是用手抠还是直接用刷子。如果沙土直接嵌入了塑料怎么办？那又是一块抹不掉的伤痕。

李建设偷偷地跟于春说：回家等着，等我挣了钱供你上学。

起风了，有些凉。那句稚嫩的话在风里打着旋儿。

晾起的衣服被风吹得唰啦啦地响，有些细碎的水珠飘落在于春的脸上。

这个同学会，去还是不去呢？

不去，混成这不招人待见的样子，去招些叹息回来吗？李建设看见自己今日满面尘灰十指不洁的潦倒样子会不会想起那句话呢？想起了又怎样？

同学会

"回家等着,等我挣了钱供你上学。"于春摇摇头自己笑出声来,快步走到大盆前,俯下身继续搓洗起来。

于春有洁癖!志刚见人就这么说。说的时候皱着眉头一脸的无可奈何。要是有人接茬说:洁癖还不好,至少家里清清爽爽干干净净!志刚就会从座位上激动地站起来:你试试?你和有洁癖的人过几天日子试试!

于春对他的说辞充耳未闻。她照旧陀螺般地在十几个平方米的屋里忙碌:志刚,牙签呢?我刚买的牙签呢?志刚用手指甲抠着牙:你那牙签会下崽啊。于春就心慌起来。没有牙签怎么擦地板?转了两圈于春找出一根缝衣服的针,跪在地上抠起地板缝来。

于春不知道啥叫洁癖,她就是觉得屋子不干净,每一个角落都不干净。前些年还好一些,儿子从脚手架上摔下来高位截瘫后她就更觉得不干净了,连空气都脏,到处充斥着腐臭味。于春就拼命地刷洗,刷得地板都露出了白惨惨的木头碴。志刚逢人就说:俺家衣服不是穿破的,都他妈的是洗破的!

于春在志刚的工地上做饭,每天忙碌着五六十人的三餐,回家就是收拾洗涮。随着一盆一盆脏水泼出去,于春的心头会亮堂一点,仿佛泼出去的不是脏水,而是其他什么东西。

抖开儿子的内裤于春才发现里面裹着一团大便,那酱汁样的颜色渗透了灰白色的棉线。一股恶臭扑面而来,于春胃里一阵翻江倒海,赶紧憋住呼吸,憋出一脸泪水。

洗着洗着于春恶狠狠地一扬手,那团东西朝着大门口飞去。

去,为啥不去!这年月到处都在挖门盗洞地攀龙附凤,送上门的关系凭啥不接着?就冲初中三年抄作业的情谊吧。说不定志刚就不用爬脚手架了，说不定儿子的赔偿款就能拿到了。

穿什么去呢？

于春扔掉手里没洗完的衣服，借着月光蹑手蹑脚溜进屋打开大衣柜，丈夫翻个身梦呓般地问：干吗呢还不睡觉？于春吞下一口唾沫：找点东西。志刚翻个身恶狠狠地把被子用双腿夹住：找吧！这个破家你能找出啥来？

翻腾半天于春拎出来一件鹅黄色的连衣裙，这是去年妹妹淘汰下来给她的。妹妹嫁得好日子过得舒服，常拣些过时的或者不喜欢的衣服给她。裙子颜色很娇艳，只是放得久了有些褶皱还有些霉味，应该用熨斗熨一下，明早去借个熨斗。鞋呢？穿什么鞋呢？放下裙子于春又开始倒腾门口堆着的鞋盒子，翻了半天找出一双塑料凉拖，淡黄色，和裙子很搭。只是鞋边处有灰尘，于春又打来一盆水刷起鞋来。刷着刷着于春忽然放慢了动作，去做什么呢？这个那个，阿猫阿狗都比自己混得光鲜，这些光鲜和自己有什么关系吗？三年同窗？自己觉得这是一份情谊，人家会这么想吗？想到这里于春把手里的鞋刷子连同刚刷好的凉拖一起扔了出去。

于春在空旷的夜里呆坐着和自己生起气来。月光更暗淡，门灯也更昏暗了，夜风微微吹起，一丝凉意钻进了于春单薄的小衫里，于春缩了缩脖子，双手交叉环住手臂。

于春爬上床的时候月亮都偏西了。她躺在床上听着志刚的鼾声，一丝困意也没有。

这个夜晚因为刘小燕的电话拉长了。

睡不着的于春索性又起身走出房间，小院里一片寂静，睡眠

同学会

是劳累最好的夜生活。于春是小院五个家庭中睡得最晚的,也是每天九点准时上床。今晚是第一次一个人站在一院子的月光里,一只凉拖和鞋刷子也躺在月光里。仿佛两根针,深深地扎进了于春的心口。于春拾起凉拖,哪一年买的都不记得了,自从儿子从脚手架上摔下来变成了瘫子于春就再没买过穿的。

于春想,该给自己买点什么了,衣服鞋子都行。明天趁午休的空儿去逛逛街吧。

三、穿啥呢

服装城里一家一家店面连接起来,一眼看不到头。于春从第一家开始逛,一个半小时眼瞅着就过去了,于春还是两手空空。不是挑剔,有一件风衣让于春动了心,宝石蓝的颜色,大翻领,腰间捏褶。于春试穿的时候觉得自己立马就高贵了许多,最后卡在价格上,二百六十,小姑娘一副不能再商量的架势。于春站了很久,兜里那三百块钱都被攥出了汗也没掏出去。

往工地赶的时候于春有点生气。生谁的气说不清楚,不就三百块钱嘛,至于嘛,花了又不是明天就活不了了。想到这于春扭回身往服装城走,走得很急,脚步都有些踉跄,走了几步就慢下来,三百块钱不多吗?能买两袋五十斤大米呢!两袋大米是两三个月的命根子呢!能买二十多斤猪肉呢!二十多斤猪肉够于春家改善半年伙食了!想着想着,于春转了身。这一次脚步虽然沉重却坚决了,毫不犹豫地向前走着,身后的那件风衣离她越来越远,只有一抹宝石蓝在于春眼前晃啊晃。

边走于春边想：一件衣服罢了，可有可无的东西。人到中年身材都走样，脸上也生出很多皱纹，穿上能漂亮到哪里去？再说那颜色也不好。宝石蓝，颜色太亮。另外红色也是不能选择的了，衬不起。黑色更不好，本来这张脸就暗淡无光了，再穿上黑色还不得像个老寡妇！

于春叹口气，如今这样子，真不知道还能衬得起什么颜色。

四、同学会

什么也没买，同学会还是去了。刘小燕一清早就来接她，开车的是刘小燕的表弟，是个的哥。于春也没再矫情就跟着走了。走的时候换上了那身妹妹淘汰下来的鹅黄色连衣裙，还有那双沉寂了很多年的凉拖。

踏进学校大门的时候于春眼泪差点掉下来，心头仿佛有一块结痂很久的伤，冷不丁儿被掀开了。

几座新添的教学楼很气派，操场上铺了塑胶，走起路来发涩，于春的凉拖有几次差点离开脚飞出去，操场周围的白杨树也不见了，于春失声叫起来：白杨树呢？我们的白杨树呢？身边的同学接话说：早锯掉了，盖新教学楼碍事。于春的心又疼了一下，她仿佛看见三十年前的自己，站在曾经的白杨树下，承受着毒辣辣阳光的炙烤，没有一点庇护。

满眼都是一些陌生的、修剪整齐的植被。操场周围添置了很多现代化的体育器材。于春看着那些散发着贵气的物件，想着当年被摸得铮亮的高低杠。当然不会再找到从前的班级，于春觉得

同学会

他们的班级被那些高耸入云的大楼压在下面了。于春将眼光扔向楼顶的云层,想着班级中间的铁炉子,上面堆积着些饭盒。炉火熊熊,教室暖暖的。满屋子饭菜的香味。木头黑板上老师的板书工工整整。出了教室门左拐是老师的办公室,于春最熟悉的一段路程,她常抱着高过头顶的作业本走向那里。

同学见面的场面很热闹,大家互相握手,像个陌生人似的介绍着自己,介绍工作、住址、身份甚至名字。对于于春来说大家都是陌生的,同样陌生的不仅仅是面孔,还有眼神。很多面孔在于春的记忆中都模糊不清了。看得出来同学之间也有来往密切的,他们说着家庭、孩子,说着上次吃饭的场景,亲切自然。于春一直没有机会介绍自己,也没有人让她介绍自己。

刘小燕一进大门就松开了于春的手。

三十年,三十年哪!

跟在叽叽喳喳的同学后面于春放眼四望,想在别人热闹的空当里找回从前的校园,还有校园白杨树下背英语单词的那个扎马尾的女孩。那时候她的理想是考外国语学院,长大了当外交官。

于春终于没有在那个肚腩微凸、眼神浑浊、一身名牌的男人身上找到李建设的影子。怎么会是一个人呢?那个眼神清澈的李建设曾经偷偷地跟于春说:回家等着,等我挣了钱供你上学。

当然找不到从前的校园了,它已经被埋葬了,就葬在那所宏大的教学楼下面。从前就是从前,过去式了。

一直折腾到中午,他只在刘小燕夸张的介绍中从堆满肥肉的脸上挤出一丝假笑:你好。他说这两个字的时候轻轻地点了一下头,很有礼貌,很谦和的样子。接着就忙起来了,那个也叫李建设的男人的舌头就忙起来了：哈哈，李志强，你小子啥时候做上房地产了？听说半个花城的楼都是你盖的！

小美丽，还这么漂亮，上学我就暗恋你！

小美丽声音很嗲：李建设，现在该叫您李处长了吧？

啥处长？哈哈，按这样的称呼你该叫李局！不过，我更喜欢你叫我李哥！咱是啥关系？老同学，发小儿啊！一会儿把电话号儿给李哥留下……

于春趁着大家忙碌的空当静静地淡出了人群，没有人发现叽叽喳喳的人群里少了一个人。于春觉得，自己很多余，有点像牡丹园里突兀地长出一株狗尾草，碍眼又多余。

她一个人绕着校园安步当车，慢慢地走起来。微风拂过面颊，她居然在微风里又红了眼圈，这一缕微风和当年的一样，可是当年拂过自己年轻面颊的那一缕？它像母亲的手掌，像老校长的笑容，更像稚嫩面庞上干净的笑容。于春知道，很多人都不在了，比如母亲、老校长，还有李建设，都被埋葬在那所高大的建筑物下面了。

富丽宫大酒店是本市顶尖的一家酒店，四星级。坐落在市中心时代广场附近，金碧辉煌。门前的服务员个个高挑漂亮，衣着光鲜。他们弯着腰对来往的客人说：里面请，欢迎光临。于春抻了抻连衣裙下摆，学着前面同学的样子，迈着稳稳的步子昂首走进去。

菜很丰盛，都是于春没见过更没吃过的，装在精致的漂亮盘子里，很多东西看不出是什么菜，像一幅画，有的像雕塑。于春在心底叹：这是吃的吗？分明就是用来欣赏的。来都来了，见见

世面,解解馋吧。拿定主意于春举起了筷子,才发现不知道该怎么吃,从哪里开始吃。龙虾船上的巨型龙虾从头到尾都安然地卧在那里,没人动,大家都在举着酒杯喷唾沫星子。醉虾还在欢蹦乱跳,更吃不得。香辣虾很诱人,可惜于春有喉疾,吃不了辣的。螃蟹、鲍鱼、海螺……忙乎半天,螃蟹壳把嘴角刮破了,有液体流出来,于春伸出舌头舔了一下,一丝腥咸味弥散开来。

于春却觉得更饿了,想起家里的炸酱面。想起志刚吃炸酱面的样子,一大口面嘬进去,随着扔一瓣蒜,嘎嘣嘎嘣地嚼,嘴角的炸酱像两撇小胡子,随着咀嚼慢慢流淌。于春咕咚一声吞下一口口水,她抬眼看看身边的服务员,想问问主食是什么,能不能叫一碗面。服务员微低着头告诉于春:主食鱼翅粥,虾仁饼,半个小时后做。于春不解:为什么等半个小时?现在做不行?服务员笑笑说:这是李局要求的,说喝一会儿再上主食,最少半个小时后。于春没再说话,对漂亮的服务员表示歉意地笑了笑。

于春偷眼看刘小燕,她两眼放光地盯着李建设,根本没动筷子。很多人都盯着李建设,而李建设两眼放光地盯着小美丽。小美丽一只手翘着兰花指在晃动红酒杯,另一只手扶着额头,一副不胜酒力醺醺欲醉的样子。她长长的睫毛半垂着,唇边的酒窝若隐若现。

于春记得,当年小美丽是单眼皮,没有酒窝的。

五、很热闹

都喝醉了!于春这样想,要是不这样想于春会疯掉。她坐在角落里，看着一幕一幕与自己无关的热闹。李建设的手已经在小美丽的身上游弋了，嘴唇也贴在一起了。很多人都搂在一起跳舞了，灯光很暗，已经分不清谁是谁了。有十来个围着桌子上的一个圆盘喝酒，圆盘可以转动，上面写着些字：自罚一杯、找邻居替一杯、学小狗叫、亲一下、摸奶一次……于春看着上面的字有些头晕。张子旭问于春：会喝酒吗？于春摇摇头。张子旭摆摆手，示意于春坐到一边去。于春坐到角落里，想起张子旭小时候求自己帮忙写作业的事。那时候张子旭会帮于春做值日，于春坐在一边帮他写作业，他拿着笤帚扫地，桌椅板凳被他弄得叮当响，于春抬头就能迎上一个讨好的笑脸。现在，他一个手势就把于春指使到角落里了。张子旭那边很热闹，有女同学笑着逃开，也有刚起身就被拉回去的。笑闹声、尖叫声响起的时候能把歌声压下去。于春觉得自己耳膜都快穿了。

　　这次聚会来了三十二个，看了个遍，个个衣着光鲜，只有自己灰突突的。于春每次鼓起勇气扬起的笑脸都被冷冻在假装没看见的漠然里。这一刻，于春的心反倒平静下来，没什么好自卑的，都是两个肩膀扛着一个脑袋过日子，各自环境不同轨迹不同自然状态就不同，攀龙附凤的打算在这里和在平时的日子里一样，遥不可及。物以类聚，人以群分。还是踏踏实实过自己的日子吧，尽管不好过，但那才是自己的。

　　一个黑影闪过来，一张似曾相识的脸就在眼前了。他手上举着一瓶饮料。于春接过来，有点受宠若惊。他笑了笑：不记得我了吧？我可是当年一直和你工作在一起的。张庭刚！于春脱口而出。他笑了笑：还好吗？这些年。这句话一出于春差点落泪。

避开了热闹，两个人走到外面露台上。

张庭刚是班长，于春是学习委员，两个尖子生。那晚他们一直在聊天。张庭刚师范毕业在一个小学当老师，妻子没有工作，身体也不好，他们有一对双胞胎女儿在读大学。他们聊起了各自的生活，说到说不下去的时候就举起了手里的杯，碰一下喝一口，用喝酒的姿态一杯杯地喝饮料。那晚张庭刚说了一句话于春记住了：苦辣都是生活的滋味，用心品就好。

六、炸酱面

回到家的时候快零点了，于春锁好自行车冲进厨房煮面。炸酱里放进去两个鸡蛋。忙碌着的步伐有点急，一肚子的饮料在里面荡来荡去。志刚穿着裤衩揉着眼睛出来：没下馆子？没混上饭？于春也不理他，一屁股坐在灶前小板凳上，端起大海碗，吸溜吸溜恶狠狠地吃起来。只一会儿，额头、鼻尖就渗出汗来。

穆棱河

谨以此篇献给我的故乡——穆棱镇

一、从前

穆棱河是黑龙江支流中乌苏里江左岸最大的支流,它是条古老的河。我爷爷说。

我将涣散的眼神扔向别处,敷衍着:有多老?

爷爷牵了牵嘴角:有多老?沏杯茶,燃袋烟,慢慢听。他就是这样,一些陈芝麻烂谷子的事,总是摆出一副意味深长的样子,老牛反刍般地反复折腾,也不管有没有人爱听。

院角的榆树也老了,不知啥时候树干上又多出了几个洞。我扶着爷爷在树下的石桌边坐下,看着树洞那边的鸡鸭啄食。想着小时候这棵榆树又高又大,我一次次偷偷爬上去一次次跌下来。

在辽金时代,它叫"毛怜河"。为啥叫毛怜河呢?爷爷捻着为数不多的几根白胡子说:我爷爷听他爷爷说,这条河边的一个茅窝棚里住着一对打鱼的夫妻,结婚多年不开怀儿,那年春上,

穆棱河

丈夫捕捞到了一条叫不出名的大鱼。

爷爷全不顾我不耐烦的眼神，悠闲地端起搪瓷缸子咕咚喝下一口浓茶：那是条有灵性的鱼，它圆溜溜的眼睛只哀戚戚地看着后生，不挣扎。后生看看大鱼圆鼓鼓的腹部叹口气松开了网：你比我有福气，走吧。

两个月后妻子有了身孕，那肚子竟然是常人一倍大，找了郎中搭脉，郎中预言：腹中是双胞胎，一男一女。次年果然产下龙凤胎，男娃取名阿毛，女娃取名阿怜。

后生认为是大鱼报恩赐子，去河边摆了大供，一个头磕到地上：我有后了！感谢河神娘娘。抬起头，眼角竟有了泪光。那天后生在河边焚烧了渔网，言誓再不捕鱼，开荒种田去了。

后来男娃从戎当了将军，女娃进宫当了娘娘。后生和妻子一直生活在河边的茅窝棚里不肯离开。晚年时期，后生常坐在河边看河水，看河水里游来游去的鱼，看着看着就看出了幻觉：波光粼粼的河面上一条金龙、一只彩凤眨眼就到了眼前，金龙扭扭身摆摆尾幻化成一个胖乎乎的男娃，彩凤扑扑翅膀幻化成女娃。两个娃娃娇娇地唤着爹娘，朝着后生憨态可掬地扑过来。后生喜得抖开了满脸的皱纹，叫着阿毛、阿怜，张开了怀抱。

毛怜河，由此得名。

爷爷拿起身边的暖水瓶，给搪瓷缸子蓄满水。看了看，又从怀里摸出个纸包，抖着手捏了几片茶叶扔进搪瓷缸子。再看，茶叶在水面上漂着，像几叶扁舟。爷爷便抖着那几根为数不多的白胡子鼓起腮帮子吹，白胡子抖了又抖，腮帮子鼓了又鼓，扁舟不情愿地翻转着沉了下去，寡淡的水渐渐浓了颜色。

大门外响起些铃铛声,接着马蹄声就响起来。爷爷皱起了眉头,胡子里闪出一句:狗日的!阴魂不散的王八犊子,啥年纪了还赶着个破车满世界嘚瑟。

"小小子,坐门墩,哭哭啼啼要媳妇儿,要媳妇儿做什么?"

爷爷的眉头锁起来了:老不死的!

一声吆喝:吁——马蹄声停了,童谣也止了。

一个苍老的声音挤进大门:老晁,喝茶呢?还让孙子陪着,好福气!

爷爷浑浊的眼睛顿时圆了:滚!

咱那重孙子没回来?该娶媳妇了,你该催催。

爷爷的眉头拧成个疙瘩,抄起搪瓷缸子盖扔了出去:滚,你奶奶的!

又一声吆喝:驾——

"做裤做褂,做袄做袜,捂脚说话,生娃娃……"苍老的声音喊着童谣,扬长而去。

我爷爷叫晁洪坤,他嘴里骂的那个老王八犊子叫林成志。听说在很久以前他俩是好兄弟,这仇啥时候结的呢,没人说过。奶奶活着的时候在爷爷的怒骂中说过一句话:何苦呢?你骂给谁?谁该你骂?爷爷立马转过脸:咋?你心疼?奶奶扔过一个白眼啐上一口立马噤了声。端在手上的簸箕用了力,一些黄灿灿的苞米粒子蹿出去掉在地上,鸡就探头探脑地挤过来了。

我将指间的烟蒂弹出去,小跑着去大门外拾回茶缸盖子。我爹是个老铁路职工,脑出血后就不行了,再没起来,现在基本卧床,我妈伺候着。爷爷是家里的老祖宗,也得好好伺候。早就想

穆棱河

把这个老祖宗搬到镇中心的楼房里和我爹一起伺候,说啥他也不答应,就在老房子里住着。开始他说舍不得门口那棵老榆树,前年修路老榆树被砍了他还不走。就守着这个比他还老的老院子,害得我两头疲于奔命地跑。

爷爷端起搪瓷缸子,他的手抖得更厉害,手背上那块疤也随着手的抖动跳跃起来,在阳光下更加刺眼,仿佛在诉说那场战争。爷爷总是说起那场战争,战斗总是如火如荼,一个个英雄在枪林弹雨中倒下,然后就是漫山遍野火光冲天的焚烧。于是就有了历史上的"火烧山"。

我是听着那些故事长大的。等我长到爷爷的故事再也满足不了我的好奇心的时候,我就在一个午后跑了。跑的时候我没有想过后果,我将书包塞进了柴火垛,我当然没有想过我什么时候回来,怎么回来。我只是像往常一样淡定地吃过早饭,对正在洗碗的母亲说:我要去上学了。母亲头也没抬哦了一声。当然,她没看见我偷偷塞进裤兜里的两个黑馒头。

那一年我应该是十三岁,或者是十四岁。我家就住在穆棱镇北山根,我知道顺着山根的小路一直走,绕过北街,绕过一个菜园子,再绕过一个砖厂,顺着砖厂门前那条小路一直朝山上走,翻一座大山就到了。我打听过很多次,这条路线没错。只是我不知道那座山那么高,那条山路那么远。等我拖着酸疼的双腿爬上穆棱镇北山山顶的时候,正是学校放学的时候,我知道该吃午饭了。于是我坐在一眼泉水边淡定地吃了一个馒头。一个馒头吃下去,我的肚子没有任何吃饱的回应,当我举起另一个馒头的时候想了想,又揣进裤兜。

我回头看见了穆棱镇,错落有致的房子此刻鸽子笼般地笼罩在炊烟里,一条细带子样的东西弯弯曲曲贯穿着,我知道那就是叫穆棱街那条路。我知道在它某个拐弯的地方是我的家。还有与它并行的另一条带子闪着光芒随着它蜿蜒而去,我知道那是穆棱河。我从小到大的乐园,我在那里光着屁股摸鱼、扎猛子、撒欢儿。当我踌躇满志朝着山下走去的时候,太阳正沉入山底。在它的余晖中我看见了那座魂牵梦绕的山——火烧山。我只要翻过这座山再爬上去就可以了,说不定我会踏上某个英雄的足迹,说不定我会拾到一支生了锈的手枪,或者炮弹皮也不错。这样想着我浑身充满了力气,更快地朝着那个地方走去。

这是我少年时期的一次远行,结果是我在凌晨时分被怒气冲冲的父亲扛回家打了一顿屁股。当然,他只能打我屁股。爷爷说过,别的地方打不得,打坏了就完了。我们家一脉单传,在爷爷眼中,我是命根子。他指望着我传宗接代。

太阳不知什么时候偏西了,妻终于走出房门,她手里拿着笤帚在撵鸡回圈。爷爷不知什么时候停下来,他呆呆地望着一个地方出神。我端起爷爷冰冷的茶缸:爷爷,后来呢?

爷爷拿起搪瓷缸子呷一口茶:穆棱河是条神河,两岸是原始森林,土地肥沃,资源丰富,是个好地方。它刚开始叫毛怜河,不知道从啥时候开始,五湖四海的都来了,地域不同口音不同。到了元代,人们就把毛怜河叫成了"莫力河",到了明代又变成了"麦兰河",清初叫"木伦河""木楞河",清末开始称"穆棱河"。不管叫啥名字,它都是这条河。从前叫啥不重要,以后永远叫啥才重要。河水不断,根就不断,种就不断。子子孙孙,瓜瓞绵绵。

为啥后来叫了穆棱？爷爷笑得有些不屑：亏你还是穆棱河的子孙！穆棱，满语是牧马的意思。这里土地肥沃，青草茂盛，是宫里的牧马场。

我紧盯着爷爷上下蠕动的喉结，它随着爷爷偶尔吞咽唾液的时候，在爷爷脖子上堆叠的皱纹里滚来滚去。

我有点紧张，知道爷爷的心事，也知道他又要唠叨那个话题了。端起搪瓷缸子，我狠狠地呷下一口冰凉的浓茶。茶水很涩，也很苦。我站起身，爷爷枯树皮样的声音拍在我的后背上：是时候了，该续后了。

我的脚步顿了顿。

又一句拍过来：别忘了，我们祖上是望族，晁氏不能无后！

这个时候妻探出头来：吃饭了。

妻今年退休，在铁路电务段工作了半辈子好容易熬到今天，她盼了很久，几年前就念叨：等到退休只拿工资不干活，那是啥样的好日子。好日子来了她却蔫了。从退休就没了精神，除了吃饭、睡觉似乎其他事都与她无关了。

二、伐木工

我家人丁不旺，这是爷爷和父亲的心病。爷爷只有父亲一个独子。父亲母亲只有我，没办法，计划生育了。母亲是东风小学的教师，第一批计划生育的带头人。计划生育进行得如火如荼。谁敢为了多生一个孩子失去工作？为了这，爷爷没少在无人处骂街。当然，爷爷骂的不仅是计生委，还有爷爷口中的那个"老不死的王八犊子"。

他总是在骂。提起他,爷爷会这样开头:那个臭伐木工!爷爷口中的臭伐木工就是林成志,现在人家都叫他林老头儿。也是穆棱镇上的名人呢。据说他是穆棱林业局第一批伐木工,没有林业局的时候他就伐木头了,从跑木帮开始,那时候他还是个血气方刚的小伙子。他切斜口、打下岔子(打下岔子:林业术语,工人伐树时一般以树往山下倒或者横着倒为规则,工人遵照此规则在大树上割开一条口,称为打下岔子)有一套。他让大树往哪个方向倒就往哪个方向倒。后来日本人侵占东三省,我们原始森林里的红松被连成木排,从春天里的桃花水里漂下来,一直漂到穆棱河,从穆棱河里捞上来装上日本的大卡车。新中国成立后才知道他是老革命,一直做着革命队伍的内应。穆棱镇上有很多个版本的传说,说他怎么在夜里送出鸡毛信,怎么卸掉了拉木头的军车轱辘,还有他凭着一身力气一个人杀死一个日本军官。总之他是名人。

建局前他是伐木工,1947年建局后他还是伐木工。一直到退休,他一直是伐木工。大家眼中的怪物。他拒绝当官,拒绝发财,甚至在林业局最红火的时候他跑到采伐现场去,瞪圆了眼睛看着轰鸣的油锯骂娘:龟孙子,这么采,用不了几年就没有木头了!没有木头子孙后代喝他娘的西北风去!有人在背地里掩口笑:他这是操的哪门子心,好像他有子孙后代似的。有人细声接话:他有!就是没姓他的姓,你们不知道?一根手指立在嘴唇上嘘了一声,林成志背着手骂着娘过来了。我爷爷骂他口是心非、男盗女娼。那些树就是他采光的!你不知道他当了多少年先进!

穆棱河

从我小时候就知道他,他经常在爷爷和父亲看不到的地方塞给我一些好吃的,笑眯眯地看着我吃。如果爷爷看到就一定会骂,他也不回嘴,依旧笑眯眯地转个身,扬起手中的鞭子在空中打个响,走了。爷爷的脸就更黑了。为了这个他曾经被爷爷扔进穆棱河,但是没用,他在水里翻腾几下露出脸,依然笑嘻嘻。爷爷似乎特别讨厌他手里的那根鞭子,林老头儿也似乎特别喜欢手里的鞭子,无论社会进步多快,他就像被遗忘了似的,手里举着那根竹子编成的马鞭,像是举着一根标尺,他那匹似乎比他还老的红马拉着一挂车辕子都磨得光滑如玉的小马车,来来回回穿梭在不合时宜的穆棱街上。

我一直搞不懂爷爷为啥那么讨厌他,奶奶活着的时候我问过,她别过脸扔下一句叹息:小孩子家家的,别问。

小孩子家往往对悬而未果的事更加好奇。

小时候常有些一脸坏笑的大人捏着我的小弟弟问:小子,这是干啥的?我头也不抬干脆地回:打种的。又问:打种干啥?我又回:生娃娃。大伙笑了,我爷爷笑了。林老头儿也抖着胡子笑了。他一笑我爷爷就不笑了,回过头瞪了他一眼,转身就走。林老头儿笑得更洪亮了。

我一直不明白我爷爷为什么那样对林老头儿,说起来他还是我的救命恩人呢。1965年穆棱镇发大水,那一年我刚五岁。很多事不记得,是听老一辈人说的,据说那是穆棱镇上一场巨大的灾难。大部分民宅都被淹,人员伤亡也很惨重。上游决堤的时候是午夜,人们都在酣睡中。林老头儿跟着洪水一起冲开了我家大门,他的公鸭嗓子在寂静的黑夜里格外的刺耳。全家都醒了,醒了的当然也活了命。只有我依然酣睡,他摸到我扛在肩上就跑。我爷爷也跑,边追他边喊:站住!你个王八犊子,把我的孙子还给我。

其实不是没有人讲过他俩的故事,只是版本不一样。

三、我爷爷和林老头儿

据说我爷爷和林老头儿是从小玩到大的兄弟。他们一起上学,一起淘气,一起在穆棱河里扎猛子。林老头儿水性好,扎猛子总是赢,而我爷爷水漂打得浪,一个石子掷出去,水面上能开出七八朵水花。我爷爷十八岁娶了我奶奶,两年后,我美丽的奶奶还像黄花闺女那样窈窕。我奶奶的公婆不乐意了,开始指桑骂槐。我奶奶不服气地顶了嘴:谁是不下蛋的鸡?你们知道是驴不走还是磨不转?于是故事在这里出现了两个版本,一个是这样的:

奶奶和我爷爷成亲那天,我爷爷正发疟子,高烧,打摆子。站都站不起来,于是就委托林老头儿代替接亲。那个年代是父母命、媒妁言的,成亲前谁也不认识谁。急于想看看新郎官的奶奶在晃晃悠悠的轿子里偷偷伸出一根葱白似的手指,将轿帘挑开了一条缝。十字披红骑着马的林老头儿就走进了我奶奶的视线。我奶奶激动的心怦怦直跳,她目不转睛地盯着左前方的背影,那是多么厚实壮硕的背影啊。脊背挺得笔直,看着看着,奶奶就恍惚了心思,就在她含着一抹羞涩的笑意愣神的空儿,林爷爷转过身来,四目相对。

这个小小的插曲谁也不知道,多么细小的一个片段啊!我奶

奶慌乱地缩回轿子里，就像电视剧里某个画面一样。林爷爷下了马，走过来将轿帘掖好。

于是以后抬头不见低头见的日子里，两束目光里就含了些内容了。

在奶奶挨尽了婆婆的谩骂和侮辱，又在爷爷那里看了冷脸和白眼后就钻进了林老头儿宽阔的怀抱里。

他们的事终究被我爷爷发现了，被我爷爷同时发现的还有我奶奶两个月的身孕。我奶奶看着暴跳如雷的我爷爷只气定神闲地说了一句话：你打吧，闹吧，休了我吧。休了我我就跟他走，生一大堆娃，过日子！

我爷爷想了半天，最终像霜打了的茄子——蔫了。他蹲在地上，将大拳头一下一下地擂在自己头上。毕竟一日夫妻百日恩，奶奶软了心，将爷爷抱在怀里，并承诺，与老林头儿再不来往。

七个月后，我爹来到这个世界。

我爷爷和林老头儿手足般的情谊也完了。

另一个版本是我爷爷求了林老头儿，求他帮自己续后。林老头儿听后头摇得拨浪鼓般：不行！朋友妻，不可欺！你找别人吧！

那日我爷爷用了心思，想出一计。那日我奶奶炒了几个热菜烫了一壶酒，我爷爷将林老头儿约到家里，酒是一杯一杯喝下去，话就多了。我爷爷借口出去了，我奶奶就借口倒酒。被我爷爷灌醉后的林老头儿在我奶奶的引诱里稀里糊涂地替爷爷续了后。

其实我爷爷没走远，他坐在窗子底下，头靠着土墙，听着自己心爱的女人和自己的兄弟在自己家里交欢，还是自己一手安排，一个男人所有的尊严被践踏得粉碎。

不管哪个版本，他们的兄弟情都完了。

四、痛

我爹这个老铁路职工是被气病的。他自己这么说，家里人也这么说，我也这么认为。

我爷爷说过：穆棱镇是个啥镇？那可是中国最大的镇！除了景德镇就是咱穆棱镇！这里农业、铁路、林业、部队一应俱全。想一想吧。我爷爷说，当年这镇上，光学校多少家？他一说到这里就喜欢掰手指头：一完小、二完小、铁路小学、西岗小学、光荣小学、东风小学，周边的乡小还不算。中学呢？林一中、林三中、二中、六中。那时候，一家子一张饭桌子都坐不下，人丁兴旺呢。爷爷说到人丁兴旺最难过，五官好像都扭曲进了胡子里。我家人丁就不兴旺，我爷爷十八岁娶我奶奶过门，二十八岁那年才有了我爹。我爹刚十九岁，还没到法定结婚年龄，就被逼着娶了我妈。生下我不久，计划生育了。

到了我这一代，继续计划生育，人的思想观念也发生了巨大的改变。一个孩子和两个甚至多个孩子的区别谁都知道，传宗接代、人丁兴旺似乎变成了我爷爷，甚至爷爷的爷爷的观念。"只生一个好""一对夫妻一个孩儿"的国策已经深深地植入我们的思想。我们爱上了我们的国策，它使我们眼前的生活安逸和享受。

我从没敢和我爹、我爷爷说过，我生的那个浑蛋是个不婚族。他说：我不会结婚的，更不会为了所谓的传宗接代结婚。你们死了这条心吧。他说这句话的时候才大二，人家孩子都成双结对谈

穆棱河

恋爱的时候他说了这句话。他说完就扬长而去,把我和他妈呆若木鸡的两个人扔在秋风里还不了魂。

他叫晁子煜,今年二十七岁。大学毕业后正经工作不干,守着个电脑黑白颠倒地混日子。我是个生活在老少四代夹缝中的人,我无法面对九十多岁了日日夜夜盼重孙结婚的爷爷,也无法面对躺在床上想起来就念叨的老爹,更没有办法和与时俱进的儿子沟通,我谈过骂过吵过甚至还打了他,没用,捆绑不成夫妻,我总不能找个姑娘扔他床上吧。

让我爹生气着急的不仅是我儿子不结婚,还有那条该死的高速公路,那条绕开了穆棱镇的高速公路。它连起了那么多村庄却绕开了这个历史悠久的镇子。

隔了不久,修高铁了。高铁也顺着高速公路绕开了穆棱镇。

我爹发飙,那天刚喝了酒,他带着一帮人去工地闹,工地上的人说:你闹我们有啥用?我们只是施工者。我爹瞪着眼睛问:那我找谁?人家说:政府啊。他们让我们把铁轨铺到哪里我们就铺到哪里。你有本事要求铺到你家院门口也行。

我爹就去找政府了。政府负责接待的领导态度极好,他没有打官腔,和蔼地问我爹:老乡,有啥话,好好说。我爹擦一把头上的汗水:谁?谁这么大的权力?高速公路绕开了,高铁也跟着抛弃了?这可是一个历史悠久的重镇啊!十几万人口啊!有名的"大豆之乡"!交通不方便了,我们的大豆怎么运出去?我们这十几万人民生病怎么送出去?赶紧把图纸改了,不然你们会后悔的!谈判进行了一个下午,我没在现场,不知道发生了什么。日落西山的时候我爹他们哭着走出了政府的大门。那一次给出的解决方案是政府的轿车随时听候人民的调遣。

可惜政府的轿车太少，人民太多了。当有一位脑出血的汉子因为抢救不及时撒手人寰的时候，我爹又带着一帮人去了政府。那天我爹是喝了酒的，他言辞犀利，情绪激昂，据说他像个泼妇般地骂了人。当他被保安人员以酗酒滋事为由拖出政府大门的时候，我爹向后一仰仰面倒下。我爹倒下的地方是水泥地，他后脑勺着地，实实在在地摔倒。

医生说来晚了。那天政府的轿车呼啸着带着我爹和他的转院证明走到半路上，或许是着急，也或许命中注定，在急弯处与一个拉着老牛的农夫撞在一起。

"摆渡"这个词很容易让人想起身披蓑衣、双手悠然划桨的船夫，你听说过"摆渡列车"吗？这是个让人心酸的词。那条简易铁轨是父亲倒下后研究出来的又一个解决方案。

当火车再一次鸣着笛声缓缓驶来的时候，人群是沸腾了的。我们的穆棱镇多久没有听到火车那气贯长虹般的鸣叫了？我们终于又有了交通工具，可以带我们去远方的交通工具。可是，那又是怎样的交通工具呢？在铁路系统从蒸汽更新换代到内燃再到电力机车的时候，我们终于有了一列蒸汽火车，它冒着黑烟像个风烛残年的老人般拉着一节淘汰很久的绿皮车厢从远处驶来。它的票价是三元，它的使命就是把我们从穆棱镇上拉到十几公里外的高铁站，我们在那里换乘。每天它往返两次，也就是说不管你乘坐几点的高铁，你都要早早地乘着它去高铁站等。

沸腾的人群看清楚"摆渡列车"的样子后，就不知道该笑还是该哭了。人们的脸上从最初的兴奋变成了尴尬。这节绿皮车厢

穆棱河

上，赫然醒目地挂着一个牌子，上面写着：新穆棱—穆棱。

"新穆棱"这个词从诞生的那一刻开始，我们的穆棱镇就老了。像风烛残年的爷爷，曾经的荣辱兴衰都深深地沉入历史长河，不落一丝波澜。

"摆渡列车"我只坐过一次，那是个冬天，车厢里充满了寒冷和浓浓的煤烟，车厢门大开着，浓浓的煤烟出去，寒冷的风吹进来。

幸好我爹病倒了。我想。

五、如今的穆棱镇

当年的穆棱镇是怎样的一副场景呢。街道还是这条街道，当年这上面挤满了南腔北调的人也不拥挤啊。如今空荡荡的反倒这么窄了呢？是我随着时间的推移目光变宽了吗？那临街而生的摊位呢？飘着浓香的油炸糕呢？那堆积如山的麻袋包呢？那时候，哪个后生要是哈腰能扛起一个麻袋包，是会被挑大拇哥的，一麻袋包大豆，小三百斤呢。

集市，一辆辆运送木材的汽车，拉大豆的货车，自行车的铃声，结队而行的学生娃……都去哪儿了？

五年前我爷爷过世，他到死也没看到我儿子结婚生子。出殡那天我对跪在灵前的儿子一脚踹下去。那小子连个屁也没敢放，我的眼泪滑过苍老的面颊，我对着棺椁里的爷爷不停地说：对不起，对不起。我记得爷爷说过的话：晁氏家族不可无后。他掩耳盗铃的续后方式，是不是可以随着他生命的终结而终结了呢？

我替我爹送走了我爷爷。林老头儿也来了，他没拿那根一辈子没离手的马鞭，他也不再意气风发地唱童谣，他走路很慢，弓成虾米般的身体在阳光投射的阴影里成了一个逗号。他是从敬老院来的，九十多岁的孤寡老人，政府政策好，不要钱，白养着。他来了也没买一张纸烧给我爷爷，也没哭，只是抚摸着棺材看，喃喃地说了不少话，我只听清楚一句：老晁哇，在那边等着我，我很快就来陪你了。

我爷爷死后三个月，林老头儿死在敬老院里。

老人走了，去了最终要去的地方。年轻人走了，越来越闭塞的穆棱镇收容不下下年轻人的梦想了。

学校一所一所地黄了，娃娃们跟着年轻的爹娘走了。外面的世界不仅精彩，还有学校可以读书。

出行更不方便了，"摆渡火车"像个聋子的耳朵般地摆在那里，没几个人去坐，没有了高速公路，穆棱镇通往外界的，还是几十年前那条弯弯曲曲的小路，两台轿车错车都得小心翼翼。大家是闹过的，比如我爹，找过闹过骂过后就永远静静地躺在床上了，后来大家一拨一拨地找过的，官方的说法没啥毛病：勘查地理的专家说过：穆棱镇地势低洼，不适合修建高铁、高速。

穆棱镇，老了。

和穆棱镇同时老去的还有那些倚着墙角晒太阳的老人，他们皱着额头，眯缝着眼睛看着蔚蓝而寂静的天空，在他们模糊的视线中，偶尔会有一只色彩斑斓的彩凤，和一条金龙掠过。掠过处传来几声悦耳的娃娃笑声，那笑声在穆棱镇的上空，在老人的耳边萦绕着，久久不肯散去。

会飞的红皮鞋

毒辣辣的太阳累了,懒洋洋地向天边倚去。空气很干,飘着一股子焦煳的味道。树枝光秃秃地擎着,如干尸的手臂。土地被秋风撕开了一条条口子。小河里只剩下大小形状不同的石头,像骷髅的肋骨般地支棱着。

我爹的脸上仿佛生了铁锈,破皮的嘴唇半张着,隐约露出两颗龅牙来。他甩着大脚板过小河,穿晒谷场,朝家里走来。脚上是娘做的千层底,大脚指小蝌蚪一样探出了头。疾步生风时碰到了团蒿,叶子哗啦啦掉下来,被我爹的脚踏上去,碾碎了。他的肩上搭着一双女士的拉带皮鞋,圆头,鲜红。皮鞋把小路染红了,把脚下的枯叶染红了,把天边的云彩也染红了。这鲜艳的颜色挂在我爹被汗水浸湿的肩膀上,与他小褂上层层叠叠花花绿绿的补丁交相辉映着。

村里的习俗,啥时候延续下来的无从考证。当爹的给出嫁的闺女穿上红皮鞋,寓意出嫁的女儿从此走上红运。

村口有几个青壮年汉子扛着铁锹耷拉着脑袋走过来,我爹瞪着鱼一样的眼睛顿住脚步:没见水?走在前面的铁柱子啪的一声扔掉肩上的锨说：他奶奶的，见水？龙王都他娘的被太阳烤死了，不行风不下雨，哪来的水？我爹黑着脸加入了他们，尘土飞上了枝头。明天不行去南甸子，那里凹，说不定有水。操，南甸子都快挖成筛子眼儿了！老曹叔扯下脖子上黑乎乎的手巾盯着爹的脖子看了半天：给谁买的？二朵？爹将眼光扔向别处：嗯。老曹叔眉毛拧成了疙瘩，挖了一锅烟递到爹手上，叹口气：可惜了！王四大爷吐口烟圈：有合适的人家了？爹点头：上水村老王家。王四大爷把脸扭向天边的那一抹绛紫：可惜了那丫头啊！从上学那天就没考过第二！投错胎了，投错胎了！王四大爷摇摇头，念初中呢吧？才多大啊？

不小了，过了年就虚岁十六了。

毕业了？

没！日子都没得过了，毕不毕业能咋？能让老天爷下雨？

唉——

唉——

上水村是个好地方啊，不缺水。但是老王家那犊子早年打架蹲过大牢啊！我爹再不言语，他的黑脸在晚霞中变成酱紫的颜色。

老天爷着了火，大半年了，连片云彩也舍不得给小村丢下。依山河干涸了，连田里尺把高的麦子都干透了，还没来得及抽穗呢。

好信的孩子生了蹼的脚丫子飞起来，一会儿工夫，爹又买了红皮鞋的消息就飞进了我家。我妈手里的水瓢咣的一声掉到地上，半瓢金黄的小米撒出来。她揪住建国：你说啥？谁家买了红皮鞋？建国咧着嘴挣开我妈的手：你家。我看见了，就在多多爹

脖子上挂着呢。

正写作业的二朵把头从书本里抬出来愣了，接着就捂着耳朵尖叫起来：不是给我买的，不是——

三朵倚着门框上有点幸灾乐祸：不是你还有谁呢？大朵嫁了，我还没长大呢。你闭嘴！一只烂边鞋飞向三朵，三朵头一歪，鞋底打在门框上，鞋面自己飞了出去。

那一年，大朵刚出嫁，二朵十六虚岁，三朵十四岁，我十岁，刚上二年级。娘生娃，一金二银三铜四铁，何况娘一口气生下来的都是丫头。我娘把我生下来后怯怯地问闷头抽烟的爹：又是个丫头，叫啥？爹粗大的手指狠狠地掐灭了刚抽了一半的烟：叫啥？叫多余！瞎了我那头牤子牛啊！操你娘的，破盐碱地，种啥都是母的。你不是说这个和三朵不一样？是不一样啊，三朵那时候鼓包，这个满肚子串啊。娘含泪将柔软的嘴唇印在我的额头上：唉，你可真是个小多余啊，就叫多多吧。当时计划生育工作抓得正紧，因为生我娘东躲西藏好几个月，等计生委把我娘逮住时，我已经七个多月了，我家唯一的那头牤子也被当作超生的罚款牵走了。你瞧，这就是我的命运，上面三个姐姐，都是"朵"，花朵的"朵"，到我这里就成了"多"了。

小村的夜是野地里撕心裂肺的蛙鸣唤来的，红皮鞋在昏暗的灯光里发出刺眼的光芒，二朵趴在她用泪水浸湿了的作业本上，工整娟秀的字迹变成了模糊的蝌蚪，在二朵的泪水中游走着。她的眼睛直勾勾地眨也不眨，泪珠慢慢涌出来挂在睫毛上，越蓄越多，睫毛终于不堪重负，就成串地滚下来。我趴在二朵对面，看见二朵清澈的瞳孔里有大朵，还有站在大朵身边秃顶的新郎，他看上去比趴在河沿上的癞蛤蟆都让人恶心。

二朵看也不看爹丢给她的红皮鞋,她就那么静静地趴着,作业本被她的泪水湿透了,也揉皱了。二朵也不管,要是以往谁不小心碰了她的书本那可是要命的事呢。娘端一碗能照出人影的糊糊:吃饭吧,二朵,吃饭吧。二朵甩开了娘的手。爹终于失去了耐心,大巴掌震得粗瓷碗跳起来:不吃拉倒,省下一顿是一顿,这年头,满眼都是饿死鬼,多你一个不多,少你一个不少!奶奶的拐棍戳着地面:快让我这老棺材瓢子死吧,省口饭让我的孙女吃吧。爹恶着声音:你闭嘴吧!就是现在死了我也没钱发送你!

二朵没吃那顿饭,尽管我们每天最盼望的事情就是吃饭,二朵也没再去上学,爹收走了她的书包。隔天大朵回来了,几个月不见,大朵的目光有些呆滞,肚子大得像个鼓。爹眼角瞄一眼大朵:回来了?嗯。回来了,回来就好,去劝劝你妹。不懂事。大朵低声应着:嗯。大朵的红皮鞋是前年爹背回来的,起初看见漂亮的红皮鞋,我们姐儿四个眼睛都直了,老天爷,还有这么好看的鞋?大朵在我们艳羡的目光里接过了鞋,那时候她在乡里读初三,方圆几百里都知道,老花家有四个比花朵还鲜艳的闺女,个个在班级都是尖子,从来没拿过第二名。即便是学校减免了我们姐儿四个的所有费用,我们的学还是上得很牵强。那天三朵在院子里绞着手指说:明天大朵背着我上学,我的鞋扎脚,大朵那双鞋底比铁都硬,我摸了,踩在钉子上都没事。那天爹特别的和气,把我们赶出屋子和大朵说了很久的话,得到了红皮鞋的大朵哭了一夜,第二天就烧掉了书包。半月后,男人进了家门。大朵穿上了红皮鞋嫁了人,我家又拥有了一头耕牛,爹抚着那头牛一会儿

哭一会儿笑，在牛栏里待了半宿。他说：这是头好牛，喂上两年，比咱家牸子还壮，一会儿又抱着牛头哭，大朵，我的大闺女啊！

大朵走的时候眼睛又红又肿，爹撵到大门口：闺女，以后常回来。大朵没说话，一甩辫子走了，头也没回。

南甸子出水了，整个村子都沸腾了，水不多，是个泉眼，老孙爷爷捻着胡子看了又看，笑得胡子乱抖：明天接着挖，咱村喝水饮牛不成问题了。一片欢呼声把树枝上的麻雀都吓跑了。

男人敲着铁皮桶叫：有水了，有水了！

女人敲着饭盆叫：有水了，有水了！

奶奶的棍子狠狠地敲着面前的地面：有水了，有水了！老天爷哟，有水了！

有水了，有水了！二朵尖叫着跑进来，她的眼睛亮晶晶的，脸蛋激动得都红了：娘，有水了，皮鞋就能退回去了吧，我还能上学了吧？娘在灶前不说话，忽闪着的火苗把娘的笑容染红了。娘在爹跟前一直只有唯唯诺诺的份儿，本来性子就弱肚皮又不争气。上学不上学的，不是她摇头点头的事。

二朵还是没有上成学，爹已经收了人家的彩礼写了字据，那口泉眼，就是用二朵的彩礼钱打出来的。

隔年二朵就像大朵一样鼓着肚皮回娘家了。

暑假说来就来了。

那天早上看起来很平常，太阳羞答答地跳过山梁，狗在跳，鸡在叫。我在娘的呵斥声中懒洋洋地穿衣服。不同的是，那天早上爹穿上了平时舍不得穿的四个兜的中山装，三朵从外面飞似的跑回来：爹，我考上了。考上了什么？县一中，重点班。爹没言语，自顾自地拿毛巾掸去裤脚上的灰尘。爹，考上了，是不是就能去念书？爹还不言语，三朵走到爹面前双眼直视，爹，你说，你说啊。爹一把推开三朵：丫头片子，念多少书也是给人家念的，啥用？爹出门了，临走扔下一句话：我去镇上了。

三朵遭了雷击般地定在那里，我也愣了，仿佛看见那双鲜红的皮鞋，在三朵的头顶上飞来飞去。

十年后。

我和三朵十年没回家。爹去镇上的那天，三朵拉着我钻进屋后柴草垛里，那天，改写了我和三朵的命运。

我至今还记得那天，没有月亮，三朵拉着我凭着记忆跑，把奶奶和娘凄厉的呼唤和狗叫声扔在身后，头也不回，拼命地奔跑。那是一次怎样的奔跑啊，我的肺都要跑炸了，边跑边干呕。三朵死死地拉着我：不能停，多多听话，不能停！树林子里不停地响起动物受惊逃窜的声音。我们跑着，不停地跑着。渐渐地，我们听不见叫喊声，听不见狗叫声，我们还是跑，因为身后有个影子，他脸上有疤痕，满脸横肉，眼露凶光，让人一想就毛骨悚然。我知道那个影子，以前追着大朵跑，后来是二朵，这次是三朵，下一次就是我！

天边泛白，我们跑了一夜！三姐，我——渴，我——想喝——水。三朵终于停下来，她惊恐的眼睛里、脸颊上全是泪水。多多，没、没有、水！忍一会儿行吗？忍不住了，不喝水我快死了！我边干呕边说。三朵看着我，眼泪成串地流出来，她扳过我的脸：来，喝姐姐的眼泪，眼泪也是水，能解渴！我趴在三朵脸上，贪婪地吮吸着，喝着三朵咸咸的泪水，我的眼泪也奔涌而出，

我把三朵的唇按在我的面颊上。

那个出逃的清晨,我和三朵,相互吮吸着彼此的源源不断的泪水迎来了黎明。靠着那些泪水的滋养,我们爬上了一列不知道去向哪里的货车。

一直以来,我不敢问三朵:跑出来后悔吗?就那么扔了年迈的奶奶,扔了亲亲的娘,扔了拖着一身病的爹,还有两个不知死活的姐姐。十年,我没问过。三朵也不说,我们心照不宣地不提过去。那个贫瘠的连续三年大旱的依山村,仿佛从来都没在我们生活里出现过。

那列拉煤的货车,一直把我们带到了省城,开始的时候我们拾垃圾,睡桥洞。后来三朵带着我去了饭馆当服务员,过了一年,三朵找那个饭馆的厨师哥哥帮忙,我又开始回到学校读书。三朵说:我们姐儿四个,都是读书的料子,可惜没那个命!所以,多多,你必须读,替三个姐姐读,读出个名堂来,否则我们老死也不回家乡。我说:三姐,你学习也好,你读,我打工!三朵甩了我一巴掌:我是姐姐,以后啥事都听我的!我抚着热辣辣的面颊扑进三朵的怀里。谁不愿读书呢?

五年后,三朵嫁给了厨师小强哥。我考上了北京大学,全额奖学金。

九年后,三朵的儿子两岁,她和小强哥开了自己的饭馆。我获得出国深造的机会,全额奖学金。

后来,我们回过家乡,每次都是憧憬着去,哀伤着回。当年的大朵二朵早死了,现在的她们两只手交叠着插在脏得锃亮的袖管里,面颊干瘪成秋后的核桃,乱蓬蓬的头发盖住半个脸。她们眼神犀利地随手扯过面前欢蹦乱跳的孩子，狠狠地在她们屁股上拧一把。她们用发光的眼睛尽可能地从我和三朵带回去的包裹中挖掘着。得到了满意的馈赠后，她们会倚着门框折根小木棍，或挖手指甲里的黑泥，或剔牙，间接着撇撇嘴：就你们两个小妮子能！俺咋没那心眼子！跑出去？大朵说：跑出去咱也活不了，咱没这俩妮子的本事！二朵说：可不，咱就是傻，爹娘说啥就是啥。下辈子咱也跑！跑得远远的！另一个接上话茬：对，咱也不管爹娘和奶奶的死活，咱就管自己。话说到这里早变了味道，听在耳边，哽在心头。

她们说话的神情、语气、表情，一如当年村口骂街的村妇，毫无两样。她们与那片土地已经生生地长在了一起，或者融化成了一体。不再嫌弃，没有抱怨，安然地生活着。她们和姐夫站在一起，已经看不出任何不协调，甚至很般配了。

奶奶坟头的荒草很高了，娘身子还算硬朗，爹已经痴呆了，没事就拿个铁锹到处挖，他说，依山村有水，他一定能挖出来。

碰瓷儿

尽管太阳尽可能地和煦了一整天，满地污水，冰雪还是没化尽，有些垂死挣扎的德行，黑黢黢地粘在身边的任何一个角落里。这就是大东北的早春，清新的空气里游荡着些腐朽的气息。

小镇不宽广的街道上很热闹，车辆很多。老公驾车，我坐在副驾驶上，路过农贸市场的时候，一股浓香顺着半开的车窗飘进来。我和老公同时吸吸鼻子，不需要任何语言老公就把车泊到了路边。骨里香的酱猪爪一直是我俩的最爱。

"砰"的声音响起的时候我正在钱包里翻钱，找了半天用两根手指挑出一张五十元的绿票子，票子随着我的手指摇晃了几下，我看见我的车窗外左面大灯处趴了一个人。我甩掉指尖的票子和老公同时下了车。

老公拍拍那人肩膀：嘿，干啥呢，兄弟？细脖子颤颤巍巍挑着一张脸，目光迷离，嘴角处有涎水，他盯了老公几眼，口齿不清地说：要、要钱。接着他的脖子就虚弱地一塌，半边脸就贴在了我的挡风玻璃上。传来几声大笑，这才发现，边上站着几个人。很久之后我才回过神来，是个碰瓷儿的，而且是个很拙劣的碰瓷儿的。老公强忍着笑意问：那你打算要多少钱呢？他这次头也没抬，只伸出三根鸡爪子般的手指头：三千！又一阵笑声响起来。老公终于忍不住爆了粗口：你妈的！我给你娶个媳妇儿得了！

民警和交警几乎同时赶到，他们看了他一眼几乎没问过程就一脸苦笑地摇摇头，拿起手机不知道给什么人打电话。几分钟后告诉我们：把他拖开，你们走吧！我当时有点蒙：不用看行车记录仪？不用向目击证人求证？一个年轻帅气的民警说：不用了，大姐，他是个无赖，这种事也不是第一次了。

他的爸爸是小镇中学的语文老师，几年前和他妈妈离了婚。他妈妈没工作，现在靠拾荒过日子。人群里有人说：他平日里还挺懂事，就是喝了酒就不是人了。

关键是，我怎样才能让他离开我的车？人群里有两三个目击者一起过来拉他：兄弟，快走吧，别丢人了！一拉一拽，我的眼睛忙不过来的时候，他打开车门就坐到了副驾驶的座位上，速度之快，让人绝对想不到他是一个行动不便的脑瘫患者！

那天在那个路口折腾了一个多小时，他就是不下车！人群越聚越多，我站在人群中间仿佛是一只被戏耍着的猴子。给他父亲打了电话，那边不耐烦地说：让警察把他拖出去！弄到公安局关他几天。我说：大哥，警察怎么会去拖你的儿子？他父亲又说：那你就把他拉到无人处找几个壮汉拉出来，再往死里揍他一顿！我有些生气了：揍他？他是个脑瘫患者，如果出了意外呢？放心，死了都不会找你！

电话挂了。

我身后传来一声呜咽：这他妈的还是我爸吗？

碰瓷儿

　　傍晚的夕阳无力地挑在山尖上，像他细细的脖子上面硕大的头颅。余晖红彤彤地洒在他的身上，消瘦的肩膀抖动着，他的脸埋在鸡爪子样的手掌里。

　　他情绪稳定下来的时候老公说：小兄弟，家在哪里，送你回家吧。他抹了一把脸伸出一根手指朝前方指了一下。

　　这是一个被拆迁办遗弃了的角落，低矮的平房趴在泥泞不堪的土路边。几声狗叫，一扇木门打开，挤出一张苍老的脸。他打开车门下车，关车门的时候俯身拾起了什么朝车里一丢就走了。门里唤：儿啊，又去哪儿了？

　　老公掉过车头我下车重新坐回副驾驶，座位上，赫然醒目地躺着我刚才因为慌乱丢掉的五十元绿色票子，上面还沾着些泥巴。

　　我不容置疑地吩咐老公：停车！

　　是的，一个企图讹钱的无赖，拾到了我的钱又丢回车里，这勾起了我所有的好奇心。

　　门虚掩着。院子里堆积着小山似的饮料瓶子、废纸盒子、破塑料布……从大门到屋门，只有容得下一双脚的空地，我将我的细跟达芙妮小心翼翼地穿过垃圾山，躲开一辆独轮小推车，小推车上是满满一车废品。

　　透过玻璃窗我看见了他，此刻正伏在一个满头白发的女人怀里。女人六十多岁的样子，和他一样形同鸡爪子的手正一遍又一遍地抚过他的头发。屋子里有一台十几英寸的电视，放在一张像是淘汰的学生课桌上面，边上还堆着几双碗筷和暖水瓶之类的东西。一铺火炕，炕角堆叠着被褥，或许是脏，也或许是灯光昏黄，看不清颜色。看不看清有什么关系呢，这样的屋子是不会有客人光临的。

　　我突然有些生气，贫穷固然令人同情，但也不能成为讹诈我的理由啊！这样的母亲，怎么教导孩子的。可怜之人必有可恨之处！活该！我本想进屋说些话，但是看看灯光里那衣衫褴褛的女人，菜色的面庞上分明闪烁着亮闪闪的东西。正犹豫进不进去的时候，哗啦一声大门响，旋风般地刮进来一个男人，贴着我的身边闪进了屋子。

　　我踩着一些声音离开：你个畜生，再出去丢人现眼就死了吧！

　　别打了，别打了，让我们娘俩一起死了吧，死了吧！

　　天天说死，咋不死？哈哈哈，不是我笑话你们，像你们这样的，连死的勇气都没有！

　　那晚我和老公没吃饭就睡下了。

　　我是个好奇心很重的人，这大约和我喜欢摆弄文字有关。我总是想去探知一些我不熟悉的事物。那日之后，那张歪曲的面孔好几次在早醒的黑暗中挤进我的脑海。

　　我又来到那个堆满垃圾的小院子。

　　女人随着我的呼叫从垃圾堆里抬起头来。她将手里的塑料瓶子装进一个蛇皮袋问：你有废品卖？这几天不收了，没钱了。这些卖不出去没钱收购了。我站在那里一时无话。是啊，我来做什么？她看了我一眼，咧开枯干的嘴笑了笑：你是那天送我儿回家的人，我儿说了，你们是好人，没打他，还把他送回来。

　　我站在阳光里，阳光照在垃圾堆上，散发出腐朽的味道。我皱皱眉头抽搐了一下鼻翼：他这样的身体，还去做这样的事，你这个妈妈怎么教的？她将一蛇皮袋分类挑拣的矿泉水瓶子系好，

碰瓷儿

搬到大门口,说:他是个好孩子。我撇撇嘴:碰瓷儿、讹诈,还是好孩子?她又拾起一个蛇皮袋,躬下身子:他就是个好孩子。他命不好,没投胎到好人家。这样的身子,没钱治。但是他的脑子是正常的。快三十岁了,他想女人。没有女人愿意跟他,谁愿意跟一个说话不清楚还流口水的男人?那些小媳妇心眼儿不好使,骗他钱。他是个傻孩子,知道人家是骗他钱,他也愿意,掏出了钱,拉拉人家的手他就乐……她又将一个蛇皮袋装满了,搬到大门口。我数了数,大门口已经有七个鼓鼓的蛇皮袋。她自顾自地说:这些分类卖掉,留一些钱收购。剩下的给他,去找个发廊妹。我儿子找不到媳妇,得让他知道做男人的滋味。

我站在一院子的腐朽中,听她毫无顾忌地絮叨着,目瞪口呆。后来,我将 LV 包扔在垃圾堆上,帮她给那些垃圾归类。

她原本有一个幸福的家,住在镇上。丈夫在医院工作,生儿子的时候难产,胎儿严重缺氧。她说:一岁前看不出来他有毛病,那是一段幸福的日子。体贴的老公,漂亮的儿子。人生似乎很完美。一岁半以后,儿子确诊为大脑缺氧性脑瘫。老公就变了。开始是整夜整夜的酗酒,后来就搭上了一个小寡妇,再后来他们生了一个健康漂亮的女孩,他就不回家不管他们母子了。再后来,她卖掉了他们的房子,带着儿子辗转全国各大医院求医。后来钱没了,就回到小镇上拾荒。她用黑黢黢的手抹一把额头说:这个房子是表姐借给我住的。除了这些垃圾,我们一无所有。她说这话的时候表情平静,像是在说一些与自己无关的事情。

我帮她分拣出十五蛇皮袋矿泉水瓶子。然后是废纸、纸盒。再然后是一些铁丝、钢筋,还有黄铜。她拿着那些沉甸甸的东西说：这些可是宝贝，值钱。这一块，比那一袋矿泉水瓶子值钱。她将那些宝贝小心翼翼地装好，说：都怪我，这次囤货太多，早一点卖了给儿子钱就好了。

我说：无论遇到什么样的困难，都不是最好的借口。她停下手里的活计，有些恼怒地盯了我一眼：不怪他。第一次他被一个酒驾的碰了，人家为了息事宁人逃避法律责任就给了他三千块。你不知道，他本来就身体不好，走路七扭八歪。那天，他爬着回来的，满脸是血。他从怀里掏出那些钱，叫着告诉我：妈妈，我们有钱了，有钱了。

去年有一次我推着废品去收购站卖，路上被汽车剐倒，小腿骨折，等我爬起来的时候，肇事司机早没有了踪影。我有三个月不能起床去拾荒也没钱收购，我们没有饭吃，就靠他去翻垃圾箱，捡一些人家倒掉的酸的臭的回来。后来他看着我哭了，哭了半天就出去了。那是他第一次做这种事，人家给了他一千元，他用那一千元带我去了医院。医生说：晚了，断掉的骨头已经错位长上了。如果想纠正，只能做手术。一千元，连住院押金都不够。他就是从那个时候开始误入歧途。他经常出去碰瓷儿，慢慢的人家都知道他了。他经常被碰坏，还要挨一顿揍，有时候人家找到他爸爸告状，他爸爸还要到这里闹，打他，有时候也打我。他爸爸诅咒我们为什么不去死。

我离开的时候太阳偏西了，他还没回来。他妈妈说：又不知道去哪儿了，可别再犯错才好。我站在大门口，回过头对她说：不会的，他是个好孩子。她笑了。满是灰尘的面孔映在夕阳里，发出一种灿烂的、油画般的圣洁。她说：是，他是个好孩子。

我成了那里唯一的客人。说不清为什么,我的脚步经常不受控制地朝着那个方向。我有时候会带一些吃的,会告诉她:大姐,家里吃不完了,帮帮忙吧。她会不好意思地搓手,口里嗫嚅着:这可怎么好,这可怎么好,我们也没什么给你的。

那是一个黄昏,在院子里分拣的,还有他。尽管动作笨拙不便,他很尽心地跟着母亲忙碌着。他将一些书本报纸摞起来,用尼龙绳捆好。他很认真,尽管一些厚一点的书会在他手里滑落到脚下,但是他总会一次次好脾气地拾起来。当他弯腰拾起一本书的时候,他的眼神停在书皮上。我顺着他的目光看了一下,书皮上写着《圣经》。我看着他把那本书拾起来,在衣襟上擦了擦上面的污垢,踽踽着走到屋檐下,将那本书吃力地递到开着的窗子里面去。我看见窗子里面的窗台上还有一本书。那是一本儿童版带拼音的《道德经》。我很好奇地问:你喜欢看书?他笑笑,有些羞涩:看不懂,瞎看。他妈妈立马接过他的话题:我儿子可聪明,就读了小学。可爱看书。他还祷告呢,有时候,会一个人跪在那里祷告。我听说,祷告这种事可是外国人喜欢做的事。他接过母亲的话题:祷告是犯了错误的人做的事,不分外国中国。他妈妈撇撇嘴:我儿子才没有错。错的是老天爷。他咧开嘴笑了一下,这一笑就有一股清亮的涎水流出来,他赶紧抬起手背擦了一下,含糊不清地说:是人就会犯错,哪有不犯错的。

那天也是黄昏,我也不清楚为什么总是黄昏,大约他们通常在黄昏分拣一天的成果吧。我也总是喜欢在黄昏里信马由缰地散步。所以很多画面总是黄昏。那天的黄昏格外美,天边云兴霞蔚。我忽然就满心美好,说:有一个女孩,在乡下,我姑姑家住的那个小村，她身体也不好，眼睛也看不大清楚，但是她是个好女孩。父母不在了，借住在哥哥家，嫂子不待见，是个可怜人。说到这里，我看见他母亲停住手里的活计，眼神明亮。我接着说：如果你们不嫌弃，我做个大媒怎么样？

他没说话，低下了头，我看见乱蓬蓬头发下遮盖着的羞涩。他母亲小鸡啄米般地点头：好啊，好啊。

事情很顺利。那家哥哥嫂子答应得有点迫不及待，像是好容易卸掉了一个沉重的负担。我很不舒服，扭着身子说了些刻薄的话：这事不一定哦，人家虽然不富裕，但是靠着双手过日子还是可以的。你家妹妹这身子，眼睛还看不见。那嫂子立马回头喊了一句：小芬，我告诉你，这可是你的机会，到了人家乖一点，该做什么就做什么。女孩站在门框后面低着头，手指甲不停地抠着门框上的木屑。

在姑姑家吃了一顿地道的农家饭，又话了些家常，返回到小镇上的时候已经华灯初上了。

院子里比平时宽敞了许多，大概他们今天没有拾荒也没收购，刻意地收拾了。我拉着小芬的手走进院子。窗口有一束光投进小院，淡黄的光柱洒在静静的院落里，像是一幅油画。我拉着小芬的手，将她的手送到光柱里，说：这是一束光，很美，也很暖。

门打开了，一片光明洒来，我看见另外两束光，从一个青年的脸上，投射过来。

▥▥ 美贤

阴了好几天了,就是不落一滴雨。乌云堆得很厚,气压极低。整个城市像是扣在一口锅下面,透不过气来。知了躲在树叶下有一声没一声地叫一下,叫声里透着几分慵懒。路上的行人急匆匆地走,手里甩着拎来拎去的伞。

闷死了!就缺一个炸雷,这雨就下了。路边的修鞋匠说:老天爷,痛快点儿,来个炸雷吧。阴沉得没有缝隙的天幕没有听见修鞋匠的呼唤,像睡着了般地寂静着。修鞋匠擦去汗水的同时张开嘴巴大大地喘一口气,像是跳出池塘透气的青蛙。他颓废地扔了手里缝补一半的鞋,转头拿起一个大水瓶,咕嘟咕嘟地灌下去。

气压太低的时候人会不舒服,尤其是体弱的老人。

忽然想去看一个人,于是临时调转车头改变路线。

敬老院掩映在绿树丛中,大门口两侧有副挂了不知多久的对联,上联是:人在晚年逢盛世,下联是:躬于福地享高龄。

顺着甬道走过去。我没猜错,她不会待在屋子里。此刻她坐在门口的长排木椅上,下巴抵着拐棍,浑浊的眼神涣散地扔向远方,没有聚焦。她左边有两个老太,一个操着山东口音,一个大约是湖北口音，语速都很快，像是在话家常。听起来很不搭界的语言，却聊得很欢快。右边有三个老头儿，边气定神闲地聊天边吸烟。只有她坐在那里，一副与世隔绝的样子。

要不是这样的天气，她一准又不知道挪到哪里去了。

我与她拉开一点距离坐下，偷眼看她。脸上的皱纹更多了，堆在一起，互相挤着，文着的眉毛几乎掉光了，眉骨发出亮光来。眼窝深陷，眼皮耷拉着，几乎盖住眼睛。曾经饱满的耳垂也干瘪地耷拉下来，悬在她两腮边，晃晃悠悠的样子像极了当年荡在她耳边的耳环。她还穿着那件衣服，桑蚕丝，藏青底，大团宝石蓝牡丹花开得热闹。这样的颜色衬着她雪白的头发，很好看。

那是三年前她生日时我买的。我告诉她：这是浩哲、正哲从国外寄回来的，刚才上楼时院长让我去取，因为是跨国包裹，需要办手续。说罢我娇嗔地盯她一眼，你瞧，你不会写汉字，啥都麻烦我。她把那件衣服摊在手上贪婪地看了又看，嘴里发出啧啧赞叹：真漂亮！我又将手里的生日蛋糕举起来：这个是我送你的。她瞥了一眼蛋糕眼睛又转到衣服上了。见她盯着衣服看我又说：这件衣服可不错，纯进口，桑蚕丝，几千块呢。你这孙子没白疼。我故意加重了语气，但是，你也不能轻视我的蛋糕啊！纯鲜奶水果的！她不好意思地摸摸我的手背，又去看衣服。

从那天开始她就只穿这件衣服，夏天直接穿，秋天套在毛衣里面线衣外面穿，冬天干脆就贴身穿着。

这时候，我发现她牵动了一下嘴角，又牵动了一下。尽管两下都没能使她下垂的嘴角扬起来，但是我知道她在微笑，枯干的皱纹里漾出些笑的姿态来。我企图顺着她的目光看去，想看看她

看见了什么美好的景物,但是她涣散的眼神没有焦点,她在自己的世界里神游太虚。

二十年前我认识美贤,那一年我二十七岁,她六十二岁。

三月一号开学季,幼儿园忙得不亦乐乎,她带着两个长得一模一样的男孩儿走进幼儿园。那实在是两个惹人瞩目的孩子,一样的面孔一样的五官,一样的衣服一样的鸭舌帽,甚至表情都一样。她操着有些生硬的汉语说:陈老师,我来报名。这一个叫许浩哲,这一个叫许正哲。你仔细看看,这个叫浩哲的稍微瘦一点,正哲稍微胖一点。我睁大眼睛看面前这两个一模一样的男孩,然后遗憾地摇摇头。她的表情很丰富,做出一个不可思议的神情:看不出?他俩差二斤半呢!然后又说,这样吧,我明天开始给他们穿不一样的衣服,好吧?我笑着办理入园手续。在民族这一栏写下:朝鲜族。填父亲母亲这一栏的时候我抬头问她:你是孩子们的?我是奶奶。我叫李美贤。她说。我偷眼看她,烫了的短发服帖地扣在她的头上。微胖使她看上去皮肤光洁饱满,颜色鲜亮的衣服、裙子,轻盈的步伐,爽朗的笑声。她实在不像是一个六十岁的老人!我在心里赞叹。她又指着父母这一栏说:空着吧。我的笔抖了一下,挪开了那一栏。

她每天第一个把孩子送进幼儿园,最后一个接走。早上送孩子脚下像是踩了风火轮,像是有什么紧急的事在等她去做。晚上总是晚得不能再晚的时候冲进幼儿园。往往人还没进来声音就进来了,说:呦呦,不好意系(思),我又来晚了。我的熏熏(孙孙)又是最后一个喽。说着就扑向浩哲正哲,三个人一下子就拥抱在一起,那样子像是至亲的人阔别很多年了。

我有点不高兴，每天因为她的迟到要晚下班半个多小时，连一句客套话也没有。走出幼儿园她的脚步就慢下来，一条大下摆团花裙子两边，浩哲正哲的小手各抓住裙摆一角。这一抓就让她的裙摆扬起来了，远远看去，像是一只花蝴蝶。

她是个粗心的奶奶，不是忘记给孩子带水果就是忘记带水杯。想起来后会打电话给我：拜托拜托，陈老师，家里太忙，出不去。你想想办法。我总是无奈地偷闲去给他们买水果，找喝水的家什。

两个孩子真是可爱，浩哲安静一点，正哲比较淘气，有时候会对哥哥恶作剧。早上她拉着两个孩子送进幼儿园都会叮嘱一句：正哲，照顾哥哥，不要欺负哥哥。每天晚上又在浩哲的控诉中再说一句：正哲，又欺负哥哥！你是个坏弟弟。坏弟弟就坏坏地笑了，哥哥也笑了，她也笑了。在笑声中他们三个慢慢走去。大直路是这个城市最直的路，可以看出去很远，我经常目送他们。

那一年，浩哲和正哲四岁，标准的韩式美男模子，单眼皮有点吊眼梢，鼻直口方，都有一对可爱的小梨涡，皮肤细腻白皙。两个孩子也像她一样，说着一口极生硬的汉语。他们叫我：老鸡。他们说，我想奶奶了，就说：我抢奶奶了。他们说：老师再见，听起来就是：老鸡下蛋。

转眼就是六一儿童节了，庆六一运动会有个亲子舞蹈。我说：得需要爸爸妈妈参加呢。她一直笑着的脸在落日的余晖里僵了僵，接着就收了笑容说：他们没有。没有？没有什么？我没听清，就问了一句。她这回粗了嗓子：我说他们没有爸爸妈妈！说罢，牵起两个孩子扬长而去。

美贤

  她没有像往常一样让两个孩子跟我说再见。我有些生气，没有爸爸妈妈是我的错？我哪里得罪了你？天天帮你延长工作时间照顾孙子还要看你甩脸子？我气恼地锁好门下班。我还要去别的幼儿园接我的女儿呢，这段时间因为她的迟到，我的女儿也可怜巴巴地坐在她的幼儿园里等我。那天女儿奔向我的时候腿有点跛，我掀开裙子脱掉长筒袜一看，膝盖擦破了，有血痂，我心疼地含着眼泪背着女儿往家走，知道家里屋冷灶凉，我还要陀螺般地生火做饭。我的情绪低到极点。

  幼儿园的工作琐碎无章，孩子游戏时候弄出伤痕也是正常。做幼教这么多年，个中辛苦怎么会不知道？我没有质问老师，但是女儿膝盖上的伤痕印在我的心头，嘶嘶的疼。

  她照例那么晚接孩子，我已经习惯了她的迟到。尽管她每天都给孩子穿不一样的衣服，尽管她每天早上都会告诉我：今天穿蓝色衬衫的是浩哲，穿白色的是正哲。我还是会恍惚。结果那天吃药还是吃错了。我忘记了是正哲穿蓝色衬衫还是浩哲，就问：谁是浩哲？结果淘气的正哲跟哥哥一起说：我是浩哲。我看了看，穿白衬衫的眼神更笃定，更像浩哲，于是我把感冒药、消炎药都喂给了他。

  下午浩哲开始发高烧。我给她打电话，她急匆匆地赶来：没吃药？我有些无辜：吃了啊。这时正哲捂着嘴坏笑：老师把药给我吃了。她有些气急败坏地打了一下正哲的后脑勺，我觉得那一巴掌打在了我的脸上，瞬间火辣辣的疼。她背着浩哲拉着正哲风一样地出了幼儿园。

  第二天、第三天……那个星期，两个孩子都没来上学。按理说我该去探望一下的，至少要打一个电话问候一下。可是我没有，我有些生气，生她的气，也生自己的气，吃药是多大的事，怎么这么不认真！

周末她打来电话，说让我带女儿去花园路122号，她有事找我。她大概要兴师问罪吧。我叹口气想。该面对的总要面对，于是带女儿出了门，路上我对女儿说：要是妈妈跟别人吵架你会不会哭？女儿摇摇头：妈妈不会吵架的。我抱起三岁的女儿，一阵酸楚。

122号是个小旅馆，叫春泰旅馆。一溜儿平房，一个小院子。小院子中间有一个压井，旁边放着几个颜色鲜艳硕大的塑料盆。头顶上全是铁丝，上面万国旗般地挂着晾晒的床单、被罩、枕巾，我躲闪着走进去。一条狗在屋檐下摇着尾巴象征性地叫了几声。她系着围裙走出来，一脸熟悉的笑容，不像是要兴师问罪的样子。她大声地说：浩哲、正哲，巧儿妹妹来喽。浩哲、正哲小虎羔子一样冲出来，叫了声老师就去拉我的女儿，三个孩子就一起跑了。

她没提浩哲生病的事，我也没问，仿佛那件事没发生一样。她做了大酱汤、凉拌桔梗，烤肉用苏子叶包了吃。她只是操着生硬的汉语告诉我他们的民族怎样吃烤肉、怎样做大酱汤。我拿起她包给我的烤肉咬一口，外酥里嫩，浓香绕齿。大酱汤也很好喝，里面的豆芽、油菜、豆腐都很鲜嫩。她还用小碟装了辣酱，她说：吃吃看！要是喜欢吃走的时候给你带一罐。我吃着喝着，看着她忙碌的身影有一瞬间恍惚，我想远在异乡的妈妈了。

她的老伴个子不高，很健壮的样子，不爱说话，总是微笑。见我看他一眼就赶紧笑着点一下头，弄得我不敢再朝他看过去。

你的老伴还害羞呢！我偷偷对她说。她说：老了。年轻时候可不。他可是一表人才呢，娶我那年我们坐在人群中接受亲人的祝福，都说我们俩是金童玉女天生的一对呢。她这句话说得扬扬自得。

三大间房子有十五六个房间，里面住着住宿的客人。有人在院子里吸着鼻子问：老板娘，你做了什么这么香？她隔着窗子说：烤肉。但是不能请你吃，我有重要客人，下次给你做。客人就大笑：你要记住你说的话！她也笑：记住了。客人和她一样，说生硬的汉语。她将一块烤肉送进嘴里说：我的客人大都是家乡人，他们从这里出境去俄罗斯倒包。

那时候绥芬河市刚改革开放，对俄贸易如火如荼。倒包就是把中国的轻工业产品装在大包里，以游客的身份出国，到了国外一下火车就有人接洽。通常早上出国，下午就回来了。

吃完饭她让老伴看着三个戏耍的孩子，拉着我去对面的洗浴中心洗澡。她叫了两个奶浴，一个三十八元。那时候一罐煤气才三十五元，一罐煤气我可以用半年。我每个周末都来洗澡，却从没做过奶浴盐浴。见我扭捏着，她问：没做过奶浴？我不好意思地点点头，又用眼角瞟了一下奶浴师，真怕人家瞧不起。

两个浴床挨着，旁边的小柜子上，摆着两杯红茶。这是做奶浴才有的待遇。我们边做奶浴边聊天。奶浴师将鲜奶、蜂蜜、维C、奶膏等抹在我身上，双手用恰如其分的力道在我身上游走。不一会儿，我浑身酥软。

我有些昏昏然。她说：人啊，要懂生活，会生活。女人啊，要更懂生活，会生活，还要享受生活。我听着她的话没有接茬，心里想：享受生活没有钱怎么享受？她又对奶浴师说：脸上，多抹一些，多按一会儿。

　　那天她像个独角戏里的演员，滔滔不绝地说了很多话。她说：父母早早给订了婚，她和现在的老头儿是邻居，一起长大。早就偷偷彼此喜欢对方，这老头儿总是在出门割草的时候路过她家，总是在她家门前吹口哨。她也总是躲在门口看着他吹着口哨走远，从来不说话。十八岁那年她哭着嫁给了有婚约的人。老头儿是个痴情的，口哨一直吹到她的新家。依然不说话，见了面也不说。一个吹着口哨走过，一个躲在门后偷偷哭。

　　婚后没有孩子，一年后公婆丈夫就变了脸，开始骂她是一个不会下蛋的母鸡。婆婆经常唆使丈夫打她，如果反抗公婆也上来一起打。她说：公公人好一点。我问：打你还好？她说：他打在身上不是很疼。他没用力气。婆婆就不行，她掐得我浑身瘀青还看不到伤。你男人呢？她说：我感觉不到。我不知道他打我用没用力气，反正他妈妈一喊他就冲上来，我的心就疼得厉害。心一疼身上的疼就不明显了。说到这里她旁若无人地哈哈大笑，我啊，打不还手骂不还口，不会生孩子嘛。这样都不行，熬了五年又被人家赶出来。那天我站在大街上，脚下是一个小包袱，包袱里是我几件衣服。就这样被赶出来，我娘家结婚时给我的陪嫁也不给我了。我站在那里哭，现在老头儿就出现了，我抹着眼泪问他：我没有人要了，你要我不？他啥也不说提起我的包袱拉着我的手就走。进了家他就对他妈妈说：这是我媳妇，我想娶的媳妇。说完就走了，他去我家提亲去了。一个被抛弃的不会生养的弃妇，还有小伙子上门提亲，这样的好事哪里去找？我爸妈赶紧答

应了。他妈妈没嫌弃我,待我很好。我就这样从那家出来直接进了这家。

跟这个老头儿结了婚我才知道是怎么回事。哈哈!我结婚好几年,还是个大姑娘!第二年我就生了儿子。那家也娶了一个,啥也没生出来,到最后也没生出来。哈哈!我就经常抱着我的儿子去他家门前走。那个打我骂我的婆婆见了我就躲,我就跟着叫:妈,你看看,这是我的儿子……哈哈哈!

那你儿子呢?我问。

半天没有回音,我翻个身朝她看过去,她仰脸躺着不说话也不笑。蒸腾的热气中我看不清她的表情,我有些后悔话说得唐突。半天她说:死了。浩哲、正哲还不到一岁,他跟人家发生口角,让人家一个啤酒瓶子打下来,打在头顶上,他从小囟门就封闭得不好,好几岁了还呼嗒呼嗒的,那一下子,啤酒瓶子都打碎了,打进脑子里了。

奶浴师的手在我身上顿了一会儿,又开始游走。

我特别懊悔这一问。她都说过孩子没有爸妈了,孩子们的运动会上没有爸妈,亲子舞蹈的节目都没参加还不明白。我忽然发现自己蠢得可以,恨恨地想:活该被抛弃!蠢笨成这样!

对不起。我说。她又笑起来:对不起什么,怪我,不想提这件事,提起来心疼。

她又说:媳妇在两个孩子一岁半断了奶也走了,再没回来过。我给她娘家打电话,求她回来看孩子她也不看,只是哭。两个孩子在这边哭,她在那边哭,各哭各的。我也哭,我啊,这辈子很少哭,总觉得掉眼泪就是认输的表现。人活着,哪能那么容易认输呢？小时候不听话，爹娘打不哭；结婚后在婆家受气，挨骂挨打也不哭。那天我哭了，哭那边年轻的儿媳，哭这边年幼的孩子，也哭唯一的儿子。

后来呢？我打断她。我看见她眼角亮晶晶的，就岔开话头。她习惯性地牵了牵嘴角说：我告诉儿媳，姑娘，别哭了，眼泪不能解决问题，人就一辈子，想咋活就咋活，路在脚下，朝前看。她叹口气，像是替她解释什么，那么年轻漂亮的女孩子，日子对于她来说，太长了。半天又说，听说嫁了个韩国人，去了韩国。我的熏熏（孙孙）啊，只有我和爷爷喽。

我好久不敢说话，不知道这突然被我掀开的伤疤会唤醒她怎样的痛楚。我抖着声音叫她：阿姨。她愣了一下，接着又笑了：不许叫我阿姨，那样我会觉得自己老。叫我美贤，我的名字叫美贤。在延吉家乡，所有人都这么叫我。我不要老，我要永远年轻。我要看着我的两个熏熏（孙孙）长大，我要努力挣钱供他们上大学，给他们娶媳妇……

聊天的老头儿大概是话不投机，有一个站起来怒气冲冲地离开，临走扔下一句：老张头儿，我咋就跟你尿不到一个壶里？另一个老头儿一别头：切，尿不到一个壶里还老跟着我？这时候有一阵铃声响起，几个老太老头儿都站起身：开饭了。美贤也试图站起，她站了两次没成功。八十二岁的人了。我在心底叹。我走过去扶她，她转过头对我笑：你来了？我也笑：嗯。没给我带好吃的？我举起手里的塑料袋。她看着满满一袋子吃食，满意地笑：嗯。有没有辣鸡爪？

我说：有。

美贤

有没有萨其马?

我说:有。

那,有没有王致和臭豆腐?

我偷偷附在她耳边:有。她大笑。现在她大笑的时候声音有些嘶哑,笑声也不像从前那么大了。

这里不允许吃臭豆腐。保健医生说:臭豆腐对身体不好,致癌。再说她们同屋的老太太也不乐意。护工也不乐意,说总是怀疑谁拉裤子里了。我猜主要原因是后者,八十多岁了,还会在意吃食会不会致癌?

她没吃食堂的饭,坐在床边守着个大口袋大快朵颐。我买的饺子没吃几个,对小食品却情有独钟。海苔贴在上牙床上,她用手抠,口水顺着嘴角流下来。我笑她。她娇嗔地作势打了我一下,海苔没抠下来,假牙掉出来了。她像个孩子似的笑倒在床上,手里举着她的假牙。这时候有个同屋的大娘回来了,看她一眼,撇撇嘴,拿了件外套又出去了。她在人家身后也撇嘴:坏人!见不得人家好,还贪小便宜,每天早餐她都第一个冲上去挑大鸡蛋,抢不到大的就去找院长告状。那你呢?我?我随便,有大的就吃大的,没有了就吃小的。多一口少一口的能咋地?

现在的她和二十年前的她几乎没有什么变化,还是那么乐观,那么坚强,那么随遇而安。

当年儿子死了后她一夜之间满头华发,牙齿一颗一颗地脱落。两个孙子读大一的时候她老伴得了直肠癌,做了手术后腰里就挂了个接大便的东西,她家屋子里总有一股子臭豆腐味儿,住店的人越来越少了。她的旅馆也像她一样老了。周围新建筑物里各种酒店、快捷旅店一家连着一家。她的小旅馆像是一个落伍的村妇，依旧躲在城市为数不多的平房区里，在那些新建筑的映衬下，显得破败不堪。孙子考了军校，不用学费、生活费。这让她轻松了很多。

七十七岁的她步履蹒跚地在小院子里摇摆，她一会儿把老伴扶出来晒太阳，一会儿又说回去吧别晒黑了，一会儿又说屋子里阴冷，还是出来晒太阳吧。她老伴就笑着骂她：还没病死就被你折腾死了。她请了一个小姑娘帮她洗那些床单、被罩。她开旅馆的房子是租来的，她一直没有多余的钱给自己买一间房子。

那一年动迁，她坐在门口骂街：操你妈的，动迁做什么？以后我去哪里开旅馆？她没哭，只是骂街。骂动迁办，骂街道，骂政府，骂过路的人。祖宗八代小米加步枪风马牛不相及的东西都穿插在一起，变成一串一串恶毒的咒骂。骂着骂着声音弱了，骂声听起来也力不从心了，她老伴也不劝她，给她端一瓢沁凉的井水。她接过来喝了，抹抹嘴接着骂。喝了水似乎有了力气，骂声又高了许多。拆迁办的人一脸苦笑，任凭她骂。

骂了三天，开始忙前忙后搬家了，她租了一间郊区的小平房。她把那些床单被罩叠起来，装进大口袋里。对拆迁办的人说：给我搬上车，拉到南街头263号。那是她租的房子，一个二十平方米的小偏房。她指着一堆锅碗瓢盆说：小心点，给我装车上，别弄碎了。又用拐棍捣了一下地面，弄碎了我打死你们。再指指老伴说，把他也背上车，轻点背，他肚子上有伤口。拆迁办的人就像接了圣旨般地忙碌起来。

那时候浩哲、正哲已经牺牲了。大二开学，两个打了一个假

期短工的少年在返校的路上遇见落水者,浩哲跳进去救人,正哲跳进去救哥哥,三个人,谁也没上来。烈士证被街道留下了,大家都知道她的情况,没法说,只好瞒着她。因为我这些年和她走动得近,我接到了通知,如五雷轰顶般的通知。我被炸晕了。

学校里安排了与浩哲、正哲声音相似的同学定期给她打电话,我把浩哲、正哲从小到大的事说给那两个孩子,我说:浩哲小时候喜欢揪着奶奶的耳垂睡觉。正哲六岁了还尿床。我说:浩哲、正哲都喜欢吃辣椒,所有的辣椒都觉得不够辣。正哲从小到大都喜欢闻奶奶的味道,经常一头扎进她怀里、腋下,小狗一样地抽动鼻翼……说着说着我泣不成声。

我帮她安顿新家,其实很好安顿。她几乎什么都没有。她在一大包床单被罩中找出一块蓝白相间的格子布说:姑娘,挂在那面墙上。我顺从地用钉子把那块格子布钉在长了霉斑的墙上。她就笑了,说:你看,这屋子是不是瞬间就亮了?我还没说话她老伴坐在一堆杂物中就接过话茬:亮了,整个屋子又亮又好看了!

那天我做了大酱汤,焖了米饭。她把大酱汤里的肉挑出来扔进老伴的碗里:我咬不动,你帮我吃了吧。她老伴轻轻用牙咬掉瘦的,把肥的送回来:这个很好咬。你吃吧。我吃得很少,她把几片红肠夹给我:说,你咋地了?眼睛红肿,吃东西没胃口。我生怕她看出什么连忙说:我和男朋友分手了。她就撇嘴笑话我:没出息!分手就这样!

骗她的主要工作就落在了我的头上,比如我安排时间接电话;我要将政府定期拨给她的生活费给她领回来,还要骗她说是两个孙子挣的。政府补偿了一大笔抚恤金,我一直不知道怎么给她，就存了一张卡，把卡交给她说：美贤，这是浩哲、正哲挣的钱，这两个小鬼头，把卡快递给我了，他们知道你不会写汉字，怕签收不了。

我是打算给她租一个楼层低环境好的单元房的，她不干。卡里的钱也一分没动过。我说：美贤，叔叔化疗的钱不够了吧？这卡里有呢！她说：够了。我说：美贤，你糖尿病十几年了，去医院做个检查，调一调吧。她说：我的身体我做主，糖尿病还叫病？不去！

她一直喜欢吃大酱汤，汤里的内容却越来越简单，除了大酱，只有土豆、豆芽和街口廉价打蔫的小菜。

她终于住了口，把剩下的吃食仔细地包好，朝床边的柜子努努嘴，我接过钥匙打开柜子，把口袋塞进去。

她说：姑娘，我想去玩。去哪儿？我吓了一跳。这段时间工作忙得不可开交，她要是突发奇想去旅游，我该怎么打发？她说：去江边。我轻舒一口气：走。我找来轮椅，她欢快地坐上来。

几丝风吹在脸上，沉闷的空气中就有了些许清爽。我推着她缓步走在江堤上，她贪婪地看着江那边，说：姑娘，我的家乡也有一条江，叫"海兰江"，那可真是一条美丽的江，有一首歌这样唱：长白山下果树成行，海兰江畔稻花香……她用含糊不清沙哑的声音唱起那首老歌，她家乡的歌。

她说：姑娘，我想家。想海兰江边的家。想我的爸爸妈妈，想我所有的亲人，我想求你一件事，我死了你可不可以把我和老头子送回我的家乡？

她的老伴过世后，一直在殡仪馆寄存着不肯下葬。她又说：

只要到了海兰江边，随便撒在哪里都好。如果国家允许，把我的两个熏熏（孙孙）也带来，我们要在一起，永远。

我在她身边瞬间石化。她一直知道，知道她至亲最爱的两个孙子都不在了。我记得她老头儿临终前那几年，常因为孙子不回来而闹脾气，她就笑呵呵地说：孩子有孩子的工作呢，部队上的工作多重要！国家为重还是你这个老头儿为重？她老头儿最后的时刻她一直抚摸着老头儿的面颊说：快了，就快见到熏熏（孙孙）了。

原来她在一语双关。

一年后，我怀抱着美贤的骨灰踏上了那片她念念不忘的土地，在海兰江边的春华村边，对美贤说：我带你回家啦。

骨灰随着微风飘起来，落在她想着念着的土地上，像是美贤随风摇曳的大团花裙裾。

回 寒牛思家

一、我爹的故事

我爹这辈子只给我讲一个故事。

他说：从前，在山东一个叫济宁的地方，具体地方我不给你说，说了你也不知道，你就听故事吧。这是在他背着我去医院的路上，那是个盛夏，汗水湿透了他的脊背，我的脸和耳朵贴在他湿漉漉的背上，听着他的脚步声，侧着脸看路边被太阳晒得打蔫的树叶。

那一年我四岁，对所有的故事充满期待和向往。听着故事，我忘记了肚子疼和即将面临打针的恐怖事实。

当冷风夹着凉丝丝的细雨洒向大地的时候，大雁排起了"人"字形队伍，枯叶也落了一地。每当这个时候我都会有满腹悲凉的感觉。我总是在想，那南飞的大雁，它们有两个家，还是飞回去重觅新枝？

这时候，我爹的故事便又开始了：有一户人家，养了一头花母牛，母牛生了两头小花牛。我截住我爹的话头：不对！从前你

寒牛思家

不是这样说的！我爹挪开叼在嘴里的老旱烟：不对吗？我一直这样讲的。不对！我皱着眉头回嘴，你漏掉了很多。他又将老旱烟插进嘴里，斜着眼瞄了我一下：哦？我搬来小板凳坐在他对面，学着他以往的口气说：在一个有着千年历史的大村子里！这个大村子名字叫小山前。为啥叫小山前呢？二郎神担山赶太阳走到这里时，有两个女人在河边洗衣，其中一个怀着身孕，她伸出手指指了一下对另一个说：你看那个人力气多大，居然用秫秸挑着两座大山！二郎神一回头，真气泄漏，肩上的秫秸断了，两座山轰然落下。这个小一点的山落在了这里，慢慢就有了人围着山生息繁衍起来，于是这座山就叫小山前村。几十里路外，还有一个村，叫大山前……我爹笑了，他用焦黄的指头弹掉烟灰：丫头，你长大了！那一年，我小学四年级。

又一个落雪的闲日，我爹咕噜一声咽下一口浓茶说：那年，那家人遭了难，为了渡过难关，主人决定卖掉那头叫小花的小母牛。我爹讲到这里又眯缝着眼问我，闺女，这次我讲的对吧？我点点头。将做好的中考模拟试卷装进书包，我托着腮坐在他对面，想用接下来的认真聆听补偿我刚才的敷衍。我看见他眯着的眼角边，有了几条深深的皱纹。他接着说：买家来拉走小花的时候小花就是不走，四个蹄子朝前顶，那家男人硬着心肠在小花的屁股上抽打了几下，小花哞哞地叫着不情愿地朝前走去。院子里的老花牛也发出了凄厉的叫声，你一声我一声，一声高一声低，像是不舍，又像是告别。

讲到这里我爹朝外面看了看，说：在老家，这个时节，枣树开花了！我顺着他的目光向外面看去，正在消融的积雪黑乎乎地粘在房顶、树枝、道路上。生在东北长在东北的我实在想不出在这乍暖还寒、脏兮兮的早春里，枣树开花是个什么样子。

主人终于用卖掉小花的钱渡过了难关，日子又风和日丽地过起来。

几年后的一天夜里，主人听见门板咕咚咕咚地响，像是被什么重物撞击着。我爹说到这里的时候，我女儿胖乎乎的小手抚摸上了他的脸。女儿白嫩的小手边的面颊，枯树皮一样干枯褶皱。我发现，爹老了。心里泛出些酸楚，对他说：爸，回老家看看吧。我爹将怀里的女儿塞给我：不回！转头就走。我望着他有些弯曲的腰身叹了口气：真是个犟老头儿！

主人打开大门愣住了：门口有四头牛，它们在一头大花牛的带领下鱼贯而入，进了院子。

昏暗的灯影里，主人泪流满面。他认出了那头大花牛，它眉心有一团白花，那是他当年卖掉的小花啊。它带着它的犊儿，寻家来了。我拿开我爹眼前的酒盅：爸，回老家看看吧，我陪你。他低头找酒盅没找到，就拿起筷子夹了一口菜，有一滴油汤落在他花白的胡子上，随着他的咀嚼又滑落在衣襟上。我拿起纸巾给他擦去，但是留下了一点黄豆大小的黄渍。

我爹破天荒地没有说不。这一年，他七十四岁，我四十七岁，远在山东的大姑七十八岁。距离我爹最后一次离开山东老家五十年整。

这个故事一说，就说了半个世纪了。

二、我讲的故事

我爹第一次离开老家那年才两岁,我大姑六岁,二大爷四岁,最小的二姑刚满月。

那次背井离乡的原因应该是怪我爷爷,或者怪我奶奶,后来我想了想,应该怪那个时代,或者是怪命运,也或者谁也不能怪。

我爷爷是个不识字的憨汉,那时刚解放,他老人家是共产党的基干民兵。其他历史离我很远,我不知道,也不细述。国民党回来了,回来就抓捕了我爷爷,大约的情节就是这样:国民党以老婆孩子为理由,逼着爷爷变卖了土地、祖屋,所得一百二十块大洋,给国民党买来了一支枪,两梭子子弹。共产党又打回来的时候我爷爷已经被国民党完全控制。

最后的场景是这样的:我爷爷推着木头独轮车,车上蒙着帆布,什么东西不知道,很重。我爷爷吃力地弓着腰走在其他被抓的壮丁队伍后面。爷爷活着的时候说过,那队伍长的,前面看不到头,后面看不到尾。队伍中间只有一些骑着高头大马端着枪的士兵,他们押解着队伍朝着海边走。

那是个烈日炎炎的盛夏正午,我爷爷张开嘴巴伸出舌头接住额头上滚落下来的汗珠子,企图用那些咸涩的液体滋润干渴的喉咙。他不敢抬头,只用余光盯着前面兄弟的脚后跟,亦步亦趋地在飞扬的黄土中跋涉着。他记不得多久没吃没睡没喝水了。他觉得意识在渐渐模糊,每一步都是机械般的,无意识的。但是他知道不能停下，昨天，或者前天，他亲眼看见一个走不动停下来的壮汉被一个当兵的一枪撂倒在地上，他也亲眼看到了那个壮汉的鲜血汩汩地流出来，渗透进黄土地里，染红了那片干涸的黄土地。

我爷爷看到那一幕后就低下了头，再没抬起来。失去了最后的力气几乎瘫倒的时候我爷爷眼前浮现出我奶奶，她坐在家门口的枣树下，敞着怀，一对肥硕的乳房下，是贪婪地吮吸的我二姑，奶奶身边站着我爹。远处，我大姑和我大爷在跳格子。于是我爷爷就又有了力气，拼命地朝前走。

我爷爷是好样的，他没有累倒下，他是被什么东西绊倒的。等他爬起来的时候看见了七扭八歪散落的一辆辆木质独轮车。而和他一样的那些壮丁，正朝着来时的方向狂奔着，他们边跑边喊：解放了！解放了！回过神来我爷爷也随着人流奔跑起来，他也跟着喊：解放了！解放了！

解放了。

全中国劳苦大众都过上了好日子，唯独我爷爷又迎来了人生的另一个灾难。作为基干民兵，给国民党购买枪支，还帮着运输财物！他开始了近两年的被审问、批斗、游街生涯。

那两年，也是山东大旱灾的两年。大河小河全都干枯，土地像是被利器割伤了，裂开了一条条口子，连续两年颗粒无收。

我奶奶带着四个嗷嗷待哺的孩子，照顾着身体不好的太爷爷太奶奶。家里家外能入口的东西都吃光后，我奶奶开始讨饭了。她每天扭着小脚穿过村口那条干裂的小河去城里讨饭。太爷爷太奶奶带着四个孙子围着被子坐在床上等，太爷爷对孙子孙女说：

寒牛思家

坐着或者躺着都行,就是不能乱动,乱动肚子里的东西就消化得快,消化得快就饿得更厉害。于是老老小小都不动,最小的二姑也不动,躺在破烂的褴褛中只骨碌一双大眼睛,不哭也不闹。

奶奶一掀门帘子,大家仿佛冬眠苏醒了,如化石般的身躯扑过来了,躺着的也一跃而起过来了,奶奶抖搂开蓝色粗布大襟褂子,他们以最快的速度抓起散落的食物塞进嘴里。二姑这时候也哭了,奶奶掏出干瘪的奶头塞进二姑嘴里。

奶奶大襟褂子里倒出来的食物越来越少了。

那天我奶奶跑了几个村子,奔波了一整天也没讨要到一口食物。很多村子已经有人饿死了。奶奶拖着疲惫的身子,踉跄着小脚扭过干涸的小河。河边的一块菜地里,是生产队里命根子一样呵护着的几棵南瓜,有一个小饭盆那么大的南瓜大约是留的种子,醒目地躺在光秃秃的地里,我奶奶看了看四周,没有人,再看看那个大南瓜,在西下的余晖中闪着诱人的光芒。

很多年后的今天,我的眼前依然很生动地浮现出这样的画面:我奶奶朝着那个闪着生命的光芒的南瓜走去,她蹒跚的小脚没有一丝犹豫地跨过一条条干裂的地垄沟。然后她像个即将就义的英雄一样俯下了身子,摘下了那个南瓜。

当太爷爷喝下第三碗南瓜汤的时候,门被撞开了。带头的是我爷爷的堂弟我该叫二爷爷的瓜蛋。那一年他十七岁,他用鄙夷的眼神扫视了一圈,最后他用更加鄙夷的眼神落在我奶奶的脸上,狠狠地朝着我奶奶的脸啐了一口!

我后来听到这一段的时候爷爷说:他怎么舍得?那么狠狠地啐出一口唾沫!口水也是水啊!他以大义灭亲的凛然姿态绑走了

179

我奶奶，并一脚踢翻了剩下的汤盆。从那天开始，小山前村的街道上更热闹了。一列民兵押解着我爷爷，一列女民兵押解着我奶奶。两列队伍交错的时候就喊：该死的反革命！另一列押解我奶奶的队伍就喊：该死的小偷、坏分子！

我奶奶被游街的时候一直是笑着的，有个好心的大嫂告诉她：别笑了，你还能笑出来。我奶奶眨眨眼说：那个南瓜可真大，又甜又面。一大锅！好几年没吃饱饭了，那锅南瓜汤让我一家老小吃上了一顿饱饭！那位好心的大嫂随着奶奶的叙述咕咚一声吞下一大口口水问：那南瓜长成了？奶奶笑着点头：成了！那位大嫂又咕咚一声吞下一大口口水。

真甜？

真甜！

我爷爷奶奶是在一个黑漆漆没有月亮的夜晚逃走的。逃走并不困难，是那位好心的大嫂帮助奶奶的，一直都是她负责看押，那个月黑夜，她解开了奶奶的绳子，叫走了看管爷爷的民兵。奶奶解开了爷爷，他们趁着夜色摸回家，唤醒孩子，收拾了简单的行装就要走。太爷爷站在大门口将拐棍狠狠地敲在大门柱子上，哽咽地叫着我爷爷的乳名说：囤儿，都走了？都带走了？囤儿，给爹留下一个倒尿壶的吧。太爷爷发出了压抑的哭泣声。

爷爷奶奶想了想，将最大的大姑带到太爷爷身边。大姑揉着眼睛懵懵懂懂地问：爹，干啥？我爷爷说：去给你爷爷倒尿壶。

我大姑一定以为她倒完尿壶爹娘还会在大门口等她，所以她就跟着太爷爷太奶奶进去了，头都没有回。

我爷爷奶奶带着三个孩子朝着人家说的棒打狍子瓢舀鱼的大

东北跑去。

我爹说：你爷爷头也没回。你奶奶是站在村口跺了脚的，她说：饿死也再不回家乡！

三、离开后的故事

这一走就走了两年半。两年半后，我爷爷奶奶在黑龙江省牡丹江市穆棱镇停下了脚步。我爷爷对奶奶说：不走了，就这吧。再往东北就是苏联了。

于是搭窝棚，开生荒，爷爷奶奶开始了新的生活。

就在我爷爷奶奶开始新生活的时候，山东老家的太爷爷家迎来了一位女客，那女客像我奶奶一样也穿蓝色粗布大襟褂子。她坐在院子里和太爷爷太奶奶话家常。我的大姑在角落里把她看了又看，然后拿起水瓢就爬上了大门口的桃树，她摘了几个刚见红的桃子，用井水洗干净，挑了一个最大的递给那女客。女客朝我大姑笑了笑，并抚摸了一下我大姑的头发，说：这闺女越长越俊！我大姑脸一红笑了。她就开心地又爬上了桃树，等她下来的时候手里又捧着一个大桃子。她把那个大桃子洗了又洗，又递到那女人面前。我太爷爷叹口气说：傻妮儿，你是不是以为你娘回来了？这不是你娘，是你表姨娘！这句话刚落地我大姑手里的桃子吧嗒一声落了地，她张开没牙的嘴大哭起来。她这一哭，三个大人也被她哭酸了，都落下了泪。我表姨奶奶擦了把眼泪去拉我大姑，她想把我大姑拉进怀里抱一抱，我大姑却一把推开她的手跑出了院子。

这一段原汁原味的场景被我爹描述给我的时候,我理解了后来我大姑所有的举动。试想一下,一个虚岁六岁的孩子,像是做了一个梦,爹娘弟弟妹妹都消失了。从事幼教工作的我是懂得的,对于一个孩子来说,那绝对是一种抛弃。但是我爹不理解。他说:最享福的就是她!饥寒交迫、颠沛流离的日子她没挨过!

那一步一步丈量的日子里,爷爷捡来了废旧的胶皮车带,割成脚的大小,用麻绳给几个孩子和自己绑在脚上。

这就是鞋了!我爹说,平时还好,就怕下雨,泥泞的道路上,那鞋左扭右歪就是不在脚底下。吃的就更别提了,酸的咸的辣的甜的苦的臭的,只要能入口,人家施舍了什么就吃什么。

到了东北的最初几年更苦,开始是窝棚,后来地窨子、马架子。三年后才在邻居的帮助下打了土墙,盖了茅屋。

我爷爷奶奶一直到去世,也没再回山东老家,但是他们格外喜爱吃山东大姑寄来的食物。尤其是奶奶,后来牙没了,一颗干巴巴的红枣在她干巴巴的嘴里滚来滚去,一滚就是一整天。到天黑了才把光溜溜的枣核吐出来,吐出来就赶紧拾起来,摆在窗台上晒干。奶奶家的窗台上很多干枣核。奶奶常指着它们对来家串门的邻居说:都是大丫头邮来的!

奶奶去世的时候是春天,她把大姑寄来的红枣和全家福照片都抱在胸前,又朝窗外很远的地方看,那目光绵长悠远,似乎看见了长得酷似自己的大女儿就在身边,一声声地唤着:娘,娘。

她笑着闭上了眼。

四、亲情的断裂

我奶奶到死也没回过老家,但是她却让我爹回去了。她将刨了一年的山货都卖了,把一百多块钱塞给我爹说:回老家去,让你姐帮你说个媳妇。山东闺女好,吃得下苦,性子缓,过日子也仔细。东北闺女不行,性子太烈!可不是咱能驾驭的。

我爹很听奶奶的话,回到山东他红着脸对我大姑说:咱娘想让你帮我说一门亲。我大姑对我爹很冷漠,她没有回话,只是冷冷地牵了一下嘴角。

我爹饭量很大,大姑摊的煎饼又薄如蝉翼,一顿饭我爹要吃二十张才作罢。我大姑的脸更冷了。

后来饭桌上只有十张煎饼,我大姑父、表哥表弟表姐三个,再加上我爹和大姑,十张薄如蝉翼的煎饼怎么分?轮到我爹一顿最多只有两张煎饼了。我爹说起这段的时候说:两张煎饼,牙缝儿还没塞满就没了。饥饿使他脾气暴躁起来,他也阴起了脸。大姑摔摔打打的时候他也有了些回应。一天大姑给我爹领回来一个瘦小枯干的女人,一进院子大姑就指着我爹对那女的说:就是他。那女的立马扭捏起来,低下头绞起了衣角。我爹只抬了一下眼皮就起身走了出去。

就是那次吵架决裂了亲情的。我大姑鼻涕一把泪一把地训斥我爹:不知天高地厚,穷得只剩下两条腿支棱个脑袋,有个女人肯上门就不错了,还挑鼻子挑眼。我爹也不示弱:还没有个秫秸高,又那么丑,我就是不要!他又指着我大姑责问,有没有你这样不近人情的姐姐？弟弟连饭都吃不饱，天天夹着瘪肚子还要帮你家干活！这话说完我爹又加了一句，姊妹四个，就你没人味儿！这句话挺狠，我大姑愣了半晌后歇斯底里了。话越说越多，话题也越来越远，慢慢就扯到了从前。我爹扯起了一路的颠沛流离，到了东北衣不蔽体、食不果腹。我大姑也扯起了孤单无助的童年，扯到这里大姑的眼泪就止不住了，她说自己是没人要的孩子，都走了，咋就把她留下了。她说爹娘都没人味儿我哪来的人味儿？我爹一听她话里捎带上了我爷爷奶奶，立马竖起了眉毛，一脚踢翻了地上的小饭桌。我大姑号叫着扑上来对着我爹厮打起来，我爹也大吼一声抡起了拳头。旁边的表姐表弟吓得哇哇大哭，我爹看看哭泣的外甥不动弹了，他泪流满面地任凭大姑打骂。大姑终于住了手，她呼哧呼哧地喘着气瞪着我爹说：滚，你给我滚！

那一天，我大姑把我爹的脸破了相，挠了个万朵桃花开。

我爹出门的时候碰见了我大姑父，这个厚实的汉子看着我爹的样子惊诧地问：咋了？这是咋了？我爹没理他直冲进院子，他走到大门口的时候也像我奶奶当年一样跺了脚：这个门，我再也不登了！说罢扬长而去。

这一次离开后，我爹半个世纪没回老家。

我知道他走着坐着心心念念都是老家，那个叫小山前的地方，那里桂花香、柿子甜、桃子鲜。他每次拿起桃子说：宁吃仙桃一口，不吃烂果半筐。这也叫桃子？简直是萝卜！他拿起柿子又说：这是生的，喷上药水后捂熟的，不能吃！拿起地瓜他又说话了：地瓜这东西，非长在山东的黄沙土里才好吃，又甜又面！

他几十年老牛反刍般地给我说那个故事,说故事里的山东老家,在他的讲述里,一草一木都是活的。

五、有一个人离开了

大爷七十六岁,在穆棱镇北街住了一辈子,他虽然脾气暴躁却力大无穷,身体一向硬朗,忽然那天就发烧了,家人以为感冒了就给他请了上门近点的大夫,三天后他不仅没退烧肚子也鼓起来。

转院到牡丹江确诊为急性胰腺炎。无论怎么治疗也不退烧,肚子鼓得越来越大,人也一阵清醒一阵迷糊。医生说:见见该见的人吧。

大爷生病的事我们是瞒着父亲的,老人年纪大了爱猜疑,一般在他面前我们就报喜不报忧,但是现在不告诉是不行了。我们姊妹三个一起回了家,尽量轻描淡写地说:我大爷得了重感冒,在牡丹江住院呢,想你了,让你去陪陪他。父亲马上就去穿外套,我看见他的手抖得厉害。

一路上他都很安静,破天荒地没有问这问那。进了病房他就不安静了,紧几步扑到大爷身边,拉起他的手就老泪纵横,一声声地唤:哥——哥——父亲喊了半天也哭了半天,大爷才艰难地睁开眼,努力地对父亲笑笑,他用尽力气说:我去那边陪爹娘了,你好好的,照顾好姐姐妹妹。小姑在旁边说不出话,只哀哀地哭。

自那年父亲哭着回到东北,大爷、父亲、小姑平时说话也不提她,仿佛这个大家庭从来没有这个人。大爷在临终前终于提了大姑，并且说完那句话就闭了眼。

发送了大爷那天，小姑对父亲说：二哥，咱一起回老家看看大姐吧，听外甥说她身体也不好，扔下八十奔九十的人了，有今天没明天了。

父亲没有说话，仰起脸看天，我看见从天上滚落下两行浑浊的泪水。

定了日期订了火车票，父亲开始失眠，他总是一会儿就去检查一下行李箱，看看还缺什么。好容易什么都不缺了，他喝上半杯小烧酒就反悔：不去了，哪儿也不去了！回哪门子山东！说完就打开好容易装好的行李箱，把东西一件件掏出来，一边掏一边说，不去！我发过誓不去！你奶奶也发过誓，她做到了。到死也没回老家！我为什么做不到！等他酒醒了平静下来又去整理行李箱，掏出来的东西一件件细细地装回去，那里面有母亲给大姑大姑父买的作为见面礼的新衣服，大姑那件衣服很漂亮，大红底，同色团花，哥弟的牌子。我记得母亲买回那件衣服时对父亲说：这个牌子好，有亲情味。

那件漂亮的衣服在父亲手上，他若有所思地端详了半天又扔在地板上，恨恨地说：凭什么给她买这么好的衣服！我都没舍得买过！说着就蹲在那里燃起了香烟，烟头一明一灭很久，他又把那件衣服小心地拾起来，细细叠好，装进袋子，放进皮箱。

那天我爹问我：丫头，我给你讲的故事你还记得吧？我点头：当然，倒背如流。那，你爹算不算寒牛思家？我摇头：不算！小花是被卖了，我大姑没出卖你，你们只是吵架了。我爹想了想叹口气：一样，都是伤了心。

寒牛思家

父亲母亲生了我们姊妹三个,我们一直很亲,一个星期不见面都会很难受。我们也吵架,吵架后也发誓再不往来;但是誓言的有效期也就是当时,或者当日,最多都不会超过一星期。

六、不可逆转的亲情

火车驶进济宁站的时候晚点了四十分钟。我们提着重重的行李随着人流走出出站口,出站口人头攒动,我爹说:别急,咱在这台阶上坐一会儿,可能人太多了挤不进来。

这是个深秋,我抬起模糊的双眼看我的老家。曾经它只在我户口本上籍贯这一栏里出现过。现在它湛蓝的天空里,飘着几朵闲云,还有一些大雁,可能是到家了吧,它们不再是规矩的"人"字形队伍,闲散地、自由地飞翔着。

太阳偏西了,人群散去,入目处裸出个硕大的广场,只剩下几个零星的人闲散地走。正在我们焦急万分的时候,远处匆匆跑来一个身影。

这世上有很多事来不及弥补,比如断裂的亲情。来人是姑姑的大孙子,他擦把汗说:来不及了,先上车路上说。

我们赶到医院的时候是一个半小时后,长长的走廊里有一张床缓缓移来,从窗口吹进来的风吹动了上面蒙着的白布,也吹动了后面哀哀的哭泣声……

赶花人

　　山还是那座山,绵延婉转。树还是那些树,也不见粗多少。蝴蝶依旧蹁跹着热闹着。只是脚下的土路似乎窄了,肩膀左右一晃便碰到了路边的枝枝杈杈。

　　阳光里的土蒿晒出些香味来。我似乎听到了成千上万的蜜蜂嗡鸣着,自远处的山坳里,成群结队,振翅而来。

　　沙哑苍劲的民谣伴着蜜蜂的嗡鸣飞过耳畔:

　　　　蜜蜂春繁有前提,大寒要过心莫急。
　　　　雨水一到万物喜,绿遍枝头春油滴。
　　　　……

　　两个稚嫩的声音跟着唱起来:

　　　　蜜蜂春繁有前提,大寒要过心莫急。
　　　　雨水一到万物喜,绿遍枝头春油滴。
　　　　……

赶花人

那些年,我和小竹唱着这首养蜂人的七字歌谣捉蚂蚱、逮蝴蝶,跳遍了山坳里的每一条田埂。

胸口一阵莫名刺痛传来,我皱了一下眉,吸了一口冷气。人真是很奇怪的东西,当年拼了命离开这片土地,如今又跋山涉水千难万险地寻回来。我到底在寻什么呢?

近几年常做些奇怪的梦:梦里的我站在几十层高的楼顶,或者塔顶,总之很高。然后就是无休止地坠落,伴随着坠落的是我凄厉的号叫声。或者一低头发现自己没有了双脚,像个僵尸般地在城市的马路上跳跃着,后面还有很多追着的恶鬼。午夜或者凌晨惊醒,一身冷汗,心脏突突地跳。咽口唾沫把心脏吞回去后就沉浸在刻骨的空虚里去,仿佛时空里万物皆空,只剩下孤零零的自己,还有一些灰蒙蒙不知年岁的石头。黎明前的时候醒来,让人无助得想死。

拐过一个弯,山坳就在眼前了。我似乎闻到椴树花的香味,在热辣辣的空气里,氤氲流转。我看见了那块空地,绿油油的小草在太阳底下发着抖,蒲公英花开得很热闹,那抹娇黄星星点点地撒在如缎的草地上。马架子空着,一扇破门半挂在门框上。里面地上有一些被丢弃的凌乱物品。我站在门口咳嗽一声,一只老鼠从破棉絮中钻出来仓皇逃去,紧接着又一只,我猜它们是一对爱侣,我打扰了人家。

我转回身,这里应该有排列有序的蜂箱,里面住着成千上万的蜜蜂。还应该有个女人、两个孩子。为什么没有呢?这个季节应该在的。

村里很多土地都空着,一路上放眼看去,大片的荒芜让人

189

心生绝望。没有多少年轻人安于面朝黄土背朝天的日子了,都逃离了农村挤进城市寻生活去了。现在的农村里大部分是老人和孩子。一个新名词由此而生:留守。

但是眼前这片空地却像一双手卡住了我的脖子,我有些窒息,心像在梦境里般地迅速下坠。难道蜜蜂也像土地一样被遗弃了?我双腿一软坐在草地上,司机小赵撑开一把印花天堂伞,一片阴凉遮在我的头顶上。

颜总,后天就要手术了,您这样偷偷跑出来。今天、明天都有很多检查等您呢!而且气象局发布蓝色预警,今天至明天有特大暴雨,我们要早早回去。

小赵,你知道吗?我小时候就在对面那个小村长大。那个村叫赶花村,只有三四十户人家。听我爹娘说,小村四面环山,山上很多椴树,椴树蜜是蜂蜜的极品。养蜂人来这里就是为了赶那一季椴树花期,才有了赶花村这个名字的。我心口憋得慌,此刻只想说点什么,说出来或许会好受一点。只是跟前这个年轻的小伙子,他愿意不愿意听呢?

颜总,您都坐了半天了,要不我们回吧,今天有大暴雨啊!山路不好走呢。再说您今天不该跑这么远的路,不该受累,该躺着休息。养足精神,做手术不是闹着玩的。

我的眼前电影般地转过一些画面:肩膀搭着白毛巾荷着锄头的爹,家里家外忙来忙去的娘,不善言辞的哥哥,皮猴子一般的弟弟。我的原木篱笆、篱笆墙里的鸡鸭鹅狗、烟囱里缥缈的青烟以及青烟飘散后弥漫在空气中饭菜的香味……我有一瞬间恍惚,仿佛在这里坐着,一会儿我的爹就荷着锄头从那边走来了,爹一

回来娘的叫声就响起来了。双叶——吃饭了。听到这叫声,我就蹦着高儿跑回原木篱笆墙里去了。

但是我又不得不清醒地承认,哥哥弟弟和我一样,早早地弃了土地进了城。我的爹娘,也被我关进了钢筋水泥浇筑装修精致的笼子里。他们都和我一样,失去了最原始最心无城府的笑靥。其实这里没有我的亲人了。

我说:我十八岁那年离开这里。十八岁之前,我没有心事,抓蚂蚱,逮蝴蝶,采野菜,漫山遍野地疯跑。那可真是一段好日子!我扭头看,小赵一脸的漠然。这个与我隔着一个时代的孩子,还是没有兴趣听我说这些陈芝麻烂谷子。我管不了这么多,我就是想说,谁听或者不听都不重要。我接着自言自语:每年这个季节都会有个养蜂人来这里,他有一个和我年纪相仿的儿子,他的皮肤很黑,眼睛很大,牙齿很白。他一笑牙齿就跳出来,可惜他是个有些忧郁的少年,很少笑……

颜总,手术不能耽搁,刘书记昨天还打电话叮嘱过,他可是最关心你的人!我笑了笑,乳腺癌晚期。我把消息送出去一个月,最关心我的人却只打了一个电话,还是打给了我的司机。这把戏我见多了,在外人眼里,他仁至义尽,尽善尽美。在我这里却是疏离了,唯恐避之不及的疏离。

小赵,你知道吗?那年我八岁。我在田埂上遇见他,问:你不是我们村的,你是谁?他咧开嘴一笑,那牙齿白的,把我的眼睛都晃花了。他说:我们是养蜂的,我爹说我们是追花赶蜜人。他说:春采柳,夏采椴,秋天围着农田转。冬天,我们就去山东,那里的枣花、刺槐等着我们呢。我从没听谁说过这么美的话,一

191

下子被迷住了。撵着花期跑的日子该有多好！我想象不出村外的世界是个什么样子，更不知道遥远的山东怎么冬天还会有枣花、刺槐，他们那里不下雪吗？他抬起下巴看着天说：我爹对那些蜜蜂比我好。他说这话时黑白分明的大眼睛里有一丝失落，像流星般地划过。我的心紧了一下，过去拉了他的手。他的手和我差不多大，软软的，湿湿的，那一年，他十岁。我们坐在田埂上，拉着手望着对面的小村，深深浅浅地说着话。

他说我没有娘，你有吗？我说有啊。娘给做饭、洗衣服，还给梳小辫。他说有娘真好！我说你撒谎，谁没有娘呢？他就生气了，甩开我的手：我就没有娘！我没撒谎！他生气的时候那口能晃花眼珠子的白牙就不见了，嘴唇抿得紧紧的，眉毛拧成个小疙瘩。那时候我们经常吵架，吵了就吵了，各回各家，隔日照旧牵着手满世界疯跑。他笑起来声音很大，能把树林子里的小动物吓得嗖嗖地跑，他站在田埂上手搭成喇叭圈叫：双叶——双叶。我也叫：小竹——小竹。叫完了拉着手听大山的回音把我们的名字送到遥远的地方。

我说：小赵，你知道吗？如果我不进城，现在我就是这里的一个农妇。撵鸡上架赶猪进圈，夜夜枕着自家男人又粗又壮的胳膊一枕黑甜。如果那样，我想我不会失眠，也不会做噩梦。

他爹是个不爱说话的人，脸孔也黑，经年不见一丝笑容。他割了蜜就端一小碗扔在我们面前。远远地挖一锅烟叶看我和小竹吃。我们蘸着饼子吃、用树叶挑了吃、用手指头蘸了吃、互相喂着吃，嚼蜂蜡喝蜂蜜水……吃得满脸满身都是，那个香甜啊！惹得蜜蜂成群地跟着转。那一刻他爹的眼神就不那么僵硬了，慢慢

柔软起来。

小赵递过来一瓶矿泉水,我扭头接过来。他挨着我坐下,我看他一眼,他的眼神笃定悠长。我知道,他已经安下心来做一个倾听者了。

后来我问小竹:你爹为啥不笑?

他说:他是心疼那些蜜蜂,蜜蜂才是他的亲人、他的孩子呢。流蜜期的蜜蜂的生命只有一个月左右。他爹就格外疼爱这些蜜蜂。说他的命就像这蜜蜂,只为这一世辛劳而来,没了辛劳就没了命。小竹说他爹还说过,其实这世上的很多人都像蜜蜂,每天都忙忙碌碌,但又不知忙些什么,为啥忙,仿佛他们的生命也像蜜蜂一样,只为这一世辛劳而来。

还有,还有……

还有啥?快说!

还有,我娘跟着一个挖煤的东北人跑了。我娘跑了他就不笑了。所以,我没有娘。那一天,我的心又紧了一下。拉起了他的手,那一年,我十三岁。小竹的手在我的手心里轻轻挣扎了一下,脸就红了。看着小竹的脸,我的脸也红了。赶紧松开了他的手。

日子就那么飞逝而过。我们的个子如春雨里的野草般疯长,我的身体开始迅速膨胀,月白色的确良褂子似乎兜不住我小兔子般一走路就颤着的双乳。娘给了我一块白布条,我羞涩地勒住了它们。

我们再也没拉过手。但每天都会见一次,我背着书包从那条小路上走过,远远地放眼过来就能看见他。他站在整齐的蜂箱间看着我笑一笑，牙齿很白。我看一眼他唇齿间的那点白就笑着跑了，一直跑到脸红了，心怦怦直跳。后来，河边、田埂，或者我家附近，见了或许说话，或许不说，远远地相视一笑就走了。

十八岁那年夏天，我家隔壁邻居远嫁城里的秀子回娘家。她桃红色的翻领上衣腰间捏了褶，显得腰肢很纤细。要知道那时候农村的姑娘是没见过这样的衣服的。深蓝色牛仔裤包着圆润的屁股，她烫了我从没见过的大波浪。脸擦得细白细白的，还戴了一对亮闪闪的大耳环。她说话的神情和语气都变了。她不再说俺爹、俺娘。她说我爸、我妈……她的高跟鞋深深地扎进我的视线里。

娘没怎么反对我离开小村。她说过，你将来要是能不再过这土里刨食的日子该多好。你看看人家秀子！她说这话时用细细的树枝使劲地挖着指甲盖里的黑泥。

你们没告别？

有，我告诉小竹自己想要进城的时候他生气了。他生气的样子像他爹，黑着脸不说话。狠狠地把手里的蜂脾扔在地上，受了惊的蜜蜂成群地向他扑过去。只一会儿他的胳膊上、脸上就起了几个大包。其实他要是说几句挽留的话我就会动摇，偏偏他是个榆木疙瘩。我也生了气，跺跺脚哭着走了。

那，你就遇见了刘书记？

刘书记？呵呵，刘书记是后来的后来。

走出大山后我在秀子家住了一年多。秀子家只有一间屋子，一间小厨房。我去了她就在厨房地上给我搭了个木板床。半夜，她的拖着一条腿的男人去厕所，一趟一趟在我床边绕来绕去，有

赶花人

意无意地将手搭在我身上,我吓得失声大叫。秀子出来叉着腰耷拉了脸,男人拐着腿若无其事地吹着口哨蹭着她的身子走进里屋。半夜里我被争吵、打骂声吵醒。渐渐地,秀子的脸黑得让人透不过气来。秀子的婆婆也不时地来家里含沙射影地说些话给我。比如:闺女来了可是日子不浅了?啥时候回啊?你看看秀子住的这点地方,挤都挤死了。秀子开始走马灯似的给我介绍着一个个男人。鳏夫、光棍、瞎眼的瘸腿的啥样的都有,那个年代,正常的城里人谁会找农村丫头呢。想进城,多好的姑娘都要打折的。

不满二十岁的我把自己嫁给了一个只有一只手的酒鬼,那年他三十岁。在邮政局上班,有房子。只这两条就可以让我的娘心满意足地把我嫁了。20世纪70年代村妞进城最佳捷径就是嫁人。我用婚姻换来了城市的居住权,也换来了城市户口。你要知道,那时要办理一个农转非户口,即便是公安局有人也要几千块的。嫁人的话,就不用花钱了。当然,那个男人除了这些一无所有。婚后我在路边摆了小摊卖炝拌菜,每天天不亮我就去早市买海带、猪皮、花生。炝拌后装在一个个大盘子里,横一块木板摆在十字路口,我的生意就开张了。男人一年只有半年时间工作,剩下半年时间,就坐在家里就着我的炝拌菜喝酒,喝醉了就骂娘。我烫了头发,穿了高跟鞋,也戴了亮闪闪的金耳环。

我以为我的日子就这样过下去了,一切只开始于那场大雨。那年夏天的那场大雨,下得让人措手不及。阴云密布的时候我跑回家喊他帮忙收摊。当雨点砸下来的时候,我们俩抬着放炝菜的木板往家跑。他只有一只手,又喝了酒,一个趔趄手腕子一歪,我忙了一个上午的八样炝菜就全都翻落到雨里去了。我站在雨里

195

看着一地狼藉，忽然满腹悲凉，这就是我的日子？他在一边喷着酒气骂：操你妈的，做啥不好？卖你娘的炝菜！还不赶紧收，收了卖不掉我就着喝酒也好！我绝望地站在雨水里哭。衣服都湿了，紧贴在我的身上。那是我第一次想，要是小竹在，他会不会让我在雨里哭呢？

王军这时候坐在车里从我面前经过。后来他说，一个漂亮的女人在雨里哭，是个男人都会心疼的。他对我说这话的时候眼睛里装满了热辣辣的东西，让我不敢直视。他的手掌宽大温暖，他的怀抱里有淡淡的男士香水味，让我一度迷离。每个女人都是一根藤，都渴望有一棵遮天蔽日的大树来缠绕、依靠的吧。

他是土地局局长，时隔不久，我便成了土地局的清洁工。他给初中毕业的我弄来了大专证。一年后，我转了正。当然，也离了婚。他在城市最繁华的地段给我买了房子。认识王军之前我没见过其他女人的身体，村里人洗澡都是趁着夜深人静在自家里擦擦就算了。跟了王军后，我去泡澡、洗桑拿。很多女人用眼角扫过我的身体，向我投来妒忌的眼神。我昂着头像只天鹅般从她们面前走过。从王军灯光下惊羡的眼神里我知道自己是个美丽的女人，这就是我的本钱。当我穿着市面上最流行的时装、身上挂满了首饰的时候我已经学会了利用这本钱。有很多年我都沾沾自喜，觉得自己是个聪明的女人。

空气更加沉闷，有薄薄的乌云翻卷着自四面八方堆积上来。小赵收了伞。

小赵，你知道吗？蜜蜂是知道天气变化的，有雨的天气，蜜蜂不远飞。小时候小竹爸爸说：今天有雨。我和小竹看着晴空万

里的天笑他。他也不多语。但是不多时,天边就涌来云彩,一阵冷风吹过,雨真就下起来了。

颜总,那,你后来再也没见过小竹?

见是见过的。我叹口气。

那年,我刚认识刘书记不久,之前他言语中透露给我的信息是单身的,我也认了真,上了床才知道他爱人在另一个城市工作,也是个大官。我很难过,三十岁了,我真的想有个家,有个男人,有个孩子,守在一起过日子。我那次回小村接我的爹娘,小村人像迎接省亲的娘娘般地接待了我。没有人问我是怎样过上好日子的,反正我过上好日子了。我的轿车在村口的土道上晃花了乡亲的眼睛。从何时开始的呢,我变得越来越物质,我曾经淳朴的乡亲也变得越来越物质。我炫耀着,他们配合着给我送来啧啧赞叹和一脸惊羡。村长支书亲自陪着我吃饭喝酒。直到月亮高高挂进天幕,已有醉意的我在窗子后面看见原木篱笆外有个人影儿。晃了一下,又晃了一下,就不见了。那是小竹,他的身形在我的心里,我认得他。那也是椴树花开得最盛的季节,我追着前面的影子,一直走到这里。沁人心脾的花香里我看见有个女人站在月亮底下等他。马架子里传来孩子的哭叫声:娘!爹!小竹听见孩子的呼唤背影停顿了一下,就对他的女人伸开胳膊,他们相拥着进去了。

他是知道我跟在后面的。

我站在月亮地儿里,白天的满足感一扫而光。我忽然嫉妒起那个衣衫不洁身形粗壮的村妇来,心脏像是裂开般地疼。那时候我才意识到,我爱过他,或者一直都爱,只不过这爱被现实中的灰尘埋着，不触及发现不了。

第二天，听老乡说，小竹娶了个很能干的山东女人，都一儿一女两个孩子了。

那次回城后，刘书记给我开了这家公司。那时候他爱人因为涉嫌贪污被双规自杀了，但他没有说过娶我的话，只给我开了这家公司。我的眼前浮现出刘书记耷拉的下眼袋，凸起的大肚腩，还有他睁不开的色眯眯的眼睛。他和王军一样，夜晚扒下我的衣服的时候都会一声惊叹：天哪！这么美的乳房哟！

小赵，你没听说过吗？关于我的乳房。

颜总，我听说过，听说您不仅有美丽的面孔，还有……还有……

毕竟还是个刚出校门的小伙子，他红着脸低了头不敢说下去。

一种莫名的悲愤袭来，我忽地站起身：还有一对让他们魂不守舍的乳房！当年，我只在刘书记面前调皮地给他鞠了一躬，他的眼神就再也没离开过我的胸脯。这对乳房，我把它们给了一个又一个男人，它们给我换来了我想要的一切。乳腺癌晚期，这个消息我发出去后就在等，那个单身的赵科长，他一直背着刘书记对我示好，有一次喝了酒后他甚至说他在等，等有机会陪我走完我以后的日子。还有我跟了很多年的市委书记刘国栋，还有和我说好要回家离婚娶我，我们一起生一个漂亮的闺女的王军。我在等他们的反应。一个月里，我接了几个不咸不淡的电话，在听到我不得不全部切除双乳后就变得客气疏离，语气如多年相识却无关痛痒之人。我忽然想笑，或者应该听秀子的话：这世上，最不能推敲的就是人性，这是个必输之赌。我的心底深处还是藏着一

簇小小的火苗。人到中年,阅人无数,我的爱情在哪里。我的生命难道就这样一直如撂荒的土地般荒芜下去?

事实给了我一记响亮的耳光,很残酷,我醒了。这些年,我的爱情连同我的身体,早已被我廉价抛售。

这个季节,小竹去了哪里呢?他真的弃了蜜蜂不再做赶花人了吗?不做赶花人他做什么去了呢?我的眼前怎么全是他的影子呢?他戴着蜂帽、白套袖,轻轻地举起蜂脾,密密麻麻的蜜蜂围绕着它。他声音浑厚地唱着养蜂谣:

  天渐暖,蜜蜂欢。爽身体,排粪便。
  置巢脾,不宜多。一两个,蜂暖和。
  ……

他的身边还有一个娴静的女人,两个可爱的孩子,他们和着他,一起唱。

泪水打湿了我的胸脯,顺着我美丽的乳沟流淌着。小赵站在我身旁举着几张面巾纸,我没有接过来,这么多年来一直在笑,才发现,这么肆无忌惮的流泪,是一件很酣畅淋漓的事情。

什么时候乌云把蓝天遮了个严严实实?

小赵,请你退开几步。

小赵乖得像条小狗,他向后退着,直到我点头示意停下。

我开始解短袖上衣纽扣,一颗、两颗,第三颗时,我的乳房跳出来,我知道它们的样子:洁白细腻,吹弹可破,弹性好到极致,乳头是淡淡的粉红色,像是一对含苞的花蕾。

闪电将阴沉的天幕撕开了一道口子。震耳欲聋的雷声后硕大的雨点狠狠地砸下来,一滴一滴打在我的乳房上。雨滴碎了,溅开来汇成一股一股,我的胸脯流泪了。我伸开双臂对着雨幕吼:知道吗?这对尤物,啥病也没有!这帮傻瓜,我只利用医院的朋友开了个假诊断,就一个个地现了形。我指指心口,有些泣不成语,病在这里,已入膏肓!小赵惊讶得张大了嘴巴,颜、颜总,那,明天的手术……明天的手术照旧!有些东西必须切掉,否则会腐蚀我的全身,会把我整个人烂光。小赵试图走近我,我用杀人的眼神制止了他。又一条光亮更强烈地撕开了阴暗的天幕,雨更急了,陡坡处很快汇聚成一条浑浊的溪流奔向山坡下。一道接一道光亮撕开天幕,一阵阵低沉的雷声滚滚而来,雨点更大更密集了。我的号叫飘进雨里,瞬间就不见了踪影。

小赵不顾我的阻止冲过来替我套好衣服。伞被风掀掉了,小赵索性扔了不成形的伞柄拖着我向车子的地方狂奔。雨太大了,我们根本睁不开眼睛,胡乱地横冲直撞。良久,我拉住慌乱的小赵朝四外看了看,说:别走了,我们迷路了。奔流而下的溪流夹杂着些泥土沙石把我冲了个趔趄,我挣扎着推开小赵,抱住了身边的一棵大树。

我在我生长的地方迷路了。或许,天色太暗雨太大模糊了视线,原本我就没找到可以走的路。我蹲下身子,心口绞痛。山上不断地有山洪冲下来,我的脚在浑浊的污水中若隐若现。小赵忽然也蹲下了身子号啕大哭:姐姐啊,姐姐!你来这里做什么呢?是啊,我来这里做什么呢?我沉默了一下:我想告诉小竹我生病了,想看看他的反应,我只想看看他的反应。是不是和他们一

样?唉!傻姐姐啊,你这是何苦哇!雨水顺着小赵的指缝流出来。

天地间混沌一片,万物狰狞,仿佛一个世纪就这么流逝在瓢泼般的雨幕里。我紧紧地抱着树干浑身打起了摆子,心里想要是今日被水淹死了呢?想着想着就笑了,淹死了会有很多人来争我身后的财产吧,除了这我想不到别的,因为除了这我也没有别的。

太阳终于在乌云缝隙间挤出了半个笑脸。我们搀扶着走回来的时候遇见了一个和我们一样水淋淋的半大孩子,倒坐在牛背上,他的牛也在滴水。我问:这里的那个养蜂人呢?孩子看着我们狼狈的样子咧了咧嘴,笑了。他的眼睛很大,牙齿很白,他一笑牙齿就跳出来,晃花了我的眼。

他所问非所答:你们不是村里人,你们是谁?

我说:我是村里人,只不过很久不回家,忘记了路。

孩子歪着头忽闪着湿淋淋的睫毛看我。

我又问:这个山坳的养蜂人呢?

孩子又咧开嘴:你问我爹娘吗?顺手一指,那边的坳里,那里风小地势低暖和,周围全是椴树,你没见这里的椴树都快被砍光了?我们早搬去那边好几年了。

如果把四面环山的小村比喻成一个脸盆的话,那这里就是盆底了,现在,这里变成了一个湖。山洪翻卷着浪花不断地集体汇聚在这里,浪花上面,漂着一些刺目的蓝色。我一把搂过惶恐的少年,用手蒙住了他的眼。

我双目失明,眼前全是浑浊的浪花,不停地汇聚着,翻卷着。

寒葱河

一

寒葱河像个弃妇,被孤零零地遗落在东北边境线上。

六十年前,我爹还是个血气方刚的青年,他和我拉古叔,从山东和吉林两个地方奔向这里。

我爹在红松树下拾起饱满的松塔,取一颗松子在叶隙间的阳光里端详着。松子光滑饱满,散发着幽幽的松脂香。我爹叹:天公啊,还有这么神奇的果子!然后抛向空中,松子划了个弧,掉进嘴里,嘎嘣一声,一颗饱满的果仁就落在我爹的舌尖上。他肆无忌惮地咀嚼着,口舌生津。

松子油滋润了他干涸的肠胃,只一会儿,他贫瘠的肠道就润滑顺畅起来,一个臭屁在森林里炸响,吓坏了趴在松塔上午餐的松鼠。它满是花条纹的毛直立起来,睁圆了黄豆粒子样的眼睛,似乎想看清这直立行走的入侵者。当它看着无数双脚板踏过厚厚的针叶逼近它的时候,两只小爪子一抖,扔掉吃了一半的松塔,一跳,再一跳,窜了。

寒葱河

蒲扇样的灵芝,草丛里抖着复叶的野山参,紫莹莹的山葡萄,红艳艳的枸杞子,绿油油的灯笼果,榛蘑、冻蘑、鸡腿蘑、黑木耳、松茸,还有各种草药……它们从石缝中、草丛里、树底下,生机勃勃肆无忌惮地招展着。琳琅满目的红松树干有几搂粗,枝头挂满的松塔把我爹的眼睛砸晕了。

他惊羡的眼神随着笔直的树干直冲云霄。

那时,我年轻的爹觉得自己走进了一个富饶的、仿佛永远也取之不竭的宝藏。他兴奋得像只野鹿,满山乱窜。脚下一绊,我爹一低头,一根干叉子(野鹿角)横在脚板下。

后来我爹给老家爷爷奶奶的信里这样写到:棒槌鸟儿放山参,石头缝里长山珍,棒打狍子瓢舀鱼,野鸡飞进砂锅里。娘啊,这不是瞎话,是真的!

寒葱河是一条不急、不宽、深不没膝盖的河沟子,河水清澈见底,可见戏耍的鱼,在河底的石缝里穿来穿去。两岸是原始森林。在寒葱河畔,到处都长满了山葱。山葱的形状像兰花草,咬一口脆生生的,鲜甜微辣多汁。若干年后,当这片林子没有树木可伐的时候,城里人就盯上了这里的山葱。后来,这些我们曾经和牛羊一起吃的东西被搬上了城市的餐桌,卖到了二十多块钱一斤。再后来,我们就很难找到山葱的踪影了。

寒葱河水清凉甘洌,河里有很多叫不出名的鱼儿,常欢蹦乱跳地钻进我的裤管。顺手一摸,一条尺把长的细鳞鱼就被我高高地擎进天边晚霞里,我抹一把溅在脸上的水珠,兴奋得皱皱鼻子。晚上,爹舀几瓢寒葱河水泼进铁锅,鱼收拾干净也扔进锅,撒上一把盐就盖上锅盖,什么调料也不需要。桦木柈子上的火苗舔舐锅底，不一会儿，香气就挤满了小屋。当蛙声有一搭没一搭地和着狗叫声，懒散地拉开寒葱河夜的序幕的时候，黏稠小米粥样白生生的鱼汤就做好了。我爹早准备好了香菜末、红辣椒末、山葱末，那么随手一撒，喝一口，黏稠鲜滑，浓浓的香味能渗透五脏六腑。说实话，我后来在各种星级酒店里也没有喝到过那么香的鱼汤。

寒葱河风硬，吹得我皮肤像山上的核桃楸子一样粗糙，粗糙结实的我在爹鲜美的鱼汤里慢慢长大。

十四岁那年，我爹带我去了趟县城，那是我第一次离开寒葱河，我生了蹼的脚掌离开了松软的针叶，踩在了比石头还硬的水泥地上。我看见了明亮的路灯、宽阔的街道、高高的楼房，还有扭腰摆胯走路的女人。一阵风吹过，女人的裙子掀起来，雪白的大腿和走路时突突乱跳的胸脯，像是一个炸雷，将我从混沌中炸醒。我的身体里有一股子莫名的暗流涌动起来，某个部位发生了惊天动地的变化，我听见自己的身体像河水开冻样地啪啪炸响。我忘记手里咬了一半的香酥饼，瞪圆了眼珠子，张大了沾满饼屑的嘴，直到我爹的大巴掌落到我的屁股上。

二

从那时起我对精致富裕的生活产生了强烈的渴望，我结束了下河摸鱼上树掏鸟风一样的日子。

摇曳的油灯下，我爹闪烁着小眼睛问：稀罕城里的日子？我把头埋进书本，嗯。小兔崽子，城里有啥好？我一挺脖子：城里

有电灯,有汽车,有香酥饼,还有,城里闺女好看!我翻翻眼珠想了想又说,在城里要饭也好过这穷山沟子!我说完这话他一巴掌拍在我后脑勺上,我顿时看见了数不清的星星满世界乱飞。

我在林场断断续续的教育中读完了初中进了镇高中。二十岁,我以优异的成绩离开了那里。

我是寒葱河第一个大学生。这件事着实让我爹扬眉吐气了好一阵子。

现在,不惑之年的我有了自己的企业,有了在政府机关供职体面优雅的妻子和读大学的儿子,还有身后这个像春天里的寒葱般娇嫩可口的小妹。她叫朵拉,大我儿子五岁。某些时候,她是我的秘书。我在明亮的办公室里用现代化科技手段边指点江山边抚摸着她肤如凝脂的面颊,钞票像寒葱河的河水一样流进我的口袋里。

如果不是我那顽固不化的老爹,我早将"寒葱河"这三个字抛到了爪哇国;但我不得不从明亮现代的都市带着朵拉一次次奔向它,奔向河边我家那座风雨飘摇了半个多世纪还在残喘着的老宅子。而我爹,一个八十四岁步履蹒跚、生命之火摇摇欲坠的老头儿,犟劲比寒葱河的河水还绵长。这次,妻说:再接不来,就花高价雇个保姆放那算了!省得你见天地来回跑。我说:你再说一遍,那可是我爹!

这些年,我爹赶走了一个排的保姆。

门前的地瓜花开了,娇艳的花瓣在太阳底下妩媚地伸展着,像是要抓住一缕阳光。我看过很多花卉,都比不过我爹手里的地瓜花。我爹的地瓜花,红的就是红的,能掐出血来的那种红。粉的就是粉的，一碰就流出清水样儿的粉。娇嫩得仿佛太阳一照就化了，风一吹就散了。朵拉看见那些花，尖叫一声飞奔过去。

我的梦里一直有一个女人，像文秀婶子那样，或者像寒葱河的其他婆娘那样，挽挽袖子走进厨房就能端出一顿家常美味。妻不能，因为出身高贵有着体面工作的她根本不会，也想不到要为我这个土坷垃一样的男人做这些。朵拉也没想过，很多时候，她更像个孩子。

总之她们都拍手无尘，虽然不是仙子。

那年，我爹说，就寒葱河的河水能滋养出这样的花儿，山东都不行。我爹说这话的时候眼神飘到山那头，好像山东就在山那头。

爹不在屋，我打开橱柜，一碟老酱长了一层绿毛，几个干硬得可以当凶器的馒头上有几只苍蝇仓皇逃去……我皱皱眉打开冰柜，把刚买回来的冻虾熟食放进去。昨天给他准备好的食物安然无恙地躺在炕头上。我叹口气，习惯性地朝着门口瞥了一眼。小时候，我只往门口瞥一眼，文秀婶子一掀门帘子就进来了。挽挽袖子噼里啪啦走到哪儿响到哪儿，只一会儿工夫，瓢干碗净。屉里蒸的锅里炖的、凉的热的勾得人肠子咕噜咕噜地响。文秀婶子干活的时候嘴也是不闲着的：你个山东棒子，告诉你少吃咸的就是不听，大酱能当饭？你儿子现在出息了，啥好吃的给你买不回来，有福不会享，穷命。我爹这个时候脾气好得很，只微微地笑。

把这些东西清洗干净。我回头对朵拉说。朵拉一噘嘴：林哥，我在家都没做过这些！

寒葱河

我头疼欲裂,有几分怒火升腾。

三

没错,他就在河边,现在不是植树的季节,否则,他又会跑到山坡上。他光秃秃的头顶和波光粼粼的河水相互映衬着,他穿着那件去年妻买给他的驼色波司登羽绒服,石雕样地坐在河边。他的目光远远地扯向对岸。对岸,是南山,南山根儿,是拉古叔和我娘的坟。他就是喜欢这样望着,以一座墓碑的姿态。从我记事起他这个姿势就没变过,变了的,是他越来越光的头顶,还有耳边那几根风一吹就舞动起来的银丝。

一个孤老头儿,不看光景还能做什么呢?这似乎没什么不对,但,他是个脑梗两次还有阿尔茨海默病的患者,天知道他是怎样下地穿鞋来到河边而没有直接走进河里去的。而且,现在是农历六月初八。寒葱河即便是高寒,即便是一年无霜期仅一百多天,也不至于六月天穿羽绒服啊。我看见有只叫大马莲的蝴蝶忽闪着翅膀围着我爹转来转去,然后轻轻地落在他的肩头,他的双臂在松软的羽绒服里抖成一团。大马莲受了惊吓,仓皇而去。油锯手后遗症发作了。我在身后抱住他,他像片秋风里的枯树叶抖落在我的怀里。

青蛙掠过我的脚面,扑通一声跳进了河。

我把脸埋在他佝偻的后背上,一股熟悉的味道冲进了我的汗毛孔。他没有回头,对面山坡上,那些有气无力还没有我个子高的松树苗,弱不禁风地在毒辣辣的日头里发着抖。

207

我似乎又听见了他胸腔里沙哑的声音,山子,你看,清一色的松树啊。整个寒葱河,不仅有红松、樟子松、落叶松,还有赤柏松啊。赤柏松是啥?是红豆杉啊,那可是咱的国宝啊。上秋,年轻人就采红豆,送给心上人。只要手心里捧上一把红豆,多好的闺女都会乐呵呵地跟着走哩。松树是寒葱河的魂啊,我昨夜听见松鼠嗑松子啦,嘎嘣嘎嘣的,像小狗啃骨头哩。

我爹清醒的时候骂我是败家子,有时候会恶狠狠地拿根棍子戳我,他痛恨我把这林子里的最后一批原木拉走,破成板,烘干,做成家具,贴上一个著名商标,变成我口袋里的钞票。我说:爹,这些事我不做别人也会做。再说,木头不做成家具还能做什么呢?我老糊涂了的爹听不懂这些,他就会拿棍子戳我,恶狠狠的,那样子不像是我爹,倒像是不共戴天的仇人。那次,他在我的脚面上戳了个洞,害得我好多天走不了路。

我爹第二次脑梗前总是追着我说:山子,有些事,想说给你听听。可我哪有兴趣再去听他说我倒背如流的陈年往事呢。现在我很想他像从前一样,挑剔我的头型指责我的服饰,我也很想像从前一样和他顶一句:你不要拿旧社会的尺子丈量新时代的帅哥行不行!可是他干瘪的嘴唇再吐不出一个完整的句子。

我在河边找块青石板挨着他坐下。我的眼神顺着他的眼神飘去。河对面的小树在微风中摇晃着,不胜风力的样子。我忽然想起了妻。她的香水,涂着肉色蔻丹的指甲,还有走路时刻意挺直的脊背。她骂我最狠的话就是:农民!

说说吧。朵拉来到我们身后,请你说说那些故事。这样的青山,这样的小河,这样的老爹,还有这样沉思的你,一定是有故

事的。

妻对寒葱河不感兴趣,也对我爹不感兴趣。那些故事,一直属于我一个人。

我一直把朵拉这样的善解人意当成我不要脸的理由。她在河边迎风而立,风吹起了她的长发和衣裙,我贪婪的目光在她光洁如玉的大腿上来来回回看。我想起了自己十四岁那年,我仿佛又一次听见了自己身体河水解冻般啪啪作响的声音,幸福感油然而生。这样年轻美貌的女孩,站在我的河边,勾起了我倾诉的欲望。

四

我爹那年二十四岁,我拉古叔二十岁,他来寒葱河的时候我爹都当了两年先进了。那时候这地方三个人合搂搂不过来的红松一棵挨着一棵。我爹会吹口哨,吹得那叫一个浪,能学各种鸟叫。我爹要是在林子里坐一会儿,大腿上肩膀上准落一群鸟。我爹说过:动物通着人性哩,只要你不伤害它们,它们就会和你友好。我爹年轻的时候伐树、打桠子(指清理树杈)、肩扛、拽大绳(指树木倒地后,用粗绳子拴住树木,以便人们挪动树的位置)、滚扒杠(指抬木头),样样是能手。他的胳膊呈四棱子形,谁都知道,这号汉子是铁打的,浑身有使不完的力气。我爹干活的时候其他汉子只有喘气的份儿,大伙都叫他铁棒槌。

从前我爹每次给我说起这段时两眼放光像多大个人物似的,抖动的双肩会有暂时的停歇。事实上,他只是一个底层伐木工,最多是林场劳模、青年突击手、五一劳动奖章获得者。当年,他们这一拨人为了争先进当劳模流尽了汗水,当汗水流干的时候他们就老了,当他们老了才发现,这一生,他们得到的最高奖赏居然是光秃秃再无材可采的大山。当然,我爹还得到了间歇性抖动的双肩。那是做了一辈子油锯手的重要标志。

这样的大山,曾经是他们眼中掘之不尽的宝藏。现在,它和我爹一样也老了,连肆虐的山风都挡不住了。

我拉古叔就不服,他是吉林那边的,用我爹的话说就是"高丽",队长把他派给我爹当徒弟。他那个傲气啊,走路都像山鸡一样雄赳赳地昂着头,哪个徒弟不在师傅面前低眉顺眼?他就不。上山三天他就挑刺儿:师傅,我觉得应该先打下扠,切斜口……气得我爹吹胡子瞪眼。我拉古叔看着我爹的样子咧咧嘴:师傅,你瞪我我也得说,这本来就不合理嘛。我们东北人就这脾气,有屁就放,啥事都亮出来,我们不习惯把个芝麻藏在心里,发霉长绿毛,变成个烂西瓜。你看,就我拉古叔这德行,谁能稀罕?当然,我爹看不上他还有一个原因,就是水莲看他的眼神,那眼神,用我爹的话说就是比三月的桃花都醉人哩。水莲是谁啊,当年寒葱河林场百里挑一的俊闺女。我爹常说,她的脸蛋儿,比那朵粉色的地瓜花都嫩。《红灯记》里的铁梅漂亮吧?跟水莲比,差着一大截呢。总之她挎着小包袱摆着柳条腰扭进寒葱河的第一天,我爹的心魂就随着她去了。她娘家嫂子在食堂做饭。她跟着在食堂帮工。焦黄的苞米面饼子经水莲纤细的小手递到我爹的手里,就像抹了猪油一样香。

这时候,我拉古叔来了。他一来,水莲的眼神就飘了,飘着飘着,就对上了我拉古叔,两条目光,丝丝缕缕缠成一个结。

我爹管我拉古叔叫"臭糜子"。每当他和水莲的眼神缠绕着的时候就糗他：臭糜子，眼珠子别掉了。我拉古叔也不含糊：我乐意，你个臭山东棒子。我爹一听呱嗒一声脸子就撂下来了：山东棒子咋了，山东大汉，古今有名！东北爷们儿有啥好的，从生下来就吹过山风，鸡巴都像冰棍子一样冷。我爹说这话的时候斜着小眼睛瞄水莲。那时候这片林子里，百分之九十都是山东汉。这话引来一大片怪叫、口哨声，笑声把树梢上的鸟儿惊得扑啦啦地飞。水莲的小脸成了酱猪肝，拿着饼子的手都发了抖。我拉古叔那张俏生生的小白脸也成了酱猪肝，白眼珠上挂了红血丝，眉毛都立起来了，鼻子眼呼哧呼哧地拉起了风匣。他啪的一声扔掉手里的饼子：师傅，我妈说了，当大不正扯过来垫腚，今天是你当大不正，别怨我不仁义！我刘大爷赶紧拽我爹：算了，铁棒槌，你是师傅呢让着点，别过了分。那边也有拉我拉古叔的：算了吧，怎么说他也是你师傅！这一拽一拉，好像把他俩架上了擂台，铆上劲了。

我爹霍地一声站起来：小鸡巴臭糜子你还翻了天？

我拉古叔一仰脖子：臭糜子咋了，操，山东棒子赶大车，臭糜子是你爹！不服找你爹来试试？

我爹一听肺叶子炸了，血管哗啦哗啦地响。

敢跟老子叫板！

我爹一只手摘了帽子，另一只手一扬，金灿灿的饼子在雪地里撒着欢儿蹦出去老远。

那天是一场恶战，他俩就在楞场里抱了个子（抱了个子是方言，摔跤的意思），滚遍了整个楞场，秃噜下来的原木差点把他俩砸成肉饼。我拉古叔踹断了我爹一根肋骨,我爹把我拉古叔鼻梁骨打断了,鼻血花了他的脸。水莲捂着眼睛叫:大伙快拉开他俩啊,快点啊!

几十个汉子围成一个圈,谁也近不了身了。后来,我拉古叔一把推开我爹抹了一把脸,又啐了一口血唾沫:不打了,年底表彰会上见,谁是劳模水莲就是谁的!我爹忍着疼咬牙切齿:谁他娘说话不算数谁是孙子!

水莲听了这话恶狠狠地对拉古叔翻了白眼,一扭身,长长的辫子在空中划了一个弧。

他们的仇,就是那时候结下的。

五

一阵风吹过,将河水的清凉送到了岸边。我薅根稗子草衔在嘴上,杜鹃啾鸣着从我的唇边飞起。我也会吹口哨,能用叶子吹出百鸟的盛宴。这一点,我像爹。爹似乎听见了我的口哨,侧过头,目光迷离地看着我。爹的脸,朵拉的脸,一个枯干颓败,一个娇嫩阳光,在我的哨声里沉醉了。良久,我将叶子啪地吐进寒葱河,它躺在河水中像只小船样地飘摇而去。我舔舔麻木的嘴唇:爹,咱屋里去?他没理我,又扭过头去,将浑浊涣散的目光扔向对岸。

朵拉找块平整的石头坐下:算了,我们陪他坐坐吧。你接着说故事给我听。

我看着朵拉舔舔嘴唇。

寒葱河

那场恶战后我拉古叔也有了个外号：钢蛋子。他们是生来的对头，我爹叫铁棒槌，我拉古叔叫钢蛋子。

那年刚入冬就下了一场大雪，队长欢喜得像只松鼠，有了雪，祭了山神就可以冬采了。每年进山采伐之前都要祭山神，这是不能马虎的，山神爷灵验着呢。朵拉，你是城里长大的丫头，一定没见过祭山神。朵拉一双水汪汪的美目里，装满了期待。

清晨的第一缕阳光里，干净平整的石板上，黑猪头、白面馍、玉米酒、香炉都摆好了，大组长怀里抱着一只红冠子公鸡，二组长端着一碗酒。

山神爷，老把头——后面呼啦啦跪倒一片汉子。

山神爷，老把头——

草民进山冒犯了——

您老人家保咱草木之人出入平安——

您老人家保咱草木之人出入平安——

话音落一碗酒洒出去，大组长把鸡脖子一拧，鞭炮噼里啪啦地炸响，烧纸舔着火舌打着卷儿在树尖上打旋儿，一群汉子双手合十把头磕到白茫茫的雪地里。大公鸡没头苍蝇样地扑棱着，这就成了。

那时候树真多啊，伐不完似的。那时候我爹他们天见亮就进山，腰里缠着包袱皮，包袱皮里是一早在食堂领的苞米面饼子。苞米面饼子到中午就冻成了冰坨子，架火烤，吃一层烤一层，一层一层金黄金黄的，香气四溢。

我爹命苦，八岁没娘，十岁没爹，东家一顿西家一顿吃百家饭穿百家衣长大，后来跟着闯关东的大军来到寒葱河，第一次穿上女人做的鞋，从脚下暖到心头。那是我爹孤苦岁月里最初的暖。那双鞋，是水莲做的。我爹心里憋着劲呢。他想，年底的劳模就是俺的，到那时水莲就是俺的，俺狠狠地疼她，让她做寒葱河最幸福的女人。

山上浇冰道，他俩一只手一只喂得罗（"喂得罗"是俄语"铁桶"的音译）跑步往山上提水，现在没有那家什了，我小时候家里就用那提水，你们这代人见不着了。说完这话，我看了一眼朵拉。这一刻，我才意识到，我们之间，隔着什么呢？一个年代。

我拉古叔的胳膊是平端着的，他爹是武馆的教头，他从小就练着童子功呢。我爹提着水跟在他身后，气喘得比牛还粗。归楞他俩都挑大木头抬，伐树一对一地比着。那时候还没有油锯，用弯把子，汗水湿透了衣服被风吹干了，汗水再湿了再吹干，后背上结出白花花的汗碱，汗水混着汗碱，冻成个硬壳。

他们的手掌磨破了，血染红了锯把，疯了。寒葱河林场的人都知道他俩疯了。一棵棵大树在他俩的手里轰然倒下，一根根上好的红松原木顺着冰槽从山上呼啸到山下，那年他们组超额完成任务。组长的脸上乐开了花。

六

谁知道呢，年终评选，寒葱河林场破天荒评出了两个劳模。

我拉古叔胸前戴着大红花，身边依偎着小猫样的水莲，满面红光。我爹的脸都绿了，他的手里，是一大捧红豆果。红豆果映着他的脸，在全局领导和职工的目光中荡来荡去。我爹一扬手，

红豆果纷纷散落。很多脚踩在红豆果上，鲜红的汁液流了一地。我爹恶狠狠地将胸前的大红花一把扯下来扬长而去。大红花缓缓地飘落在拉古叔和水莲的脚下。水莲咬着嘴唇拾起来放在拉古叔的手里：他，俺当亲哥呢！拉古叔一扬嘴角：我知道。这头犟驴还是我师傅呢！

从那天开始他们就公开好上了。我爹和拉古叔他们装车，水莲就坐在楞场里纳鞋底，边纳鞋底眼神边朝我拉古叔身上瞟。寒葱河的冬天是有名的"鬼见愁"哇。西北风把她的手指都冻成胡萝卜了，白嫩嫩的小脸冻成个红苹果。我拉古叔吼她：屋里去！她就摇着小下巴：不，俺想看着你。我爹听着他们的对话头也不抬，心底的酸水咕嘟咕嘟地往外冒。

我爹第一次脑梗后说过很多，该说的不该说的，他都说给了我。后来，他越来越糊涂，说过的就忘记了。

我爹说过，水莲是真俊啊，一笑腮帮子上的两个小酒窝就把你拉古叔淹死了，把俺也淹死了，把归楞的汉子都淹死了。她在边儿上，抬杠子的俺们浑身都是使不完的劲，喊出的号子震天响：

　　哈腰挂哩，嗨哟。
　　一块起哩，嗨哟。
　　脚下扎住根哟，嗨哟。
　　眼睛朝前看哟，嗨哟。
　　上跳板喽，嗨哟。
　　对准缝喽，嗨哟。
　　轻轻放呀，嗨哟，嗨哟，嗨哟……

每个人的头顶都冒着热气，脊梁沟冒着热气，心里冒着热气呢。

歇气时水莲揉我拉古叔肩膀上的磨骨头（磨骨头指工人肩头磨出来的老茧，下同），水莲给我拉古叔揉肩时水灵灵的眼睛蓄满了春水，眨也不眨地盯着他的脸。那双葱白样的小手，一下一下揉碎了我爹的心哪。我爹把脸别向一边，嘴角一撇：真贱！我拉古叔回头看他一眼，笑一下，顺势把水莲搂进怀里，高声喊：我这就给我爸妈写信，今年冬采结束，咱就结婚！

我爹就是那时候想弄死他的。我爹说：他要是死了，水莲的眼神就是俺的了，她就会给俺揉肩头了，俺肩头的磨骨头比你拉古叔的还厚还大呢。俺能想象水莲柔弱无骨的小手抚摸的感觉，骨头渣子都能酥掉。

我爹心里一旦有了弄死他的想法就搁不下了，天天梦见我拉古叔不同版本的死法：他的尸首让寒葱河水冲走了，被狼叼了去，被毒蛇咬死，甚至吃饭噎死、喝水呛死……我爹替水莲擦去伤心的泪水。水莲柳条样地顺势倚在我爹的怀里，那双眼睛装满了楚楚可怜。我爹用干涸的嘴唇去抚慰她。

想着梦着，机会来了。

那年天真冷，他们刚浇好冰道，我拉古叔站在冰道边上，他一根手指按在冰面上，再抬起来就刺啦粘掉一层肉皮。我拉古叔疼得甩甩手，脸上露出了满意的神情。我爹说当时什么也没想，也或者想了记不得了，我爹用穿大头乌拉的脚一钩，我拉古叔脚下一滑，头冲下像根木头样地冲下山去。啊——朵拉双手捂住嘴，发出了一声惊呼。我爹的肩膀在朵拉的惊呼中颤了一下。

山下，有一堆大头冲上刚放下去的原木，他撞上去铁定脑浆

迸裂。他滑下去的声音像长了一百多年的原木一样，轰隆隆地震天响。他发出凄厉的惨叫，像丢了崽子的夜猫子，从山上滑到山下。

猛地，叫声戛然而止。我爹双腿一软，他仿佛看见飘落了满地的桃花，那娇艳鲜嫩的桃花，一瓣一瓣，在原木上、雪地里，溅得到处都是。也或者是脑浆子，脑浆子和桃花瓣。这一刻在我爹的脑子里模糊成一种形状，我爹的眼前，全是桃花和我拉古叔的脑浆，和我爹自己的脑浆，交织在一起，混成一个混沌的世界。

我爹失魂般地念叨着：水莲是我的了，我的了。他死了，水莲就是我的了。我再不用天天梦着她软得像泥鳅一样的身子，在我的怀里滑上滑下了。

"顺山倒喽——"一棵长了一百多年的大树，在一声破冰样的吼声里慢慢倒下。

小栓子把我爹拉起来的时候我爹都快坐化了，僵着眼珠子，一个劲儿地朝着山下冷笑。小栓子说我爹那天笑得比寒葱河的三九天都冷，小栓子把我爹拉起来后就叫了一声：俺的老天爷呀！你猜咋了？咋了？快说！我爹把我拉古叔弄下山后两腿一软坐在了树墩子上！树墩子啊，朵拉，你知道吗？树墩子是山神爷的饭桌子，草木之人是坐不得的。大忌！林场的伐木工，即便是累得瘫倒也不会碰树墩子，传说早年坐了树墩子的，不出一百天就被山神爷收走了。

七

你爹坐了树墩子，可他今年八十四岁了。朵拉嘟囔着。

我拉古叔命大，也或者是他机灵，冰道平滑陡峭，我拉古叔滑到一半时双手支起了两侧的冰槽。他的双手，就像今天的制动刹车一样。到了山下，队长看到了我拉古叔血肉模糊的半边脸和一双手。

我爹没要了拉古叔的命，倒是给他破了相。

我拉古叔没说出滑下冰道的真相，他说是自己不小心滑下去的。他说这话的时候用眼角恶狠狠地剜我爹。从那以后他再看我爹的眼神阴冷阴冷的。我爹说，那眼神，像刮骨的钢刀。

水莲半跪在他身边哭得像个新寡的小媳妇，她说：不管你啥样，瘸了瞎了残了俺都跟着你，俺伺候你。你要是死了，俺一辈子不嫁守着你。我爹站在人群里，看着水莲的眼泪，成双成对地洒在我拉古叔的心窝子上。他的心在那一刻变成了寒葱河的河水，翻卷着透骨的凉。

这件事，彻底地击败了我爹。

我曾经意气风发不可一世像只小豹子样的爹，变成了一个哑巴，他不笑不说话，尽可能地躲避着所有的人。小栓子说我爹中了邪，坐了树墩子的人七魂八魄都被山神爷收走了。寒葱河的男人女人都这么说：坐了树墩子，还有好？魂儿肯定没了。我爹说：人哪，千万别做下让自己心魂不宁的事，一旦做下了，就完了，就被打入了十八层地狱，出不来了。

朵拉嘟着嘴托着腮，秀气的眉毛拧成小疙瘩。我最爱她这个样子，招人疼，是女人的样子。妻不这样，良好的家教使她的言谈举止像极了刻意的演绎。我用很多年的时间企图激怒她，想给自己一个哄着她宠着她的机会，可是我失败了，她像是一块精致

的水晶，玲珑剔透，没有温度。

　　第一批油锯进林子，一个组两把，我爹一把，拉古叔一把，那时候我爹常木呆呆地看着成片倒下的红松发呆。他知道，水莲已经远离了他的世界，可是他无法控制自己的心，在一个个无眠的夜里，脱缰野马般地朝着水莲的方向驰骋。他常踩着夜幕下的积雪在水莲的屋门前徘徊。跳动的灯光把水莲的剪影映在窗子上，我爹每天晚上都要去看一眼。只一眼，看过或者用眼梢瞟过都行，就转身，回去睡觉心里就多了几分安生。

　　那天中午在林子里燃起篝火，我拉古叔在树枝上烤饼子，松树枝油大，火苗旺旺的，饼子烤得焦黄。拉古叔边啃边说我爹：你个榆木疙瘩，一个巴掌能拍响？剃头挑子一头热不行，男女这点事得俩人都热。一个人叫单相思，没用。就是我死了水莲也不能跟你。我爹的脸瞬间挂了霜，扔掉手里的饼子霍地一声站起来：臭糜子，我日你娘！我拉古叔轻飘飘地瞥一眼我爹，扔掉手里吃了一半的饼子拿上油锯走了，只一会儿工夫我拉古叔豹子一样的叫声就穿透了林子：顺山倒喽……

　　郁郁葱葱的林子里，一棵又一棵三个人都搂不过来的大树轰然倒下，我爹听见他在那边朗声大笑，那笑声像钢针，深深地扎进了我爹的心脏，我爹仿佛觉得自己变成了拉古叔锯下的红松，破败地横在他的脚下。

　　我爹好像是累了，慢慢地朝我靠过来。我伸开双臂，像接住个婴儿。朵拉起身，像我抱我爹样在身后搂住我。一丝温暖顺着我的身体蔓延开来，我安然地闭上眼，这样的暖，是不是爹心里水莲那双鞋的暖呢？

我爹没得阿尔茨海默病的时候还能说些完整的话,这些,就是他讲给我的,那段日子,他像是有今天没明天样地说。他诉说时仿佛面对的不是自己的儿子,只是一个倾听者。

我拉古叔没来之前,水莲给我爹做过一双鞋,我爹一遍又一遍地说:那是他一生当中见过的最暖最漂亮的一双鞋。那鞋底纳的,针脚比针鼻还小!那时候我爹的脚上全是冻疮。水莲就用冻青熬水,常年跑山的汉子脚板上没几个不长冻疮的,大伙就在食堂门前一溜儿排开,用冻青水泡脚。水莲一盆一盆地端出来,汉子的脚烫成酱红色,水莲嘴角的小梨涡在氤氲的热气里若隐若现。

随着讲述,我来时的火气随着寒葱河水渐渐远去,我好像变成了爹。矫健的背影,青春的脚步,在原始的望不见边际的森林里穿梭着,尽情地将爱与恨播撒在林子里。我好像忽然明白了爹,明白了他这份固执、坚守。他的血他的爱他的魂,都已经和山上枯叶下的树根纵横交错,生生地长在了一起。

八

我回头,篱笆外我的路虎,在夕阳的余晖里散发着刺眼的寒光。我说,那时候汽车少见,山外来买木材的老客还要边防证,要坐火车,再倒森林小火车,再爬山越岭穿沟塘子,穿不烂一双鞋就想进寒葱河?门都没有,那时候有句话:宁进北京,不进寒葱。也幸好那时候还没有这么好的路,这么好的汽车,要是有,恐怕轮不到我发财了。说到这儿,我顿了顿,这林子怕是连片草

叶都剩不下了。

他们伐了木头就顺着山上的冰道溜下山，人力装车，人力归楞，啥都是人力。那代人啥都没有，就是有使不完的蛮力气。

拉古叔和水莲结婚很多年，水莲的肚子还是瘪瘪的，林场的人都说我娘是个中看不中用的石女，不下蛋的母鸡。不生养的女人，人前就矮了半截，长得再漂亮也没用。那几年，她走路都盯着脚尖，看见抱娃的女人就绕开。寒葱河畔，好多年听不见水莲银铃般的笑声。我爹的心哪，疼得揪成了团。

什么？林总，你说什么？水莲是你娘？你娘嫁给了你拉古叔？怎么回事？我听糊涂了！

我的口气换成了我爹当年的：别急啊，慢慢听。

转眼就到了20世纪80年代，他们林区制度改革，当时他们这群人大部分是临时工，那年寒葱河有了正式工编制，还有了合同制。正式工编制就几个，其他都是合同制，队长对我爹说：你们俩都是那么多年劳模按说都应该有，可是这编制落完领导干部就剩一个，你刚来那年跑山火（跑山火指森林失火），立了一个三等功，钢蛋子没有，这个指标就是你的了。队长还说，铁棒槌啊，你小子他娘的走了大运了，落完这个编制就有机会提干了。我爹把烟袋从唇边挪开，细细地吐出一股烟，说：俺不要，给他。队长一下子僵成半截木头：给谁？我爹咂一口烟袋说：钢蛋子。队长的眼珠子都快瞪出来了：为啥？这可是铁饭碗！正式编白面五斤，合同工白面三斤，工资粮票布票待遇差好几个档呢，将来老了退休待遇也差得多呢！我爹头也不回：俺知道，给他！

我拉古叔当晚就找了我爹，他狠狠地剜了我爹一眼，转头走

221

两步回头再剜一眼，再走回到我爹面前：你个死榆木疙瘩，多大岁数了不知道？有了这正式编，山上山下的闺女可着你挑，你他妈的给我做啥？我爹蹲在楞堆上慢条斯理地点着烟：俺欠你一条命！我拉古叔皱了一下眉又笑了：你他妈的！那件事也是事？水莲要是跟了你，我他妈早把你锯成两半了！我爹向前一步，一把薅住我拉古叔的脖领子。那天我爹的劲头真大，好像要把高出我爹半个脑袋的拉古叔提起来。他咬着牙说：我就是要给你，以后我那三斤白面粮票布票也都给你，你，给我好好养活水莲，就是她一辈子不养娃也让她穿最好看的，吃最好吃的！她要是不好，我还把你扔进冰道！

我拉古叔脑门上的青筋都蹦起来了，反手薅着我爹的脖领子：水莲是我的女人，我想咋样疼就咋样疼！轮得着你个山东棒子咸吃萝卜淡操心？

我爹瞪着眼珠子：不信你试试？

我拉古叔也瞪着眼珠子：试试就试试！

我爹头也不回地走了。山东人，倔着呢。

有了正式编我拉古叔第二年就提了干当上了副队长，他不再拿油锯，是脱产领导了。我爹成了他手下的一名油锯手。水莲就在那年怀了孕，整个林场都炸了，说朽木发芽了。以前我爹说到这儿，嘴角会向上扬起，一丝不屑闪过他的小眼睛：他们一起睡了十年，你拉古叔才在你娘的肚子里种下你，听说还喝了快一火车皮中药。这件事俺瞧不起他，要是换做俺，早让你娘养上一大群了。话是这样说，他还是偷偷把采来的山葡萄、掏来的鸟蛋挂在我拉古叔家的原木篱笆上。

林总,你刚才说什么?水莲跟拉古叔怀了你?我舔舔发干的嘴唇说:是。水莲是你娘?是!天哪!这到底是怎么回事啊?!

嗨,朵拉,别急,听我说啊。朵拉定定地看着我,不错眼珠的。

水莲的肚子凸得像个得胜的大将军样的时候文秀和我爹订了婚。文秀是谁?寒葱河林场主任的亲妹妹啊。初中毕业生呢,在楞场检尺,也是正式编啊。我爹说过:那丫头像堆火,能把人烧成灰。为了这事我拉古叔跟主任打了包票的,两只大手一拍桌子就是三千米啊,以往任务量也就最多不过两千米啊。开始我爹不愿意,凭啥让弟兄们都为了我拼命?

水莲找我爹说:俺一直拿你当哥呢,给你做了那双鞋,那年冬我做了好几双呢,脚上有冻疮的都做了,俺是真拿你当亲哥呢!亲哥啊,文秀喜欢你,也配得起你,她给俺当嫂子,俺欢喜。咱大伙都使把劲吧。

要是不出事,那年开春我爹就娶了。

林总,你爹娶文秀?你到底是谁的孩子?

嗨,你呀,就是这么沉不住气,寒葱河水慢慢流,话慢慢说,你慢慢听啊。

这一刻,我只想把这个故事原原本本细细地说给她听,就像我爹当年说给我一样。

九

油锯伐树,一拉启动器,眨巴眼的工夫一棵长了一百多年的红松就倒下了，汗珠子都不掉一颗。我爹刚开始进寒葱河的时候用弯把子，后来用快马子，也叫二人夺。再后来伐木工改成了锯手啦，我爹拿着油锯就像战士拿上了最好的钢枪一样威武。当时一个组就两台啊，我爹一台，我拉古叔一台。我拉古叔那台当队长后就给了他徒弟来顺。那年为了三千米的任务，我拉古叔又拿起了油锯，他拼了，他们组的弟兄们也拼了，大家除了吃饭就是不停地伐树。从天刚见亮到伸手不见五指，整个冬天的头顶上不停地响着：

顺山倒喽——

顺山倒喽——

顺山倒喽——

主任也没想到，提前三天完成了任务！那天响休，大家生了篝火都烤饼子呢。我爹拿着油锯越看越稀罕，摸着光亮亮的油锯，想着文秀那张羞答答的脸，我爹就在红松林里撒了欢儿了。我爹说：人哪，过了心坎日子就舒坦了。撒了欢儿的我爹像只野鹿一样跳来跳去。我拉古叔坐在火堆边，他手掌心里的老茧轻轻拂过铮亮的油锯，他抬眼看看成片的树墩子，再看看怀里的油锯，再看看成片的树墩子：这真是好东西，这速度！要是以前的二人夺、快马子，你铁棒槌还想娶媳妇，做梦吧。说罢叹了口气，就是不知道这样的速度，多少树够锯的？他这话引来一阵哄堂大笑：够锯的，放心，树还能锯完？哈哈哈——我爹扔给他一块掺白面的发糕：吃吧你，锯完锯不完的，不是你我该想的事，咱上头有队长，队长上头有局长，局长上头还有政府呢！再说，咱说了也不算。弟兄们接茬：对，铁棒槌说得对，你呀，该给水莲肚

寒葱河

里的娃想个名字,铁棒槌该想的是找个日子把和文秀的好事成了!铁棒槌,那妮子那么稀罕你,你早把人家睡下了吧?人家可小你十来岁呢,睡的时候疼惜着点!对,钢蛋子,你那儿子就叫"迟来"!要是当年结婚就生娃,现在都该想着给娃娶媳妇了。

我拉古叔抬起头,目光掠过一片又一片树墩子,他的嘴角上扬,牵动了过山风雕刻的几条皱纹,那皱纹在阳光下开出一朵花来,他说:要是儿子,就叫山子;要是闺女,就叫山妮。山是咱林业的根啊。

那天的笑声把树尖上那几片干叶子震落了,蝴蝶样地飘落到树墩子上。我爹被笑声感染得更加兴奋了,他似乎也看见了自己的儿子,像青山一样结实的儿子。他说:钢蛋子,你儿子要是叫山子,我儿子就叫林子。我拉古叔忍着笑啐了我爹一口:你他妈先把老婆弄回家再说!

那天中午我爹、拉古叔还有伐木的汉子围着火堆唱起歌来:

山里的汉子山里走啊,山里走啊。
青山绿水脚下流啊,脚下流啊。
扯块彩霞盖身上啊,盖身上啊,
娇滴滴的妹子里面藏啊,里面藏啊——

我爹举着发面糕和着粗犷的韵律转起圈来,转着转着就晕了,树在转,云在转,大家都在转。我爹眼前的世界都转起来了,他脚下绊了一下一屁股坐在了刚伐下的红松墩子上,这个墩子的年轮来顺刚数过,数到二百就数晕了。

我爹手里的发面糕掉了,傻了。所有的笑声哑了,歌声也停了。这天大的忌讳啊,第二次了。第一次,我胡奶奶给我爹挂了红摆了大供破解了。我拉古叔一把就把我爹薅起来:你他妈的能不能不嘚瑟!但是晚了,我爹两腿一软又坐上了。

接下来大家就安静地吃饭了,都说:没事,这都啥年代了还翻那老皇历,再说铁棒槌也不是第一次,山神爷不待见他,没事。我爹擦把冷汗也逼着自己这么想,但是心里还是虚着。这山林子,讲究多了去了,伐树祭山神从不带女人,身上带红的女人更是上不得山的。听说小日本在咱东北林子抢木头的时候,红松木头连成木排,在春天的桃花水里漂啊漂,漂进黑龙江装满了日本船就开走了。

张寡妇的男人壮得像头牛,也是走山的汉子。被日本人抓去干活,没几天抬回来个硬邦邦的死倒儿。痛不欲生的张寡妇一手牵着一个娃对着日本人船哭骂:不得好死的,还我男人!这是你家的?说拉走就拉走,强盗!也不怕山神爷发了怒砸死你!结果那天中午就来了个横山倒,一下子砸死了三个监工的日本兵,也就是那天,沉了一艘运木头的日本船。

文秀真的喜欢我爹,她告诉水莲:大姐,我知道他喜欢你,可我就是喜欢他啊。我拉古叔去做媒,她当林场主任的哥不愿意,为啥?我爹不仅是合同工,还大着人家十来岁呢。文秀铁了心跟我爹,寻死觅活地闹。她哥就软了,可就这一个亲妹子啊。

她跟着水莲学着给我爹做鞋,做不成,锥子扎得她嫩生生的小手上全是小窟窿。她就去城里买,买羊毛毡袜,我爹的脚上的冻疮好了。只是羊毛毡袜捂得我爹的脚很臭,文秀说:臭我不

嫌，冻伤了可不行。她还偷了家里准备过年的咸带鱼煎得焦黄塞进我爹的饭盒里。有事没事就往我爹眼前凑。开始我爹耗子见了猫样地躲她，她干脆在众人的眼光里双手叉腰拦住我爹：铁棒槌，我喜欢你，我就是要对你好，你个傻狍子，跑啥？我爹说：我这把年纪了，你这是为啥？她一瞪眼：没有为啥，喜欢还要为啥？我爹沉默良久想想也是，就一低头不言语了。她的小下巴抬得很高：我要一辈子疼你惯着你伺候你！我爹叹口气指指心口，低语：这里有个人你不知道？文秀一瞪眼：知道，她也学着我爹的样子指指自己心口：你在这里，她是人家的，我是你的！火辣辣的性子硬把我爹冰块一样的心烤化了。

我的文秀婶子，是寒葱河的老闺女，快三十才找了个鳏夫嫁了，一生不曾生育。她疼我，小时候我身上穿的衣服，大都出自她的手，她常背着她的男人跑进我们家，噼里啪啦地收拾我和我爹的"猪圈"。为了这，她没少挨打。打就打了，她也不哭、不叫。隔日还来。我从小没娘，文秀婶子在我的记忆里，一直替着娘，送着一粥一饭的暖。

十

那棵树倒下来的时候我爹明明看着是顺山顺风的（顺山顺风指伐树的条件十分合适，这是林业工人锯倒大树的基本条件），他也割了下岔子（割了下岔子，意思同"打下岔子"，指按照山坡走势下坡处在大树上割开一条口，详见 P134 "打下岔子"的意思），什么时候窝回来（窝回来指大树没有按照锯树时的计划倒下，而是反方向倒下）变成逆山倒（逆山倒指伐树时树反方向朝山坡上倒去）的呢？我爹晕了。他耳边交叠着乱七八糟的叫声，像狼、熊、狐狸、山狸子，又像蛤蟆。是什么在叫呢，我爹支棱起了耳朵就是听不清。一些模糊的人影在他眼前交错着，我爹看见了白胡子紫长衫的山神爷，他冲我爹慈眉善目地笑，他身后站着个女人，穿了水绿色的长袍子，怀里抱着个绿如意，模样像水莲像文秀，好像比她们还俊。山神爷不停地摆着手招我爹去什么地方。我爹好像觉得自己起来了，不用使劲不用动脚丫子就起来了，轻飘飘的，像一片鸟儿遗落的羽毛。

我爹是被一股巨大的力气撞出去的，他眼前一阵发黑，大脑一片空白。忽然什么声音都没有了，鸟儿不叫了，风不吹了。狼、熊、狐狸、山狸子、蛤蟆都不叫了。等我爹醒过神儿擦眼睛，山神爷不见了，穿袍子的女人也不见了，眼前只有几个兄弟，人像被施了定身法，只一张张大嘴巴，圆圆地张着。

我爹抱紧了膀子，有一阵西北风夹着雪花刺进他的骨头缝，他的心脏像是被什么东西扎了一下，刺啦刺啦地疼得不能呼吸。

我回头，朵拉木雕样儿地瞪着我，她诱人的红唇，大大地惊诧着。

我拉古叔推开了我爹。那棵长了几百年的红松，齐整整地压在了他的胸口上，他嘴巴大张着，像是有一肚子话没说出来。他的眼珠子冒出来了，直勾勾地瞪着我爹。我爹曾经无数次想过他死去的样子，只是没有眼前这一种。

我爹看见他的血咕嘟咕嘟地往外冒，在洁白的雪地里，氤氲着热气。太阳、树干、石头、枯草，还有白雪、我爹坐过的树墩

子,都是血红的了。

整个林子都是血红的了。

这时候来顺跑得满头冒白烟,上气不接下气地叫:师傅,师傅,师娘要生了,你快回去……

我拉古叔躺在那里,他的脚丫子还在痉挛般地抽搐着,不知道听没听见来顺的话。我爹眼前一片一片的大树倒下,都向我爹砸过来,我爹的耳朵嗡嗡地响,像是一百台油锯集体轰鸣着,我爹的身体我爹的心像是从高高的悬崖上跌落,急速地下坠着,坠向无底的深渊。

来顺上气不接下气机械地叫着:师傅,回家,师娘要生了。师傅,回家,师娘要生了。娃先下来了脚丫子,老娘婆让我老婆来叫你,让你回去。

我怀里的爹浑身发抖,他的喉结上下蠕动着,发出些咕噜咕噜浑浊的声音。原来,曾经的讲述者,这会儿一直在静静地听。我撩起清凉的河水洗把脸,恶狠狠将鼻涕甩进寒葱河。河水载着我的鼻涕,悠然地流去,像是这个故事的一个逗点。其实它一直这样流着,不管有没有逗点,它都无动于衷地牵着太阳一点一点地滑过苍老的西山。

我揉揉酸痛的手臂,更紧地抱住我爹,企图让他在我的怀抱里安静下来。朵拉也靠在我爹的身边,她抱住我爹的一只胳膊,头一歪靠在我爹的肩膀上。我拉古叔,就是我亲爹,按说,我该叫他大大。如果不是为了我,他还应该有个叫林子的儿子。现在,他只有我,叫林小山的我。他和我亲爹曾经是仇家,因为我娘水莲,他差点弄死我亲爹。

他一直坚持说那天山神爷是要收走他的,我拉古叔抢在了他前头。他说拉古这辈子像个胡子,什么都他娘的抢,抢了我的风头,抢了我的心坎上的女人,又抢了本该属于我的死亡。他是个浑蛋!我爹那天在我拉古叔身上踢了一脚:王八蛋!这个你也抢!他知道他听不见了,说什么也听不见了,骂什么也听不见了。因为他怎么踢他他也不动了。我爹还是对着他骂,祖宗八代地破口大骂。骂完了我爹就把我拉古叔的半截身子抱在怀里号啕:拉古啊,你他妈的怎么能抢这个,你让水莲和肚里的孩子咋活?你让我以后咋活啊?!哭完了我爹就对着林子吼,他像只困在陷阱里的野狼,心口塞满了棉花,憋死了,不叫就憋死了。

嗷——嗷——我仿佛看见在我爹的号叫中,成片的大树又站起来了,树梢钻上了天空,挑起了玉米饼子一样金灿灿的月亮。我拉古叔,不,我的亲爹,也起来了,站在树下像只骄傲的山鸡,他瞪着不服气的眼珠子和我爹抱个子(抱个子是方言,是摔跤的意思)。

他们的林子,又密密麻麻郁郁葱葱了。

我抱紧了我爹,他的双肩一直在抖,浑身都在抖。

我爹无数次问我:山子,你说,我们要是不抢着当先进、劳模,这山上是不是还能剩下很多几百年的红松?

我无法敷衍,只能摇头。

寒葱河还是没有什么大波澜,依然静静地流着,像我爹枯树皮般脸上的泪水。

来顺吓傻了,他跑回去和我娘说:师娘,师傅回不来了,一棵大树,把师傅压断了。

寒葱河

若干年后说起这件事，来顺还不停地抽自己嘴巴。他说：人要是过度惊吓悲伤，行为就无意识了。

水莲刚把我生出来呢，脐带还没剪断就光着身子往外跑。她发了疯了。我是腊八那天生的，腊七腊八，冻掉下巴啊。她一个刚生了娃的女人，骨缝儿还没合上呢！寒葱河的风硬，吹到她骨头缝儿里啦。等大家把她拉进屋子，她一仰脖子晕过去了。她得了产后风，浑身肿得像是吹了气等着刮毛的白条猪，她水汪汪的大眼睛肿合缝儿了，事实上她晕过去就再没清醒过。我爹把她背到县城医院，人家给打了针也没见好。我爹揪着白大褂的脖领子用后槽牙吼：她要是死了，咱们得一起陪葬！妇产科有个上了些年纪的妇女把我爹拉到一边：这月子病只能月子养，我听说要千年鲜参和千年灵芝加黑蚂蚁熬水连洗带喝能治好。

为了这句话，我爹天天穿林子，像个疯子一样在雪地里扒着，白天黑夜地扒着，三九天的土地比石头都硬，我爹的手破了，血染红了一片雪地又一片雪地。后来林场的弟兄都来了，大家拿来了锹和镐，说：别劝了，帮他一起挖吧，挖得着挖不着的，挖吧！不挖，铁棒槌就疯了。

文秀来拉我爹，我爹一把推开了她，她摔倒了，头磕在镐把上，鼓起个青包。我文秀婶子爬起来绝望地看了我爹一眼，我文秀婶子走的时候背影很坚决，眼里没有一滴泪水。

一米厚的雪地里，哪里去找千年的人参和灵芝呢。其实找到了也没用，那个为了保全自己信口胡诌的偏方不会有用的。我娘该着短命，也或者是和我爹太相爱，舍不得分开，就一起走了。

十一

我一直想接我爹离开这里,我爹每一次都说同样的理由:山子,你看这寒葱河的人都快走光了,树没了,人走了。当年的寒葱河,热闹哇。打零工的、开店的、南来北往倒木材的……现在都走了,学校也黄了,娃娃也走了。我不走,死也得死在这儿。我得陪着他们,说说话也好啊。说说话,地下的人不寂寞,这些树不寂寞,我也不寂寞呢。

是啊,寒葱河的树没了,人都走了,我也走了。

我听见一阵低咽,回头,泪水在朵拉年轻的脸蛋上静静地淌。我扳过我爹的脸,他目光呆滞,脸上亮晶晶的,花白的胡子上沾满了眼泪鼻涕,我掬一把河水给他洗脸,我发现三伏天穿着羽绒服的爹,像冰块一样又凉又硬。我像抱个孩子似的把他抱进了屋子,在我的怀里,他僵成一截被虫子蛀空了的朽木。

很多事一直在我的脑海里,比如这寒葱河曾经的热闹繁华,文秀娘拿着刀架在脖子上让他在我和文秀间做选择,他眨着狡黠的小眼睛下河摸鱼给我吃,他用棍子一样的手指给我浆洗缝补,他铁籤箕一样的手掌打我的屁股,还有,我考了一百分后他眯成缝儿的小眼睛。

我是大眼睛,双眼皮。

后来我关了手机,我甚至没有告诉妻我爹已进入弥留状态之中。我知道她不感兴趣。这一生,真不知道她会对什么感兴趣。朵拉像变了个人似的,她不再张扬她的青春美丽,像寒葱河的婆

娘一样走进厨房。虽然她经常把粥煮干,把菜炒焦,但看着她帮着我给我爹毫不避嫌地擦拭身体的样子,我第一次闻到了女人的味道,家的味道。这味道!让我沉醉不想醒来的味道啊。很多次我在灯光照不到的阴影里偷看朵拉忙碌的身影,很多次我潸然泪下。这个让我深深爱着的姑娘,与我只隔了那么一点距离,只那么一点时空啊!

我把爹葬在拉古叔和我娘旁边,两个圆鼓鼓的坟头像是两个宽大的肩膀,为这片空荡荡的山头竖起一道挡风的屏障。我想,挡住了肆虐的山风,那些小树该快快地长大了吧?我问朵拉,朵拉用微扬的嘴角给了我肯定的答案。

我坐在河边,像我爹一样,面对着青山,面对着寒葱河,面对着河那岸我爹栽下的树苗。朵拉留下的信在我的手里随着微风舞动着,她说:谢谢你的故事,我在这个故事里长大了。现在,我要到遥远的地方去生活了,我要去找完全属于我的"拉古",在阳光里和他狠狠地相爱……朵拉终于离开了我,这世上,所有的相聚都是为着别离的吧。我没有找她,只是坐在河边将祝福发自肺腑地送到河那岸,她身边。

在我的泪眼中,青蛙跳上岸,鱼在水里游,蝴蝶在枯萎的地瓜花上蹁跹,小草在微风中抖成我爹的样子。我不知道山那边有没有一个人像我一样,用浑浊肮脏的目光,穿越那些瘦骨嶙峋的小树,或许没有,或许有,那么,我们的目光会不会相逢,相互涤荡呢?

我转头,那边,还有那边的那边,这片曾经丰腴如今清瘦的青山,我两个爹的足迹曾经踏过、却没有机会再一次踏上的地方,要是有更多的树苗长在那里,是不是会让寒葱河更丰满一些呢?

我直起身,活动活动僵硬的躯干,拨通了秘书的电话:联系苗圃,我要红松苗子,越多越好。我想,我该做点直立行走的事了,为着我地下的两个爹,为着我自己,也为着我的孩子,孩子的孩子吧。

我刚撂下电话,几辆汽车狂躁地轰鸣着冲进深山,我看了一眼,是运材车。朝着那些年幼的树苗,疾驰而去。

⬚ 幸福路 127 号

我的手指漆黑如炭,只剩下指缝间一抹若隐若现的白。蚯蚓白嫩的身体在上面缠绕着,阳光从叶隙间钻出来,照在我的手指上,也照在蚯蚓的身体上。它挣扎缠绕的速度越来越慢,越来越无力,不时地垂直开来,似乎透支了体力想要休息的样子,然后再吃力地缠绕上去。我另一只手抹一把耷拉在我双唇上的黄鼻涕,并将黏稠的液体随手在我的裤子上抹一把。薛强这时候出现,他的声音像穿过叶隙的阳光,从我背后直射过来。"你放了它。"我没回头,再擦一把鼻涕。我的手在阳光里抖啊抖,蚯蚓被我抖成一条白色波浪线。

"求你,别这样,放了它。"

它终于停止了挣扎,耷拉成一条直线。我一扬手,它飞了出去。

这是 2013 年盛夏的绥芬河市第二人民医院后院。穿过我身边这个硕大的花坛十几步,那排低矮的平房里,时不时地会传出各种版本的哭声。有唱歌样的:这种哭往往有些演绎的成分,声音大都张扬:哎——我的亲妈哎!你咋就这么走了。你不要我们了！这样的大都是儿媳妇。有撕心裂肺号叫的，比如昨日，有三个中年妇女撕心裂肺不停地叫：爸爸，爸爸，爸爸！没有更多的词汇，只这一句泣血的"爸爸"！听得人肝胆俱裂，骨髓都流出来。那是三个女儿。我见过最震撼人的哭恰恰是无声的哭泣。那是一个年轻的女人，她从太平间被人搀出来，面色苍白，目光呆滞，空洞绝望，泪水像断了线的珠子一样涌出来，却没有任何声音。

　　花坛的右手边有条小路，绕过一片绿色植被，是这家医院的院部。说不定什么时候，就有人被抬出来，身上盖着白布。

　　我的黑手指继续在花坛里挖掘着，顺便看了一眼那棵苹果树苗。它在树荫里开心地抖着稚嫩的叶子。半尺高了，我似乎看见它已经高过了花坛里这棵红豆杉，枝头挂满了红彤彤的苹果。那样，我会随手摘一个，送给麻醉师小张叔叔，并且告诉他：瞧，这就是你给我的那个超级大苹果的孩子。

　　又一条更长更粗的蚯蚓绕在我的手指上。

　　"你怎么能这样？它要是死了它妈妈就找不到它了！"

　　我被这句话惊着了。蚯蚓也有妈妈？这是我想也没想过的事。我只知道院长喜欢钓鱼，而它们是他的鱼饵。我回头看他，白皙的脸蛋上有一层细密的汗珠，眼睛不大，此刻装满了愤怒。他抬手胡乱抹一把额头的汗水，压着性子也压着声音说："求你，放了它。"

　　那一年他十二岁，我十岁。

　　我们的目光在那个下午纠缠在一起，很久。我刻意高扬的下巴在他的眼神里慢慢放低，再放低。最后，我败给了走一步都要吃力摇摆成鸭子模样的他。眼看着他从我的手里拿走蚯蚓，扭到花坛边重新送回土壤里去。

"它早晚会死，因为它是鱼饵，是办公室主任给院长准备的鱼饵。"他不理我，扭着身子小心地把湿润的泥土细细地撒在蚯蚓的身上，那样子不像是撒土，倒像是给一个婴儿盖被子。

"你别动那棵苹果树苗，那是我种的，我等它长出苹果送给小张叔叔吃，他是个好人。"我用小黑手指着我的苹果树对他说。他还是没有看我，盯着埋蚯蚓的地方，笑了。我看见他有两颗小虎牙，长得很对称，一笑很好看。

他说："谢谢你。"

我一震。没有人对我说过这两个字，只有我说过，当菊子姨把一块肉夹给我的时候我会说谢谢姨，那样菊子姨会高兴，高兴了会再夹一块给我。

薛强是进行性肌营养不良患者。

我那时不知道什么叫"进行性肌营养不良"，我只知道我自己营养不良。小张叔叔说的，他摸着我的头说的。他这么说的时候，我的个子还没有小学一年级的孩子高。

"那是医生扯淡，我偷听过他们的谈话，世界都没有攻克的疑难杂症，这家医院能治？他们是骗子，吸血鬼，骗我妈的钱呢。我妈傻，我来住院就给我打什么蛋白、什么细胞的，根本治不了病。"他坐在花坛边水泥台上摇着向外翻的脚掌说，"我太姥姥跟我太姥爷私奔的时候，被她娘下了诅。她生的第一个男孩就是我这个样子。到十五周岁会完全瘫痪。我大舅也是这样，现在是我，我舅姥爷十四岁就全瘫，下炕摔倒脖子窝进了裤裆，憋死了。我大舅十七岁那年发大水淹死了。那年水真大，我姥姥说大家都在跑，拉着耕牛赶着猪背着粮食扶着老人。等洪水退了他们才想起他，那时候他的肚子已经胀成快要生孩子的孕妇，天知道他喝了多少水。我太姥姥后来总是莫名地哭，她总是说耕牛有多重要，一家子的命呢，没有耕牛就没有粮食，没有粮食全家吃什么？还有那头带崽子的母猪，洪水退了它一窝下了十一个猪崽。既然耕牛和猪都比我大舅重要，你说我太姥姥还哭什么呢？"

我在他身边坐着，像听天书一样听他说这些。

"我爸是个孬种。"他说，"他在我刚发病时就带着别的娘们儿跑了。他是被我的病吓跑的，所以他是个孬种。"

"我爸也是个孬种。"我接茬说。

他转头看我，满脸惊奇。

"是的，我爸也是个孬种，他家里有老婆，我妈就是他别的娘们儿。"

头顶上的树叶间忽然有知了在叫，很清脆。我们一起把脸仰起来，眯缝着眼睛躲避着阳光，我们想看到那只知了。但是我们的头顶上只有浓密的树叶，叫声不知道在哪一片叶子后面传来。有哭声从低矮的平房里传出来，歇斯底里，撕心裂肺。我知道，又有一个人离开这个世界了。而且应该是个年轻人，哭的人一定是他们的父母。只有父母哭孩子的时候才会肝肠寸断，儿女给老人送别的哭声里多少掺杂着些如释重负。

这家医院隔壁就是我菊子姨家，这个后院一直是我的乐园。菊子姨忙着打麻将的时候我就在这里，玩够了有时候会在花坛边上的椅子上睡一下。所以，我听过很多哭声。我妈不这样哭，她只会不错眼珠地盯着一个地方,眼泪像是决堤的河水,不停地涌上面颊。我只见过一次我妈流泪,或者她平时哭泣的时候是躲着我的,我只记住那一次。那天,我爸坐在我妈和那个女人中间,头插进裤裆里,一直到天黑也没抬起来。我妈走的时候对那个女人说:姐,记住你说过的话。那个女人说:你能做到我就能做到。

我妈就这样很决绝地从我的生命里走开了,她转身时只看了我一眼,我看见了她的泪,像一条无声的河流。我妈傻,那个女人答应我妈只要远离永远不出现就给她儿子上户口并把她儿子养大。为了给我一个名分,她走了。走的时候告诉我以后管那个女人叫妈妈。

我的天。

我妈不知道,其实孩子不是"养"大的,只有猪狗牛羊才会单纯到用"养"字。当然,我是被"养"大的,而且是在不停更换环境的陌生人家寄养。

现在,我妈的样子在我的脑海中已经模糊不成形状,我只依稀记得她的声音。她说:"你生在野菊花盛开的日子,那是个收获的季节。"她接着说,"农历八月十六,那个季节,五花山都开始颓败,遍地衰竭,都枯了。野菊花就在那时候绽放,漫山遍野,迎着渐渐凛冽的秋风,在太阳底下灿烂着。深紫色的、金黄的、雪白的……"说到这里她将了将飘落在额前的头发,"真是美。""怎么美?"我仰起脸问。她想了想:"万花如绣。"

我想象不出万花如绣是个什么样子。

那时候我妈见人就说我将来一定会飞黄腾达。原因很简单,我出生在收获的季节,而且那是个月圆日。后来我长大才知道,秋天，不仅仅是收获的日子，还是很多生命终结的日子。比如树叶离开树枝，对于树枝来说春来可以复发。对于树叶来说，它的一生就结束了。比如庄稼，人们收获的季节难道不是它们与大地的生离死别？当它从一棵绿油油的嫩苗到成熟枯干，不是死亡又是什么？还有被采摘的苹果、被秋霜打黄的小草，还有在夏季盛开的花儿……

所以，我觉得我妈是个傻到愚蠢的女人。她在不该相信我爸的时候相信了他，接着又相信了他的老婆。

还好我有苹果树，当我把苹果核吐进花坛盖上土之后就有了一种叫作"希望"的情愫悄悄地在我的心底滋生。冬天的时候小张叔叔就帮我把苹果苗装进胶皮桶，藏在他办公室桌子底下，春天再挪出来。我问过小张叔叔："它真的会结出大苹果？"

"当然。一定会。"小张叔叔说。

"那我就摘下来，送给你吃。"我说。

"好的，我等着。"小张叔叔笑了。

薛强说他家在离这里不远的镇上，幸福路127号。门前有条小河，河边就是看不到尽头的地栽黑木耳。

"你知道黑木耳有多漂亮吗？"他问。

我摇头，我只知道黑木耳是菜。我吃它的时候只在意香不香，哪里会看它漂亮不漂亮。

他说你将来一定要去那个镇，看看美丽的黑木耳。

转年，我开始迅速长高，我的喉结凸出声带嘶哑，我的下身长出了让人恶心的毛发。开始讨厌和痛恨我爸，他欢愉后一粒不负责任的种子成了我尴尬并且不可逆转的人生。我甚至痛恨照顾我生活的菊子姨，恨她在麻将桌上输了或者赢了后两种不同版本的嘴脸。我也恨我妈，那个早就淡出我的生活和记忆的女人，她把我带到这个世界上又丢下了我。

我一直在薛强看不见的地方挖蚯蚓，然后把它们折磨死。看着它们生命结束我会有一丝快感。我掐死过一只猫，把它的身体装进塑料袋，然后掐断它的脖子。它锋利的爪子在塑料袋里无奈地打滑直到再也不动。我还杀死过鸽子。我还把菊子姨家里花盆里的花儿贴着它们的根部用锋利的小刀切进去，切到三分之二处停下，这样，从外表看它还是一棵完好无损的植物，但是它会慢慢枯萎死去。看着菊子姨心疼的样子我会快乐得吹出口哨来。

那个女人不允许我爸来看我。她会在每年年底来送一些钱，她会和菊子姨聊上一会儿天，她说："菊子姐姐，咱们都是女人，你理解我吗？"菊子姨会频频点头，眼角还会挂一点晶莹，那里面装满了同情和理解。"这个崽子是一把钝刀，你知道吗？每次看见他那双酷似他爸的眼睛我的心就疼，就会浮想联翩，会有他们俩不同版本的场景啃噬我。"

菊子姨再点头，并附上一声叹息。

我在她们每年一次的交谈中跌进十八层地狱，变成一个十恶不赦的罪犯。尽管我不知道我是怎样甚至什么时候犯下的罪，但我知道那个女人的眼泪和满脸痛苦都是因我而起。所以，我有罪。

我的成绩一直不好，但也没什么关系，似乎没有人在乎这个。我每天按时背着书包去学校，黄昏回来，没有人看过我的书包里背的是书本还是死猫的尸体。

我会在梦里见到我妈，她苍白如纸的面庞上有无声的泪水经常滑落,绵绵不绝。我会在她的泪水里醒来,醒来的黎明前黑暗中想起那个屋子,没有窗子的小屋子。墙上的霉斑图画般地印在那里,有的像老鹰,有的像南瓜,还有一处像我的屁股。我这样说的时候我妈搂着我笑了,笑声震落了她脸上的泪水。

我妈离开那年我四岁。

第一次看见薛强用那么恶毒的语言攻击他妈的时候我震惊了。

"你真贱。"他说。

"这破医院能治什么,骗你的钱罢了。"

他妈妈在他的病床底下佝偻着腰打扫着,没有抬头。额前散乱的头发像是一道屏障遮住了她的表情。

"看看你的手,看看你的衣服,看看你的头发,你是女人吗?你还记得你是女人吗?怪不得我爸跑路不要你,谁也不会要你,你不是女人!"

她忙碌的胳膊因为这句话停下来了,她抬起头叫:"你说什么?你再说一遍!"

"我说你不是个女人,你这么丑,没有男人会喜欢你!"薛强继续着他恶毒的语言。

她瞪视着他,猛然间高高地举起了笤帚,很久,又扔掉笤帚冲了出去。我倚着门框,看着她风一样地从我身边掠过,她的泪水飘落在我的脸上,冰凉冰凉的,像深秋的雨水。

半躺在床上的薛强像是刚刚完成一场战争,疲惫不堪地慢慢将头平躺在枕头上。他瞪大了眼睛盯着天花板,看不见任何表情。

那时候他已经不能下地走路了,我有时候会用轮椅推着他去医院的后院,看我们的苹果树,我们的苹果树越来越高越来越健壮。我们会说着一些关于满树都是红苹果的时候怎么摘苹果怎么分配苹果的事。他坚持说送给我的小张叔叔最多不能超过三个，剩下的全给他妈妈，他说："这个傻女人，几乎没吃过水果。"

我说那不行，小张叔叔在我四岁那年开始给我带好吃的，还给我买过新衣服。还经常摸我的头发我的脸，他的手干净温暖，抚摸的时候很舒服。再说，苹果树的种子是我从他给的苹果里面吃出来的。

我一直认为他是个善良孝顺的孩子，他曾经那样地疼惜一条蚯蚓的生命。所以，第一次看见他那样骂他妈妈的时候我完全不相信自己的眼睛。

我已经十六岁，有足够的力气把已经瘦成一把骨头的他摔进轮椅。看着他龇牙咧嘴的样子我生出像掐死那只猫一样掐死他的念头。我使劲推了一把，他和他的轮椅像离弦的箭一样冲向花坛边的水泥台，砰的一声响，他差点飞出轮椅。

"你他妈的不是人。"我说。

"是的。"他用一只变形的手掌揉着另一只说。

"你妈拼命挣钱养你还给你治病。她这样服侍你，你他妈的这样对她，真不是人。"

"是的。"他努力地端正着身子，依然面无表情。

我俯下身子恶狠狠地揪着他的衣襟："信不信，我会像掐死那只猫一样掐死你？"

"当然，你有这个能力。"他说。

"为什么，你为什么骂她？"我的口水溅到他的脸上。

"你不掐死我，我也会死的。"他面无表情，"我舅姥爷没活过十八岁,我大舅也没有,我最多还有两年。"他依然面无表情。

"我死了以后,希望她能有个男人,晚上陪她睡觉,白天和她一起干活挣钱,或者,能让她再生一个孩子,健康的孩子。而能让她坦然去做这一切的最好方法就是忘记我。"

我粗野的动作定格在时间里,心脏像是被戳了一个洞,汩汩地流血。我坐在他身边的花坛上,将头插进裤裆里再无话说。"别这个鸟儿样,来,我教你唱一首歌。"薛强的声音很绵软,有点娘们儿叽叽的。

> 我的家庭真可爱,
> 美丽清洁又安详。
> 父母儿女很和气,
> 身体健康乐融融。
> 虽然没有好花园,
> 月季凤仙常飘香。
> 虽然没有大厅堂,
> 冬天温暖夏天凉。
> 可爱的家庭啊,
> 我不能离开你。
> 一切恩惠比天长——

"你和别人没什么不同。"薛强说。

"现在离婚的孩子遍地都是,都像你一样玩世不恭逃学打架吗?"

"我爸妈没离婚，因为他们就没结过婚。"

"我知道，这有什么区别吗？"

"有，离婚家庭的孩子不会有人追着喊私孩子，不会被丢石子吐唾沫。"

"是的，这很让人尴尬。我们无法选择父母，但是你要知道，堕落、死亡都是亲者痛仇者快的事，报复的最好办法是让仇者痛亲者快。你难道想让大家斜着眼撇着嘴说：这样的孩子就注定没有出息？你现在能不能被人瞧得起是你爸爸的事，你将来能不能被人瞧得起就是你自己的事了。"

炸雷滚过头顶，阴沉的天空忽然撕裂，闪现出一丝光亮。

"我的家在绥阳镇幸福路127号，门前有条河，河边遍地是地栽木耳。采摘的季节，黑木耳像怒放的黑牡丹，非常美。你要记得那个地方，去看看。"

我们那天谈了很久，一直谈到太阳都累了，在西山尖上挣扎着跳跃了几下就隐进了深深的暮色里。

从那天起我开始关注书本，虽然我读的是本市最垃圾的高中，那里男生打架女生做流产都不是什么稀罕事。

从那天起，我常坐在我的苹果树旁盼着它快长，快结果，我怕迟了薛强就不能送给他妈妈。

从那天起，薛强妈妈频率更高地从院部里冲出来，躲在角落里掩面而泣。我知道薛强又骂了她。他想用他的方式给他的母亲打预防针，将来，他死的时候，他的妈妈可以不那么难过。

这中间我见过我爸一次。

他踏着夜幕小偷样地溜进菊子姨的家。他在灯光下仰着头看着我一米八的个子笑了，笑着笑着又哭了。他双手捂住脸蹲在我面前，泣不成声。这是个标准的孬种姿态。没错，他就是个孬种，和薛强爸一样。

我早就不挖蚯蚓不残害小动物了。薛强说得对，不能让它们的妈妈找不到它们，也不能让它们找不到妈妈。

我很聪明，记忆力超好，学过的东西不会忘记。我一边补高一课程一边跟进高三。没有人知道原因，老师们都惊喜着，同学看我的眼神里装满了赞许。我听见菊子姨和我爸汇报我的成绩说：这些年我为了这孩子的学习真是不容易。我爸磕头作揖地连声说："大姐，你真是我的恩人，谢谢，谢谢。"

原因只有我知道，我必须有光明的未来，我要替薛强做一些他做不了的事。比如帮他妈妈找个好男人，比如在她生病的时候给她治病，在她老了的时候照顾她。

被需要原来是一种幸福。我是男人，是男人就要有担当。我不会当孬种，我要当真正的男人。

我长大了。两年半的日子我像是上足了发条的陀螺，我以每周一测前进几名的速度在高考来临前蹿到了前面。我买了很多医学方面的书，我开始对薛强的病感兴趣。当然，我不相信被诅咒的说法。书上说："进行性肌营养不良的发病是遗传基因突变。表现为基因缺失、重复和点突变，导致所编码的蛋白质不能生成或缺乏，从而引起临床上所见的肌肉萎缩、无力。"当然，这个病会遗传，男人是发病者，女人是携带者。

我要选择学医，我想赶在薛强死亡之前找出治疗进行性肌营养不良的方案。我不想失去这个朋友，我也不想让他妈妈失去他，让他失去妈妈。我想让他自己去给妈妈找一个好男人，自己去给妈妈养老送终，而不是托付给我。

高考是一件很折磨人的事。别的同学都有成群的家人围绕着、侍候着，我没有。菊子姨依旧奋战在麻将桌上。我一个人穿梭在高考大军中反倒轻松自由。

小张叔叔说薛强很久没来医院了。

苹果树死了，已经一米多高粗壮的苹果树死了。我检查过，它的树下埋着一堆蚯蚓，他们埋蚯蚓的时候在它的根部取走了一些土，伤了它的根。恰好那段日子没有下雨，它的根扎在浮土里。它就那么枯了，盛夏的季节，它摇落一地枯叶。

我慢慢拾起那些枯叶，一片一片，像是拾起我孩子的尸体。枯干的落叶脉络横陈，更像薛强裸现的骨骼。

"对不起，我没有帮你照顾好它。"小张叔叔在我身后说。

"你一开始就知道它不会长成大树，不会结果的，是不是？"我把枯叶对着阳光，想要在它的脉络间寻找什么。

"是的，它的家在山东，几乎没有抗寒能力。"我转回头拥抱了我的小张叔叔，才发现，他已经矮了我半个脑袋。我很感谢他这个善意的谎言，陪我走过那么多充满向往的日子。

幸福路靠近小河边，正是黑木耳丰收的季节。我一边数着门牌号一边看，万千朵黑牡丹一起绽放的样子谁见过？硕大美丽的黑木耳在阳光下怒放着，一大朵一大朵，颤颤巍巍，娇嫩丰厚。我没见过像黑木耳这样美丽的花儿，我也没见过像花儿般美丽的黑木耳。刺眼的阳光在这里完全被吸收淡化了，它散发着一种奇异的光芒，那是一种温婉的、慈祥的光芒，像母亲的眼神。它和耳农脸上的欣喜交相辉映成一派生机勃勃的丰收图画。

123、124、125、126。

126号是最后一家，那边没有房子，是一片空旷。空旷的空气里散发着焦煳的味道。

没有127号。

居然没有127号！

我顺着小街走回去再数回来。

还是没有。

我敲开了126号的门，老奶奶很慈祥，她说："从来都没有127号，但是这里曾经住过一对母子，那是一个临时搭建的简易木板房。以前是个收破烂的在这里，那片空地里曾经到处都是废品，堆得小山似的。后来收废品的收了不该收的东西，犯了事被警察带走了。他们就来了，什么时候来的不知道。孩子是个瘫子，母亲就在那木耳地里干活，儿子就坐在河边的轮椅里，到了月底他们就去城里的医院待上一段日子，钱花完了就回来了。那是个不知疲倦的女人，从没看见过她休息。今年刚入夏，母亲为多挣点钱去了偏远的农村，这个季节是工荒，那地方工钱高，翻了一倍呢。那母亲给儿子蒸了很多馒头和包子，并拜托邻居们帮忙照看，就去了。她一直想攒点钱去省城。她一直说省城的医院有很多专家，会治好她的儿子。她临走时还说：等着吧，等我儿子的病好了我就享福了。"

火是半夜着起来的，很大。木板房烧得噼里啪啦，周边残留的废塑料也着起来了。幸福路的人都来了，拿着水桶提水，大伙互相招呼着，拼命地提水，都知道那里面住着一个瘫子呢。大伙是尽了力了。一直忙乎到黎明，没用了，消防车来的时候都烧落架子了。大伙都很奇怪，怎么会着起火来？他又不能下地，屋子里没有电，没有煤气。除非……

"没有除非，奶奶，一定是照明的时候不小心引起了火灾。"我憋着迸出的眼泪吼。

"是的，一定是不小心。"老奶奶咧着没牙的嘴笑了。

是的，一定是不小心，没有除非，我的薛强不是孬种。

"那母亲赶回来的时候是第二天了，那孩子烧焦的骨架子高高地擎着。那母亲没哭，就站在那儿，一天一夜没动地方。我端水给她喝，她也喝了。125号的刘嫂给她煮了面她也吃了，刚吃完警察来了，把她也带走了，说是调查失火原因，听说还要追究责任呢。"

"孩子，你是那家的什么人？"

"那妈妈的另一个儿子。"我说。

"那你怎么才来啊？"

"是的，我来晚了。"我说。

我去了126号隔壁，127号。在那片还残留着焦煳味道的残骸上大声地唱起来：

> 我的家庭真可爱，
> 美丽清洁又安详。
> 父母儿女很和气，
> 身体健康乐融融。
> 虽然没有好花园，

月季凤仙常飘香。
　　虽然没有大厅堂，
　　冬天温暖夏天凉。
　　我可爱的家庭啊，
　　我不能离开你。
　　一切恩惠比天长——

我的歌声飞起来直向高空，阳光更凶狠地照射下来。我一直唱着，一遍又一遍地唱着，我的嗓子也被烧焦了，嘶哑了。我还是唱着：

　　我的家庭真可爱，
　　美丽清洁又安详。
　　父母儿女很和气，
　　身体健康乐融融。
　　虽然没有好花园，
　　月季凤仙常飘香。
　　虽然没有大厅堂，
　　冬天温暖夏天凉。
　　可爱的家庭啊，
　　我不能离开你。
　　一切恩惠比天长——

一直唱到我喉咙失火，再也发不出任何声音。

我说：薛强，我报了中国医科大学，估分后报的，超过录取线五十八分。你知道我为什么报这个，你居然不多一点耐心等我。

我说：薛强，我看见了盛开的黑木耳。这是我见过最美的花儿，它让我想起母亲的眼睛。

我说：薛强，我们的苹果树死了，其实就是不死也不会结出苹果的，东北的严寒根本不适合它生长。

我终于还是流泪了。我的泪水像我妈一样，无声地汩汩而下，瞬间打湿了我的前襟，让我的心脏感受到了一丝凉爽，很舒服。

其实我们苹果树上的苹果就像幸福路127号一样，根本不在这个世上。它一直都在别处。

山路弯弯

我干娘嫁给我干爹那年十八岁，我干爹三十岁。

那天早上太阳刚在山尖上冒红，我干爹赶着牛车在崎岖的山路上颠簸着。早春的朝阳媚态万千地照在我干爹四个兜的蓝涤卡新衣服上，也照在他神游太虚的脸上。在这张木然的脸上，找不到一丝喜悦。他的目光随着弯弯的山路飘出很远。远方，没有穿着一新的干娘。小路的那头是难产死去的秋菊。她若隐若现，牵着干爹一直追寻着的眼神走。

干爹涣散的眼神里秋菊的脸在云层中变幻着。秋菊的脸蛋儿像漫山遍野绚烂着的野菊花，茁壮、健康，美得野性，肆无忌惮。秋菊害羞的时候，脸蛋儿能把天边的云霞染红。两个人就是在这条小路的那头交了心的，干爹手里握着秋菊的大辫子，秋菊红着脸拱在干爹的怀里。干爹说：俺家里穷得剩下一个老娘，你愿意？秋菊说：愿意。没钱怕啥，咱俩挣，以后咱多开地，开水田，听说水田一亩地顶旱田两亩呢！干爹把秋菊搂紧了。那你爹娘要是不愿意咋弄？秋菊仰起脸：俺跟你跑！太阳朗朗地照着，秋菊脸上的汗毛颤悠悠的。我干爹仰起头将一声叹息投向湛蓝的

天空,他一句话也不说了,只把秋菊搂得更紧一点。

我干爹娶秋菊是在小村里掀起了轩然大波的。秋菊可是方圆百里的好闺女,不仅人俊,身体也壮得像只牛犊子,勤快也是出了名的。无论是家里的还是田里的,干啥像啥。媒婆说出干爹名字的时候秋菊爹就沉了脸,他狠狠地掐灭了指间的烟:她婶子,这不行。俺闺女……秋菊这时候一掀门帘出来了,大辫子一摇:爹,这事俺不能听你的,俺和他好了有些日子了。俺已经是他的人了!这件事秋菊差点把她爹气死,出门那天什么嫁妆也没有,秋菊爹就送了一个字,还是从牙缝儿里挤出来的:滚。

我干爹想不明白,秋菊咋就和其他婆娘不一样?村里的婆娘生孩子就像母鸡下蛋一样简单。上午还腆着肚子抱柴,黄昏就包着头巾做饭了。赶上爷们儿好的,点火煮几个蛋,熬一锅小米粥。赶上心大的,自己做饭自己吃,三天两天,就到处串门子了。火炕上的孩子蹬着小脚震天地哭,做娘的也不慌。理由很充分:哭不死的孩子饿不死的狗,由着他哭,哭几声长得更壮。

怎么秋菊就不行?那么多血从接生婆的双手上流到火炕再到地上,她躺在血水里,脸上的酡红和着接生婆的汗水汩汩地流出来,最后像雪花一样白。我干爹见到的秋菊最后的样子,像片雪花,一片飘落在火海里的雪花。她瞪着眼睛伸着手,朝着干爹的方向,嘴巴张得老大,直到抬出去也没说出一个字。我干爹觉得那天流了满世界的不是秋菊的血,是自己的命。秋菊没了,自己的命就没了。

秋菊的脸变白了,越来越白,形状也模糊了,最后变成一朵白云,在无垠的蓝天上悠悠地飘。

我干爹身后的牛车上，是我十八岁的干娘。干爹漠然的目光里，找不到干娘的影子。干娘的脸蛋儿像路边刚刚泛绿的青草芽，稚嫩的，毛嘟嘟的。

春天是喜人的，干巴巴地熬了一冬，盼的就是这片生机盎然呢。鲜嫩的青草给大地披上一层绿意，若有若无的风一吹，沁人心脾的清香就钻进了人的五脏六腑。青草芽样的干娘没有娇羞，她的脸上是一望无际的茫然，大大的眼睛像是两个无底的黑洞。她似乎在看，又似乎没看，涣散的目光里没有焦点。她的两只胳膊，被两双骨节粗大的手紧紧地钳着。那两个妇女，一个送亲的是干娘的姑姑，一个接亲的是干爹的舅母。她们俩的眼珠不停地巡视着，像执行重要任务的狼狗一样，眼睛眨都不眨。满是老茧的手老虎钳子似的卡在干娘的胳膊上。她们都知道，稍微一松手干娘就会像只兔子一样跑得无影无踪。平日里跑就跑了，今天不行，那边早拉开了场子等着她呢。

撒了欢儿跑开的干娘，会干出些傻事来，遇见不熟悉的人就惊恐地睁大双眼撕扯自己的头发，遇见村长就会凄厉地尖叫着脱光自己的衣服。干娘为啥看见村长就脱衣服？这事儿在小村的上空像是一把黄豆，颠来颠去颠出了若干情节。甚至有人说，干娘出事那天恰好村长从镇上的亲家家里喝了酒回来。

村长站出来了，他是在放电影的时候站出来的。他一站起来，地垄沟边上两根圆木支撑的布景上出现了一个戴着狗皮帽子、披着大棉袄的影子。于是那些穿梭的影子也都坐下来，大家安静下来，村长要讲话了。

村长清了清嗓子说：我找算命的算过，身上有三根瘆人毛。

我知道有很多人怕我,但是正常人能控制住情绪,像疯子傻子,就显露原形了,原形毕露就信口胡诌了,疯子傻子的话有准?村长说完这话咳了一声,你们自己想想你们怕不怕我?算命的是镇上的,准着呢。大伙面面相觑半晌不约而同地点头,这话全村人都信,在蜜蜂沟这个地方,谁不怕村长呢?

干娘以前不是疯子,十四岁时上山采野草莓出了事,趁着夜色被一个男人拖到苞米地里糟蹋了。那天干娘采了满满一筐野草莓,那天的野草莓又红又大都连成片了,干娘高兴得像只小兔子般地在红红的野草莓地里跳着蹦着。一大筐野草莓,能酿一坛子好酒呢。那天太阳还没完全落下山,天边那半弯新月就急着出来了。那个人就出现在半弯新月里。野草莓撒了,干娘的身子碾碎了一筐鲜艳的草莓,干娘的处子红和鲜红的果汁交集在一起,染红了白嫩的身子。在苞米地里躺了一天一夜的干娘被干姥姥找回来后就变成了这个样子。这事本来吵吵着要报案的,不知为啥就没动静了。干姥爷最后把脑袋耷拉进了裤裆里,反倒把干娘狠狠地揍了一顿。人都说:老张家锅里让人拉了屎,老张婆子点把火煮熟了,吃了。

疯了的干娘依然青春美丽,只是这美丽不再像以前一样被人啧啧赞叹。人疯了还是小事,在蜜蜂沟这地方,破了身子的女人再漂亮也一文不值了。一文不值又疯了的干娘就被老张婆子说给了干爹。干爹一文钱也没花,干姥姥也客客气气地送干娘出了门。这么个声名狼藉的疯闺女,明摆着是块烫手山芋,谁接过去不是麻烦?干姥姥甚至想,亏得前些年大刘媳妇死了,要不是大刘,这方圆几十里还真难给疯闺女寻去处呢。

牛车后面，老李婆子亦步亦趋地跟着，老李婆子可不是个简单人，村里谁家有个大事小情都得她上场。今天她绾着髻，踮着小脚，脸上的皱纹里，满是凝重，她一只手抓着一把冥纸钱，一只手断断续续地把它们抛向高空，她的胳膊上挎着一只没有底儿的篮子，她的声音苍老荒凉：

  你在山上采花哎——
  新人在家看家哎——
  采不满别回家哎——

这是蜜蜂沟的习俗，给死了老婆的做填房，必然要走的程序。走过了这程序，新人的日子会安生下来。早年李歪脖子续弦就没走这程序，结果从山东老家领回来的媳妇还没过满百天就暴病死了。村里人都说是故去的那个人生出了醋意，把新人带走了。要不怎么那腰身比水桶都粗像头母牛一样健壮的人说走就走了？

小路中间的三叶草，被老黄牛踏过，被车轱辘碾过，又被老李婆子踩过，终不成形，变成了一摊模糊的绿泥。

那天天气真好，从早到晚都没有一丝风，暖暖的空气里都是甜滋滋的味道。干娘的重量对于老黄牛来说不算什么，它很悠闲地迈着步子，不时地偷一口路边的嫩芽。干爹的鞭梢掠过，老黄牛甩甩耳朵，也不耽搁咀嚼。

月亮升起来的时候，干爹低矮的土房里传出了一阵阵凄厉的尖叫声，划破了小村的寂静。男人竖起耳朵听着这声音，舔舔干涩的嘴唇一把扯过自己的女人，一扭头吹灭了忽明忽暗的油灯。

黑暗中女人叹息着：这老刘，也不知道爱惜着点，人虽然是疯的，可也是爹生娘养血肉做成的！

男人没有时间说话，牛一样的喘息声淹没了女人，淹没了小村的夜。

小村的夜，是原始的夜。

干娘嫁过来后，几乎每个夜晚都会凄厉地号叫。干爹用破被子封住了门窗都不行，那声音像电波一样，传遍小村的每一个角落，刺激着小村里耕牛一样健壮的男人。渐渐地，这号叫声就成了小村里的熄灯号，声音一响起来，男人会粗着嗓子喊：屋里的，弄啥呢，该睡觉了！女人会扭捏着，骂着没出息，还是乖乖地上了炕，她们的声音压得低低的，不像干娘，像杀猪样的。

第二年，随着我干姐嫚儿的诞生，干娘的号叫声暂时歇了，干奶奶的大嗓门却响起来：哎哟！这是造了哪辈子孽嘛，好好个人家找个疯子，人活儿不会干，生娃还生赔钱货，柱子你个熊蛋，你什么时候让我这孤老婆子看着孙子啊？我死了怎么和你那苦命的爹交代啊！骂着骂着，干奶奶索性扔掉手里的簸箕，一屁股坐在磨道里，撩起褂子的大襟擦眼睛。

干娘听不见干奶奶的骂声，她沉浸在自己的世界里，外面的一切都与她无关。干娘每天被干爹锁在屋子里，不梳头不洗脸，只是呆呆地看着一个地方，看着看着有时候就自己唱起歌来：

　　　　美丽的小山坡哟——
　　　　小妹妹提竹篮哟——
　　　　提竹篮说采花哟——

其实在等情郎哎——

唱着唱着干娘就笑起来，干娘一笑，唇边就绽开了一对小梨涡。沉浸在自己的世界里的干娘是幸福的，她娇羞的笑容里有个少年的影子，在小山坡的那边看着她甜甜地笑。嫚儿的哭声响起来了，她惊跳起来，抱起嫚儿撩起衣服露出一对雪白的大奶子，颤颤地送到嫚儿嘴边，嫚儿叨上奶头，小猪羔子一样哼唧几声就贪婪地吞咽去了。

干娘会盯着怀里的嫚儿看，她的眼神渐渐聚焦，有了些柔和的影子。聚焦了的眼神里，也装进去了些忧伤。干娘对外界的任何声音都没有反应，唯独对婴儿的哭声有反应，开始干奶奶还不安心，这个疯婆子会不会犯了病把孩子掐死啊？结果干奶奶在门缝里瞄了两次就放心地走了。干娘会奶孩子，还会给孩子换尿布。这世上什么都需要学，就是当娘不用学。

干娘的号叫声伴随着婴儿的哭声又荡在小村上空了。小村的夜是寂静的、百无聊赖的。干娘的叫声划破寂静传出很远，那一远一近懒散的狗叫索性也歇了，狗支棱起耳朵听人类发出的声响。

嫚儿六岁那年夏天，低矮的茅草房里又有了婴儿的哭声，这哭声很嘹亮，传遍了整个村子。我干爹站在门口搓着簸箕一样宽大粗糙的手掌，露出了很多年没见过日头的牙齿说：我有儿了，我有儿了，我的儿像只小虎羔子一样结实呢，就叫虎子吧。

干奶奶颠着三寸金莲一步三摇晃地端着个大水瓢挨家挨户地敲门，水瓢里是涂了红的喜蛋。光棍子狗剩子鼓着眼珠子塞了满嘴鸡蛋说干爹命好，疯子娶进门都变得安生了，还有了儿子。亮

子更是咂着舌头一脸垂涎,操:老刘真他娘的有个鳖命,那娘们儿就是疯点,生了闺女儿子还水灵得跟水葱似的。肚子瘪瘪的亮子媳妇听着自家爷们儿的话心头不舒坦了,斜着小眼睛撇嘴:儿子咋了,疯子生的,喝疯子的奶水,说不定将来也是个疯子呢。这话又像一把黄豆,在小村的上空颠来颠去,传到了正在欢天喜地摇辘轳的干奶奶耳朵里,干奶奶听了这话停住了动作,半响,一松手辘轳把儿飞快地秃噜回去,一桶使了吃奶的劲摇到井边的水桶也咚的一声掉进了井里。干奶奶顾不得水也顾不得水桶,撇开小脚就往家跑。那是虎子降生的第三天,干奶奶刚杀了一只老母鸡,灶下的火苗舔舐铁锅,铁锅正等着清亮亮的井水。虎子躺在干娘的怀里,小嘴叼着干娘的奶头吮吸着。干奶奶旋风般地冲进来,一把推开了干娘雪白的大奶子抢过虎子转头就跑。

干娘凄厉的号叫声响起来,她双手高高地擎向原木栏窗外厉声叫着:娃儿,给我——娃儿,给我——

我干姐光着脚丫,乱蓬着头发站在干娘的窗子底下,仰着满是泪水的小花脸:娘,娘,我饿——干娘依然将目光穿过嫚儿搜寻着——娃儿,我的娃儿。干姐姐哭了,她不明白自己就站在娘的眼皮子底下,娘为什么还是一迭声地叫她的娃儿,难道自己不是娘的娃儿?

干奶奶和干爹更顾不得这么多了,他们围着哭得死去活来的虎子,一勺羊奶送进嘴,虎子一吐舌头全都溢出来,再哭,再喂。干奶奶说:说什么也不能再喝那疯婆子的奶,咱老刘家就这一根苗苗啊。隔日那只老母鸡上了干奶奶和干爹的饭桌。疯婆子不喂奶,老母鸡没什么作用了。入夜,干娘嘶哑的喉咙再也喊不出任何声响,只一对肥硕的奶子胀得像要爆炸，一动，雪白的乳汁就流出来。

虎子也终于妥协给了饥饿，喝了羊奶睡着了。呀——啊——咔嚓，一个断裂声伴随着干娘的嘶叫打破了好容易得来的寂静。干娘居然弄断了拳头粗的原木窗框跑出来了，跑出来的干娘像离弦的箭一样冲进干奶奶的屋子，干奶奶看见干娘惊恐地一转屁股用宽大的身板挡住了刚睡着的虎子。干娘的眼神在屋子里转了个圈，她血淋淋的手一把抓起干奶奶的黑乎乎的枕头，沾着木屑、泪水和汗水的脸，紧紧地贴在枕头上，安详地闭上了双眼，嘴里喃喃地叫着：娃儿，娃儿。她撩开衣襟，把黑乎乎的枕头按到雪白的奶子上。干娘低下头看着枕头，眼神里是慢慢聚焦的慈爱，她的唇边绽开了一朵美丽的笑容。

干娘笑了，满足地笑了。

干娘疯得更厉害了，干娘的窗框子换成了指头肚粗的铁条子，干娘出不来了，小村的上空时不时地就响起干娘凄厉的叫声或者是歌声。小村已经习惯了干娘的声音，干娘叫也罢唱也罢，村民的耳朵仿佛生了老茧，谁都听不到。

那年我生水痘，连续高烧不退，情急之下姥姥请了算命先生。算命先生是个瘦得像鬼怪一样的老头儿。他的眼窝深陷，胡子像羊圈里的山羊。他的手指像山鹰的爪子，他闭着眼睛掐着指头，嘴里喃喃有声，说我和母亲八字不合，必须拜干娘，否则小命难保。推来算去，满村子只有干娘与我八字相合。母亲为难地问算命先生：怎么是她？别人不行？算命先生说：不行。

干娘换了干净的衣裳被人钳住双臂按在椅子上，这次负责钳住干娘的是两个壮小伙子。干娘在椅子上拼命地扭动着身体，喉

咙里发出叽里咕噜的声音。姥姥把我从一条新做好的蓝涤卡裤子裆处扔下去，我像只皮球样地滚落在地上，我的头磕到了炕沿上，疼得张开大嘴就哭，姥姥说：哭什么哭？这是救你的命呢。旁边帮忙的说：哭就哭吧，刚生下的孩子，哪有不哭的？有的老人拿起针线缝上裆，帮忙的人按住干娘给她穿裤子，干娘拼命地挣扎着，嘴里不停地咕噜着。似乎在叫，我的娃儿，我的娃儿。焚香、摆供，我跪在干娘面前磕头，声音清脆地叫，娘——这一声娘没听见，她对我的呼唤置若罔闻，她一直不停地呼唤着她的娃儿，她惊恐呆滞的眼睛看都没看我一眼。

我站起身的时候，礼就算成了。有人将干奶奶的枕头塞给了干娘，干娘诚惶诚恐地接过来，小心翼翼地抱在怀里，抱着枕头的干娘安静下来。安静下来的干娘破天荒地朝我笑了一下，轻声轻语地说：我的娃儿！我点头：嗯，真好看。干娘看看我，再看看枕头，笑了。那是我第一次与干娘对话。也是最后一次。

不知道是不是真的因为认了她做干娘的缘故，我当天晚上就退了烧，并且一天比一天强壮起来。

小村的日子随着每天的日升日落循环起来。春天，男人女人牵着耕牛打着闹着奔向自家的田地。秋天，摇摇晃晃的牛车上是尺把长的苞米棒子。后山根的小河一成不变地哗哗流着，这家娶了亲，那家嫁了女，谁家的爷们儿和谁家的女人钻了苞米地。门前的杨树黄了绿绿了黄，年复一年，重复着故事，轮回着生命。

有了虎子后干爹和干奶奶在仓房里搭了个铺，仓房是黄泥和乌拉草砌墙，只有一个尺把宽见方的通风窗，干娘进去后，干爹就落了大锁。干奶奶那天试探着问干爹：要不，咱再要个和虎子做伴的？干爹边落锁边说：行了，孙子孙女你都有了，再说这日子穷的没底儿，多了拿啥养？干奶奶噤了声。从那以后，干爹再也没有让干娘在夜里发出号叫声。

虎子在干奶奶手心里慢慢长大了，人们似乎记不起从什么时候开始再也听不到干娘的号叫声了。干娘安静了，路过的人们常看到干娘伸长了脖子向外看，窗前长满杂草，干娘满是污垢的脸是笑着的，那个枕头陪着她呢，谁也不知道这个时候，干娘是不是清醒的。慢慢地人都说疯子好了，干奶奶也发现干娘好些时候不发疯了，慢慢地就放出来透透气，但是干娘还有不安静的时候的，她不能看见襁褓中的孩子，一看见就会有瞬间的痴呆，然后就欣喜地跑去抱孩子。

那年国庆节，村长城里的儿媳妇来小村，怀里抱着刚百天的孩子。干娘看见了那孩子，忽然就发了癫冲上去抢人家的孩子，你想想，村长啊，那是什么人，那就是这个村里的皇帝啊，皇帝有事，保驾的人还少得了？

于是赶车的狗剩子扔下牛车、二宝媳妇扔掉了手里纳了一半的鞋底、三丫的婆婆公公……眼前的赶过来，不在眼前的听着声也赶过来……只一会儿工夫，全村老少像开会般地集合了，开会也没这么齐全，村长只能召集全村的青壮年劳力，老人孩子妇女是不凑这个热闹的。

干娘看见这场景更加疯狂了，惊恐的瞳仁放大了数倍，紧紧地咬住嘴角的一缕头发，她向后退着，退着。企图退出那凶神恶煞般晃动着、嘈杂着的人群。她的手臂用了力，死死地抱着孩子。孩子仿佛觉察到了什么，哇的一声张开没牙的小嘴哭了。干娘被

这哭声揪了心,将自己脏兮兮的脸贴上了孩子的脸,嘴里还不停地叫:我的娃儿,我的娃儿。

那天天上没有一丝云彩,西垂的太阳映红了半个天空,小村沐浴在夕阳里,失了火样的红。就这样僵持了很久,孩子的哭声越来越大,村长的儿媳发了疯,怪叫着:你们把我儿子给我抢过来!要不我就回去找我爹!村长走上前,伸开手:听话,把孩子给俺,给俺行不?俺给你买肉吃。村长的身影一落进干娘的视线,干娘就惊恐地怪叫起来,一声接一声,上气不接下气地:啊——啊——那惊恐的表情仿佛面前站着的不是村长,是一头猛兽。

干爹的眉头越锁越紧,脸色涨成了紫猪肝色,干奶奶吓得浑身打着摆子:柱子啊,要命了,柱子啊——干爹一闭眼咬着牙在干娘身后兜头给了干娘一棍子,干娘疼得嗷的一声松了手,孩子从猛然松开的干娘手里大头朝下直直地掉在地面上。几乎全村的人都在叫:俺的老天爷啊!村长的儿子说要杀了这个祸害人的疯子,村长的老婆边检查孙子边骂:你们老刘家缺了八辈子德,几世没做好事,找媳妇不是短命就是疯子,自己遭殃还害人……村民也七嘴八舌地说这个疯女人应该赶出村,留在村里早晚是个祸害。

村长背着手阴着脸对干爹说:吃了后晌饭,你到村支部来一趟。

干爹从村支部回来的时候天黑了。干娘蹲在地上,乱蓬蓬的头发盖住了半边脸,她的怀里抱着干奶奶塞给她的黑漆漆的枕头。昏黄摇曳的油灯下,干奶奶和干爹头碰着头说了半天话,最后干奶奶一声长叹飞出了木头窗棂,传出很远。

第二天一早,干奶奶破天荒地给干娘洗了脸,梳了头,换了干净的衣裳,打扮完了干奶奶端详着干娘:唉!真是个俊俏的人啊!可惜了,你这命啊!干奶奶牵着干娘的手到村口,朝着没有尽头的小路指了指,擦着眼角说:疯婆子啊,你别怪当娘的心狠,你走吧,你不走我们的活路也没有了啊。干娘站在那里,眼睛直勾勾地盯着干奶奶,一动不动。干奶奶撩起衣襟擦擦脸,拿着棍子打干娘:疯丫头,快走吧,快走吧,给这老的小的留条活路吧!你不走,村长让咱搬家啊,这荒山野岭的,搬到哪去啊!干奶奶边说边擦眼泪甩鼻涕。干娘疼得直跳脚,左躲右闪,就是不走。干爹也来打干娘。嫚儿的小辫松了,发丝凌乱地贴在她满是泪水的小脸上。她倔强地抿着嘴,手里牵着虎子,看着干爹手里的柳条子一下一下抽在干娘身上。干娘凄厉地尖叫着,躲闪着。看热闹的村民抱着膀子围了一大圈,亮子媳妇一脸幸灾乐祸地撇嘴:还不走呢,留下来做什么啊,除了吃就是惹祸,整天价闹得人心里毛慌慌的。栓柱子媳妇赶紧接过话茬:可不是嘛,到现在村长那宝贝孙子还整天迷迷糊糊地睡呢,刘半仙说了,孩子吓掉了魂了。人家娘家爹可是城里的大官,要是真有点什么事儿啊,连村长都不知道怎么活。

也不知道这疯病传不传染。

干爹脑门子上暴起了青筋,手上的柳条更用力了,干娘的新衣服上都打开了口子,雪白的肌肤上,若隐若现着触目惊心的血印子。嫚儿忽然甩开虎子疯了样地朝家里跑去,嫚儿跑得太快摔倒了,爬起来再跑,再跌倒,嫚儿哭了,放大声地哭了,边跑边哭。嫚儿跑回来时手里抱着干娘的黑枕头,干娘看见了枕头嗷的一嗓子冲过去接过来抱在怀里。

山路弯弯

那一年,嫚儿十二岁了。

干娘终于走了,一步三回头,她紧紧地抱着怀里的黑枕头,她的身后,嫚儿的手紧紧地拉着虎子,虎子不停地用手背擦眼泪。嫚儿的声音很尖:娘,别惹祸,你等着,俺长大了去找你。虎子抿着嘴不说话,只不停地擦眼泪。

二十五年后。

嫚儿、虎子和我站在干爹干娘干奶奶的坟前,焚香、鞠躬、摆供。年复一年,我们似乎很孝顺,给娘修了最好的坟。大理石供桌上,摆着鸡鸭鱼肉水果,琳琅满目的供品,这些东西地下的人活着的时候是想都不敢想的,如今他们也能吃到了。

虎子少语,每年祭祀,他只张开大嘴狼一样地号哭上一阵子,仿佛胸口憋住了些什么,要是不哭几声就不行似的。嫚儿身后的路虎在野外的阳光里闪闪发光,嫚儿叹气:娘实在是个没有福气的人。

干娘其实没走多远,她就走到了邻村,那里是她的娘家。从那时候起干娘就开始了流浪的日子,回蜜蜂沟被赶出来就回娘家,从娘家是赶出来还是自己跑出来呢,没人追究过这些。总之干娘就是那样来来回回地过着她的日子。

从蜜蜂沟到邻村要过条河,那年雨水大,干娘过河或者是到河边喝水?谁知道呢,就在那个时候她怀里的枕头掉下去了,我想干娘连犹豫都没有就跟着下去了,她绝不是自杀,她是去救她的孩子的。干娘的尸体被冲到了泄洪口,直到漂上来的时候才被发现。有人通知了干爹,干爹赶到的时候干娘都被河水浸泡的没了人形,凭着她怀里紧紧地抱着枕头认出了她。干娘的尸体装不进棺材,她蜷缩着,枕头揽在她怀里,她的下巴紧紧地抵着枕头实在没办法，就用席子裹了，挖个土坑埋了。

干娘出殡那天，村长的宝贝孙子拖着长鼻涕、提着裤子撵着队伍哭。他平时是不哭的，只会傻笑，好几岁了连爹娘都不会叫。村长早不当村长了，他的儿子媳妇离了婚，亲家迁怒于他，他就不是村长了。当然傻孙子人家也不要了。

现在，他每天追着傻孙子田间地头跑：宝啊，宝啊——蜜蜂沟的人叹着气说：这人啊，别做下缺德事，做下了就要遭报应，今世不报来世报。你瞧，这不是现世报吗？村长的傻孙子听不到这些，他和干娘一样，活在自己的世界里。他是幸福的，活在自己的世界里的人都是幸福的。

太阳跳到西山尖儿，林子里的风也有了些凉意，我们仨站在山坡上，眺望着炊烟升起的地方，那里是我们曾经的家。离开这里后我们再也不回来，这个地方仿佛是一根扎进肉里的刺，一碰就疼。我们每年祭祀完毕就这样在漫天飞舞的冥纸灰里远远地眺望，我们看见小村在炊烟里若隐若现；我们远远地听见些乡邻呵斥牲口的声音，还有狗叫声，一起冲进我们的耳膜。我们眼前有一幅画面铺开：黄牛拉着牛车缓缓地走，车上的尺把长的苞米棒子黄灿灿的，娃娃在读书，老人倚着篱笆墙晒太阳。

我们脚下的山路不是干娘的山路了，宽了平整了。干娘的山路是脚的山路，我们的山路是路虎的。

我和嫚儿一起抱紧了虎子，三个人一起朝着村外走去。我们身后，青山青天连接处，夕阳西下，彩霞满天。小村的上空开始炊烟袅袅，村长的声音一如当年干娘的号叫在小村的上空荡来荡去：宝啊，宝，别跑了，回家吧——

失火的月亮

月亮着火了。

香云坐在满地碎玻璃碴里,透过凌乱的发丝向外看。一轮金灿灿的明月挂在她没有了玻璃的窗框里,周围灼灼的火焰散发着冰冷的光芒。不远处的苍穹里,乌云正朝着月亮的方向蠕动着。西北风裹着清雪肆无忌惮地横冲进来。那个蜷缩在碎玻璃碴里的人蠕动了一下,浓郁的酒气随着他的移动飘散开来,直抵香云的鼻子。六个半月大的女儿终于哭累了,在厚厚的棉被中睡着了,睡梦中隔一会儿抽泣一下,小小的肩膀在被子里不时地抖动着。

今晚她是饿着睡的,香云知道,这个时候的奶水是不能奶孩子的,上次香云就是生着气给孩子喂奶的,结果第二天女儿上吐下泻。王婶说过,这个时候的奶水有毒。

无知孩童最幸福,饿着的梦境依然香甜,忽地咧着没牙的小嘴笑出声来。香云盯着女儿的笑靥,思想如脱缰野马般飞了出去。如果她现在已经十岁?十八岁?或者二十几岁,会怎样呢?她怎样承受今日的场景?会不会为了这样的爸爸而不敢把同学或者好朋友带回家？幸好，香云长出一口气，幸好她现在不谙世事，她爸爸会在醉醺醺的时候用喷着烟酒臭气的嘴巴亲吻她，她只会皱皱眉，不会知道这每一次醉酒对于她的妈妈来说就是经历一次世界末日。她当然更不会知道这初冬的寒冷已经侵袭了她毫无遮拦的家。她什么也不知道，身上盖着两床厚厚的棉被，只无忧地憨憨睡着。

雪花砸在香云的脸上，一个冷战惊醒了她，猩红的地毯上落了一层白雪。日光灯随着风摇晃着，散发出冰冷的光芒。引火柴早没了，隔年的煤渣，只会冒烟不会起火苗的。暖风机已经变成了残骸，散落在碎玻璃堆里。怎么办呢？还有什么能取暖呢？

一会儿女儿醒了还要把尿，那娇嫩的小身子能抵御得了这满屋子的寒冷吗？

乌云像是一条巨蟒蠕动着，朝着月亮的方向。

逃出去，应该逃出去，但是去哪里呢？这大半夜的，总不能去敲邻居的门吧，还能去哪里呢？这个小县城香云举目无亲，根本无处可去。那个人又蠕动了一下抱紧了胳膊。香云知道，如果他现在醒来，那么这场战争还是要持续的，他还是要瞪着充满血丝的眼睛拉断电话线、拉断电闸然后吼叫着打人的。这时候他不像人，像是一只兽。开始的时候香云想是不是什么人得罪了他，或者他因为什么事伤了心才这样歇斯底里？时间久了香云慢慢地知道，就有这样一种人，只一点点酒，就能让他褪去人皮现出原形。

一个月三十天，他至少十天是这个样子的。

要是明早醒来就没事了。这么冷的屋子，他是不可能到明早

醒来的。香云看一眼床上的女儿，咬咬牙决定离开。先逃出去再说吧，即便是大街上，也好过守着这一片狼藉一屋子寒冷吧。

香云起身时发现脚底板刺骨的疼，低头看，雪白的脚丫已经被鲜血染红了。走到门口，香云回头看了废墟中的那个人一眼，他仍然蜷缩着，嘴巴微张，涎水流出来，很猥琐的样子。他会不会不醒来？会不会冻死？想到这里香云有一丝迟疑。良久，看看怀里的女儿，咬咬牙转身，今夜，你冻死最好。

20世纪80年代，香云出嫁那天，几台艳红的轿车可是晃花了乡邻的眼珠子的，香云就是踩着啧啧的赞叹上了车的。开车的时候，香云透过红纱盖头看见了人群中的那双眼睛，不错眼珠子地瞪着她，香云不敢对视，尽管隔着茶色车窗隔着红纱盖头，香云还是慌乱地躲开了那钢针般的眼神。车轮撵着耳边的对话徐徐开动了。

为啥？你能不能告诉我为啥？就因为他是城里人？

香云低着头嗫嚅半天也没说出一句囫囵话。

香云，你是不是真像别人说的那样脑子有毛病啊？！你知不知道，所有人都说他是个酒鬼，前妻就是被他喝醉了打跑的……

香云低着头沉默着。

难道这就是真实的你，贪图富贵安乐？香云还是不语。

那人一跺脚！算我瞎了眼，我告诉你，你会后悔的！

愤怒的背影消失在香云的沉默里，最后一句话香云没听清，应该是诅咒的话。香云自始至终什么也没说，还说什么呢，终是自己对不住人。

香云也没想到进家说媒的居然不是提前约好的那个，那个有事耽搁了，这个却来了。爹娘显然很高兴，一个嫁进城的女儿可是能给这一贫如洗的农家带来无数荣光的呢。香云人都没见到就昏头昏脑地应下了这门亲事。

后来香云想：为啥答应了婚事呢？是娘那句话吧。娘说：人家可是国营职工，铁饭碗，人家可说了，生个娃儿做做饭就是你的活儿。你不是愿意看书吗？进了城你啥书买不了？想啥时候看就啥时候看。

小村的未来是可以看到几十年后的，嫁人那日风光后就跟在男人的后面日出而作日落而息，回到家还要生火做饭洗洗涮涮。当然，还要生孩子，如果第一个生了男孩子还好，如果是女孩还是要接着生的。如果生了两个还是女孩，计划生育的就像苍蝇一样盯着你了。如果继续生，超生的罚款怕是要用后半生去偿还了。如果不生了，那腰板就要塌下去，不仅在公公婆婆面前，在父老乡亲面前也是没有底气了。男人再看你的眼神就不对了，说话自然也是恶声恶气，仿佛生儿生女都是你的事，和他没啥关系一样。

村里的女人，生娃做饭是业余时间做的事。

这样的日子里怕是没有闲情逸致看书了。

定了亲的香云没有一丝快乐，只剩下一片茫然。心底的某个角落里会时不时地刺痛一下，依然木呆呆地沉浸在自己的世界里不能自拔。她看见那只蚂蚁，那只回过头去帮助后面的那只，后面那只吃力地推着一块儿小土粒。香云想，推土粒的是它的妻子还是母亲？邻人或朋友？也许什么都不是，那只是一只乐于助人的蚂蚁。两只蚂蚁推着一个小土粒，慢慢地离开了她的视线。看

着离去的两只蚂蚁,香云忽然感到一丝幸福,顺着四肢百骸蔓延开来。一花一世界,一叶一菩提。蚂蚁有着蚂蚁的世界。

香云读到高中毕业,小村里即使是富裕户家的男孩子读到高中的也没几个,何况她是个丫头。在这个闭塞的小村里,丫头自做娘胎就贱了呢。要是个男孩子,即使一连串生的都是男孩子,也是挨着门发喜蛋报喜的;如果生了女孩,只在大门口右边挂一条窄窄的红布条就算了。男孩子再不好,也是根顶门闩,沿着祖姓接户口本的;女孩子再好,到了婚嫁年纪也是连嫁妆带人花红柳绿地随了人走,再回娘家门便是客了。所以,很少有爹娘在女儿身上下功夫。香云上面两个姐姐,下头两个弟弟,是个多她不多少她不少的位置,按说读书这等美事怎么也都不会轮到她的,她上头两个姐姐也只读了小学,爹娘说了,能认识自己的名字就行了,可香云打小就身子弱,流行个头疼感冒跑肚拉稀的都拉不下她,十几岁了还不如个八九岁的孩子高,身子骨佝偻成根小豆芽。因为这个,爹娘商量,要不就再让她念几年吧,还没个锄把高,下了学也做不了啥。就这样,香云读了初中。初中毕业,爹娘满以为她也能像两个姐姐一样下地干活的时候,香云不干了。闹死闹活喝农药上吊地又读了三年高中。谁知道,书读得越多,香云就越来越不对劲了。其实早年爹娘就看出些端倪,好好的和她说话,说几遍都听不见,大声一点她就惊跳起来,整天一副魂不守舍的样子。谁也不知道她在想些啥,总之一片树叶一只蚂蚁都会让她脱离现实生活浮想联翩。所以当香云爹看着她对着一片树叶流泪对着一群蚂蚁傻笑的时候很确定地对她娘说:这孩子,脑子有点毛病。

香云知道自己心里有个魅影，那个魅影折磨着她，让她吃不香睡不好，常牵着她的思绪神游太虚，只有看书的时候会好一点。高中毕业语文老师说：柳香云啊，不参加高考是你一生的遗憾啊，你的文笔那么好可别丢了，这人活这一世，总要找个点支撑起自己的精神世界啊！

如果告诉别人自己答应这门婚事的原因是在城里随时可以买到书，随时可以在干净明亮的书店里看一会儿，谁信呢？

香云踉跄着脚步跑到街上，怀里的孩子裹了两床被子，很重。香云有点儿不堪重负。跑到十字路口香云停住了脚步，去哪里呢？刚才还发疯似的明亮的月亮此刻也躲进了厚厚的云层里。娘家和娘家门上所有亲人都在遥远的小村里，白天坐火车也要五六个小时呢，何况这漆黑的夜里连火车都没有了。去丈夫的哥哥姐姐家吗？那会和往常一样，隔日就被送回来，虚张声势地训斥他一顿，他也会和以往一样声泪俱下地说对不起，甚至扇自己耳光或者下跪的吧。

香云忽然发现，这个城市，除了书店、菜市场，她几乎哪里都没去过，分不清哪条路去往哪里。而且，香云兜里一分钱也没有。他昨日给自己的零用钱已经变成了《安娜·卡列尼娜》了。《安娜·卡列尼娜》在家里，带在身上有什么用，能站在这漆黑的冬夜里卖掉吗？香云的脚有点火辣辣的疼，不知道是刚才割破的伤口还是冻的，姥姥活着的时候说要是感到火辣辣的疼就是要冻伤了。西北风更加肆意，香云想：要是月亮还在，是不是会暖和一点呢。怀里的女儿蠕动了一下。香云伸长了脖子将脸贴在孩子的额头上，雪花还在不紧不慢地飘着。

一个男人的黑影就是这个时候移过来的。她木呆呆地看着他走到自己身边猛地顿住脚步,揉揉眼睛后长出一口气说:你,这么晚不在家睡觉站这里吓唬人玩?香云这次反应极快,她似乎不经过大脑般地冲口而出:请你帮帮我。我没有亲人,也没有钱了。黑影扑哧一声笑了:现在行骗的方法越来越丰富了哈,怀里还抱着个布娃娃!香云有些语无伦次:不是布娃娃,我的女儿,我生的,真的孩子,大哥,不信你摸摸。香云说着把抱孩子的胳膊往前挪了挪,想抓住那人的胳膊,谁想到刚碰上就一阵酸麻,手也僵了。他的牙在黑暗中格外的白:好吧,就算你的孩子是真的,你说的是真的,但,和我有什么关系呢?香云一侧身挡住了他的去路:帮帮我,求你。黑影停住了脚步,歪着头想了想,白牙就龇出来了:帮你,可以。但是你也帮帮我,老婆回娘家半个月了,我半个月没闻到女人味了,要不咱俩互相帮助一下?

他没有想到香云不假思索地就答应了,因为香云分明看到了他片刻的愣怔。香云自己也没想到。

旅馆不大,一进屋子就有一股子暖扑面而来,女儿还在怀里酣睡着,香云的手臂早麻木了。床单很白,棚顶上的灯躲在荷花瓣里,发出晕黄柔和的光。香云看清了他的脸,三十出头的样子,线条分明,下巴上有漆黑的胡子茬儿。他随手关上门朝着宽大的双人床努努嘴,香云慢慢地挪到床前把孩子轻轻放下。她揉揉酸疼的胳膊,脸上的表情松弛了一下,终于不用担心孩子会冻坏了,熬过这一夜,明天太阳出来就好了,就会有办法了,至少他会醒酒了,或者是死了。死了也没关系,香云会把破窗子修好,火炉子会点起来的。是的,明天就好了,只有这一夜,熬过这一夜。

这一夜？这时她才意识到接下来要发生什么。香云瞬间呆住。她忽然盼望女儿马上醒来，最好蹬着小腿死命地哭。她瞪着女儿的小脸，她嘟了一下小嘴，皱了一下眉又接着睡去了。香云停住了揉胳膊的手，就那么背对着男人站着不敢回头，甚至不敢扯平衣服前襟上的褶痕。香云觉得身后有只猛兽，轻微的一丝声响都会吵醒它似的。门外有开门声关门声脚步声说话声，门里静得却似乎只剩下呼吸声了。良久，轻微的脚步声靠过来，一双大手压在她的肩膀上，香云身上的汗毛都立起来了，隔着厚厚的衣服她似乎感到那双手的湿热，她觉得那双大手马上就要入侵到自己膨胀着乳汁饱满的乳房上了。时间静止了，世界静止了，香云也静止了，她觉得整个身体僵成了一截朽木。

大手果然开始游走了，慢慢向前，顺着香云微麻的胳膊，慢慢向前，直到握住了香云互相绞着的双手，他的胸膛贴在香云的后背上，香云感觉到他的心脏怦怦的，像是要穿破厚厚的胸膛蹦出来一般。

灯光很暗，是那种朦胧着的感觉，女儿的小脸儿在灯光下柔美得像个小天使。

他的呼吸越来越粗重，香云似乎感觉到他的身体某个部位发生着变化。他握住香云的手越来越紧，似乎要把香云揉碎。门外变得像屋里一样安静了，静得只剩下他粗重的呼吸声。

哇——女儿天籁般的哭声响起来，哇——哇。香云惊跳起来奔向女儿。

哇哇哇——女儿一声紧似一声地哭着，小嘴吮吸着自己的小拳头，咂吧咂吧地响。香云背过身去掏出乳房，女儿恶狠狠地叼

住乳头,发出了满足的哼哼声。

呼吸慢慢平稳,女儿咕咚咕咚吞咽的声音格外清晰。

浑厚的声音自背后传来:

她多大?

六个半月。

她爸爸呢?

喝醉了,砸碎了家里的玻璃。

没有别的亲戚?

有,都是他家的。

你家的亲人呢?

在老家。香云忽然凝噎。

沉默。

身后的呼吸稳下去,最后化作一声长叹。

女儿终于松开了瘪下去的乳房打着饱嗝睡去。

放好孩子,香云低着头站在床边,接下来该怎么办呢?香云这一刻觉得自己和人们眯缝着眼歪着嘴角说的"鸡"一样,这个房间他交了五十元钱,也就是说,今夜,香云以五十元的价格把自己卖了。那些红花绿叶的"鸡"是卖多少钱的呢?一阵悲凉漫过香云的心头,她捋了一下耳边的散发,咬咬牙低着头挪到男人面前。男人用手托起香云的下巴,四目相对。男人说:你的眼睛里装满了哀戚,你不是说谎的人,我相信你说的都是真的。他看着香云,眉毛渐渐拧成个疙瘩。良久,他扳过香云的肩膀从背后再次抱住她,这次他抱得很轻,生怕弄疼了她似的。灯光忽明忽暗地闪烁几下,电压不足了,通常这是停电的预兆。

你呀，怎么做母亲的，把自己和孩子弄到这般田地？一股热气吹到香云耳垂上。

香云脑子又短路了，是啊，怎么会弄到这般田地呢？

若干年后香云曾经想：那天自己要是遇见的不是那个人，会怎样呢？

这就是命运吧，命运之神一直在天上，唇边带朵似有似无的笑靥，看着世间纷纭众生，那些小人物们为着生活或者生存奔波忙碌着。关键的路口，他挑一下小手指，世间的小人儿，命运就变了。

那个拥抱持续了很久，那双大手没有再游走，他的呼吸慢慢地安稳下来。香云慢慢闭上眼甚至享受起这个拥抱来。其实香云一直渴望这样的拥抱，没有欲望，只有相依偎，传递着淡淡的温暖。彼此的呼吸和心跳相互呼应着，身心俱疲后让人想停靠不想再扬帆的样子。

这一刻，香云忘记了一切。

那双大手抽离后身后传来窸窸窣窣的声音，香云似乎看见他正脱衣服，一件，又一件，最后赤裸裸。香云忽然有种从春暖花开的地面直坠深渊的感觉。娘说过，女人就像一张白纸，一旦沾染上不该沾染的痕迹，永生擦洗不掉！有了今夜，将来，怎么用坦然的眼神看着女儿长大？

香云忽然想大声呼救。她的眼神掠过床上的女儿，柔嫩的小脸在柔和的灯光里睡着，眉眼安详，慢慢合拢嘴巴。那个尖刻的音符生生地咽了回去。不能吓着女儿的，小孩子吓着了会拉肚子。不呼救怎么办呢？就这样发展下去？

失火的月亮

砰的一声,清脆的关门声震得香云哆嗦了一下,也打断了香云凌乱的思绪。脚步声渐行渐远。

香云猛然回头,柔美的灯光里有个小茶几,茶几上放着一沓钱,几张百元大钞上面睡着几张十元二十元的票子,再上面,是两张一元的。那个人不见了。香云冲到门口迅速地拉上了防盗栓,虚脱地转身靠在门上还魂,时间一点一点地流逝着,门外安静下来,整个世界都安静下来。

香云机械般地挪到茶几前对着那沓钱跪了下去,刚才明明是恐惧的,现在怎么还滋生了些许委屈和不舍?泪水肆意泛滥开来。

隔日太阳依旧东升,那一夜,香云彻夜未眠,女儿在暖暖的灯光里安然地睡了一夜,当太阳蹦出东山顶的时候,香云有了决定。

离婚很简单,民政局的办事员很和蔼,轻描淡写地问了原因,看了看香云身上的瘀青就盖上了戳。那个人对着香云又一次跪了下去,香云抱紧女儿果断地推开了他。除了女儿和一些书,香云没有带走任何东西。

下了一夜雪,小城变成了童话里的世界,香云漫无目的地在雪地里穿行,耳边回响着刚才电话里和爹娘的对话:唉,自己的事,自己做主吧。要是决定了就赶紧,离完了就回来吧,回来我们帮你照看着孩子。城市,可不是咱能混的,回吧。女儿在亲如家人的邻居家安然地熟睡着。香云走出来,出来干吗呢?和这个还没有来得及熟悉的小城告别吗?今天和昨天对于小城来说没有任何不同,香云的今天和昨天不一样了。昨天,还有一个家,有家的时候走在哪里都觉得顺情顺理,脚步也是生了根的,觉得这个城市的每一个角落都是自己的。今天,她信步街道就有了局外人的感觉,脚下发着飘呢。这街道、广场、书店都像眨着眼看外人似的看着她。她透过落地玻璃窗看书店,书店里爱笑的女孩在忙碌着,阅读区里的椅子桌子干净明亮,那是香云最爱去的地方。以后,可能没机会坐在那里看书了,想到这里,香云的心刺痛了一下,她的目光似乎穿过玻璃窗,穿过木质书柜,看到了那本被她偷偷折了页的《重压下的优雅》:海明威让那位老人和大马哈鱼,最后谁战胜了谁呢?老人最后是回归于大海,还是征服了大海呢?香云很后悔,看书应该一本一本地看,几本书都没看到结局,心被高高地吊起来。

很多年后香云想,如果当初没有决定留下来,如果没有好心的邻居帮忙,那自己的生活会变成什么样子呢?没有如果,只有时间推动着挣扎的脚步,一步一步向前,当你再回头的时候,就发现已经走成了命运的模样。

香云在街角开了一家饺子店,小店不大,但被香云收拾得窗明几净,女儿送到了托儿所。香云用胡萝卜、菠菜、紫甘蓝等颜色不同的蔬菜榨成不同颜色的蔬菜汁,用蔬菜汁和成不同颜色的面团,再用不同颜色的面团揉成一根面棒。香云包饺子是两把掴,一个个色彩斑斓的饺子码在盖帘上,小元宝似的。慢慢地,小城的人们就知道香云的饺子不仅好看好吃还有营养,香云越来越忙碌起来。

夜里歇了,香云的脑子里常像放电影般地蹦出那个画面:一个男人,一个女人,陌生的黑夜,粗重的呼吸,天使般的哭声……想得久了香云就不由自主地拿起了笔,似乎没经过大脑般地写下

失火的月亮

了标题《夜奔》。这两个字像是泄洪的闸口一发而不可收拾，那一次，香云一直写到天亮。一夜没合眼的香云第二天是哼着小曲包饺子的，一点也不累不困，精神亢奋到了极点。香云看见心里藏了很久的那个魅影终于转过了身，她看清了它的样子，貌美如花，是个天使。

一年后，香云饺子店进来一家三口，男主人高大，女主人娇小，青春男孩嘴角的绒毛在饺子氤氲的香气里颤抖。男主人探究的眼神在香云的脸上背影上来来去去，朗朗的笑声中有些熟悉的浑厚，将香云带回到那个夜晚。香云似乎又看见了那日的月亮，失火的月亮，灼灼地散发冷光的月亮。这一次香云看得清了，那是一张俊朗的脸。香云觉得应该做点什么，她觉得应该找个恰当的时机把那些钱还给人家。这些年，这件事藏在香云心里，有感激有温暖，也有不好意思。那些钱，帮助香云度过了最艰难的日子。男主人的目光阻止了她，他在无人处对着她笑着摇摇头。饺子吃到一半时，女主人叫香云：老板，我想喝碗饺子汤，行不？香云转身时听见女人对他说：我一直忘不了当年咱俩穷得只能合吃一盘饺子喝三碗饺子汤的事，我一直觉得，这世上最暖心暖肺的饮品就是饺子汤了。

香云在饺子汤里滴了两滴香油，放了点海鲜酱油、碎红椒，还有香菜末儿，一碗清汤被香云点缀得香气四溢，五彩斑斓。

埋单的时候，香云对他们说：今天是周年店庆，你们这一桌，刚好免单。

女人在离开的时候对香云说：谢谢，谢谢你这么香的饺子，这么香的饺子汤。香云却对着她深鞠一躬说：不，我应该谢谢你。

女人莞尔：你谢我什么呢？香云将目光投向门外如织的人流说：我谢来我店里照顾我生意的每一个人，这些看似我生命中匆匆的过客，不仅给了我生活，还给了我生活下去的信念。

男人挽着女人仰着头走出店门，香云似乎看见了他眼睛里满满的坦然笃定。

女人左边挽着男人，右边挽着儿子，越发显得娇小。华灯初上，小街依然热闹着，月亮在云层里若隐若现。香云回屋，给自己煮了一份饺子，盛了一碗饺子汤。汤里点了香油、滴了海鲜酱油，放了碎红椒、香菜末儿。

她说得对，饺子汤才是这世上最暖心暖肺的饮品。香云喝着热乎乎的饺子汤想起那个来自背后的拥抱，在很冷的夜里，传递而来的温暖。眼角一点晶莹滴落在饺子汤里。

吃罢饭，香云摊开纸笔，今夜，《夜奔》将要画上句号了。

几年后，香云的长篇小说《夜奔》发表在一家著名的纯文学杂志上。当从邮递员手上接过飘着油墨香的杂志的时候，香云抬头看见太阳和月亮挂在同一片蓝天上。或许是有太阳的缘故吧，此刻的月亮那么温柔，像个柔情似水的女人，依偎在太阳身边，全没了那日的咄咄逼人，变成了一幅画。香云一把抱过正在嬉戏的女儿在满是阳光的小院子里转着圈地笑啊跳啊，女儿不明所以，被香云转得晕头转向，咧着小嘴傻傻地笑。香云亲一口女儿转一圈，亲一口，再转一圈。太阳和月亮也在香云的头顶上跳起来了。

香云想起语文老师的话，人要找到一个点，支撑起自己的生命。香云似乎看见，有一扇大门对着自己缓缓打开，随着门的开启，璀璨的光线洒进来，香云就沐浴在金色的阳光里。

叶子的秋天

一立夏,太阳就毒起来,烤得人皮肤火辣辣的疼。半个月没下雨,菜叶子蔫了。叶秋提了一桶水,从五楼上慢慢地挪下来。小区中间那块巴掌大的空地上,叶秋栽了一垄小葱、一垄生菜、一垄菠菜、一垄夏白菜、一垄黄瓜、一垄豆角,还有几棵茄子、几棵辣椒。叶秋拿起水瓢,清亮亮的水流进泥土。

旁边小八角亭里正打牌的老张边抓牌边说:叶秋哇,你侍弄地比我老婆侍弄孩子都细心呢。老张对面的老李一撇嘴:你那老婆,风风火火粗枝大叶的,能跟人家叶秋比?叶秋也不说话,浅浅地笑,一株一株慢慢地浇。

三米长一根垄十五棵菜苗,一共栽了一百一十七棵。叶秋上来下去提了三桶水。浇完地,捶着酸软的腰刚在菜地边上的小木凳上坐下,裤兜里的手机就响了。叶秋没理它,任由它响。手机一直响,很执着。叶秋顺手拔掉了地边的一棵水稗子草,捋捋头发站起身。

半个小时翻个身,一个小时一小解,一天三顿饭,一天一次大便。叶秋觉得自己快要疯了。

儿子刚参加完高考那年，叶秋就打算动手了。儿子估分六百六十八分，一本进京应该没问题，叶秋不用再瞻前顾后了，这么多年该忍的不该忍的都忍了，该忍到头了。叶秋已经做好了所有准备。从第一次跟踪看着他钻进小寡妇玉芝家到现在，整整四年了。四年时间里，叶秋有过一千次想杀死他的冲动。儿子上大学走后的那个周一晚上，叶秋准备动手了。平时怕邻居来来往往的不方便，周一是大家最忙的时候，不会有人来，叶秋觉得这是个最合适的日子。她给他做了红烧鳕鱼，叶秋做鳕鱼的时候满脑子放电影一样变换着画面：他在窗帘的缝隙里迫不及待地扒小寡妇玉芝的衣服、裤子，那德行像极了一只发情的公狗。玉芝还伸手打了他一下，白嫩的小手轻轻地拍在他健壮的胸膛上，让叶秋想起一个词，打情骂俏。他搂她搂得可真紧啊，印象中他从来没那么对待过自己。叶秋就那么呆呆地看完了整场演出，叶秋从来不知道做那事还可以那么缱绻旖旎。看着两个人陶醉得要死的样子，叶秋牙根儿都快咬碎了。

　　做那事叶秋不行，每次她都想起第一次，想起来就止不住地浑身打摆子。

　　好像一个世纪那么长，叶秋的脚仿佛被定在了地上，动弹不得。天擦黑，玉芝半个身子吊在他身上送他出门，在大门口她说：李哥，人家昨天看上了一双达芙妮鞋，纯白色，细带细跟，尖头，那鞋可真好看。玉芝长得好看，蓬乱的头发下一张白净的脸，嘴唇小巧饱满，微微地翘着，天生的一副勾男人魂的德行。不像自己，天生的高原红，还散着些小雀斑。他停住脚步又按着玉芝的头亲了一会儿说：回吧，明天我领你去买。他回头时叶秋看清楚

叶子的秋天

了他的脸,那是一张心满意足后的脸,红光满面。这样的脸叶秋从没见过。

那天叶秋终于明白了他为啥拿回来的工资不够用,想着儿子脚上破了洞的球鞋和自己身上几年没换一次的衣服,叶秋的肺都要炸了。夜里,叶秋摸索着把他的口袋翻了个遍。

第二天早上,他瞪着血红的眼珠子跟叶秋抢钱,有张十块的都撕两半了。儿子在他们的撕扯中磕到了门框上,脑门儿鼓起一个大青包。那是叶秋第一次想杀死他。

那次叶秋买了一把蒙古刺。蒙古刺是几个穿着藏服的人卖给她的。叶秋知道,这是一把杀伤力很强的刀,捅进去,人的血会顺着刀柄上的凹槽流出来,即使不拔刀,人流血也会流死。就在叶秋每天都琢磨着什么时候下手的时候,儿子拿着中考成绩单一脸骄傲地钻进她的怀里,全市第一。叶秋看着那张成绩单,看着儿子生龙活虎不知愁滋味的样子,默默地藏起了那把蒙古刺。

那年叶秋三十五岁,她搬到了儿子的房里。自此她经常听见夜里和黎明之间的开门关门声。她知道那是他出去又回来。儿子上了重点高中,住校了。为了给儿子积攒学费叶秋开了一个煎饼果子小摊。叶秋想,不能让儿子再穿破洞的球鞋了。他起初撇着嘴说:副厂长的老婆卖煎饼果子,想什么呢你,把我伺候好了,你要什么没有啊。叶秋把他的话丢进身后的风里,推起摊车就走。一个人走在漫漫无边的夜里,风声、雨声、虫鸣,或者万籁俱寂什么声音也没有的时候,叶秋幻想着老李已经变成一头被催眠后任人宰割的牲口,自己拿着那把蒙古刺先把他那东西割下来,扔进垃圾桶。对,只能扔进垃圾桶,喂狗狗都不会吃。再切下他的嘴唇，挖掉他的眼睛，划破他的肚皮，最后割破他的喉咙……叶秋仿佛看到他肮脏的血流满了他们的床，汇成血溪流到地上。这样想着，叶秋会有一丝快意。

每个早醒的黎明叶秋都对自己说：等，一定等，不能毁了儿子，决不能！这样一遍遍想着他的下场，会枕着臆想后的快意睡去。

蒙古刺在儿子高考前被来家串门的弟弟发现。弟弟说：你留这个做什么？正好我老丈人杀年猪给他用吧。叶秋在蒙古刺被拿走那天开始失眠，眼珠子整夜整夜的雪亮。叶秋在无眠的夜里都会出现那个天边堆满了彩霞的傍晚。叶秋挥动着镰刀，金黄的麦子沉甸甸地倒下来，叶秋被掀翻在金黄的麦秸上，老李的脸衬着湛蓝的天空，像个鬼魅。叶秋觉得自己被撕裂了，身下流了很多血，形状像只红里透着黑的乌鸦，摊在麦秸上。那天叶秋觉得自己死了，还没来得及割倒的麦子像是一块天然的墓碑，把她葬了。听到消息的三开像疯了一样地举着粪叉子要叉死老李。

村支书叼着烟斗满地转圈儿，老李被五花大绑靠在麦秸上，被酒精烧红了的眼珠还红着，纵欲后大概就醒了，此刻他懊丧得像一只落水狗。

三开终于没能得手，老支书用犀利的眼神制止了他。他喘着粗气斜视了一眼麦秸堆上的血就走了。

一个月后叶秋就嫁了，在这个贫瘠落后的小山村里，破了身的姑娘还不如一个死了男人的寡妇值钱。这是老支书想出来的办法，既保全了叶秋的名节也顾全了老李。

老李是城里下来检查工作的干部，喝了酒从邻村过来，看见

叶子的秋天

了割麦子的叶秋兽性大发。老李兽性大发的后果是被逼着娶了叶秋。老李那时候是厂办技术员又是党员,前途不可限量,面对哭得死去活来的叶秋,他决定娶她。清醒后的老李悔得差点把自己那家什割下来。叶秋一米五几的个子,脸上两坨天生的高原红,还布满了雀斑。如果不是这点过错,打死他也不会娶一个这样的女人做老婆。

叶秋知道他不喜欢自己,尽管事后他跪在自己面前言之凿凿地发誓要一辈子待自己好。婚后他连直视自己的勇气都没有,两个人连交流也成了问题。叶秋也坐下了毛病,就是不能行周公之礼,老李一挨边她就浑身痉挛。努力了一阵子后,老李也崩溃了,咕咚一声往边上一躺,扇着自己的耳光吼:报应,报应啊!

三天后叶秋觉得那把蒙古刺仿佛插进了自己的脑袋,疼得像裂开一样。叶秋是在看电视剧《水浒传》的时候决定去买毒鼠强的,看着武大七窍流血痛苦地死去的时候叶秋忽然觉得有一丝快意涌上心头。盯着粉红的药面叶秋问:这东西好使吗?不会是假的?卖耗子药的大爷听了这话皱了眉。叶秋又说:要是假的我回来找你你可吃不了兜着走。卖毒鼠强的大爷把叶秋拉到没人的地方又掏出来一包说:假的倒不是,掺了些别的,怕药性太强伤了人。这个没掺,但是贵,千万别误食,误食会出人命的!

一路上叶秋迈着轻松的步子哼着小曲回了家,耳边回荡着那句话:"千万别误食,误食会出人命的!"那时候老李已经半身不遂了,别人第一次半身不遂能治好,老李不行,他比别人严重得多。前一天还胡吃海喝呢,后一天就成了半个死人,成了半个死人的老李只能仰脸朝天地躺在床上了,所有人都说老李活该,这个年纪不该得这个病，喝酒喝的。

叶秋打算鳕鱼凉一点再掺进去毒鼠强，早了怕热气连同毒鼠强的药性一起挥发了去。叶秋两只眼睛盯着鳕鱼氤氲着的热气慢慢散去，哆嗦着手打开毒鼠强的包的时候，儿子来电话了。他说：妈妈，你不知道清华园有多大，妈妈，爸爸还好吧，这么多年照顾他苦了你了，这个假期我不回去了，我现在就着手准备考研。妈妈，你别担心，考研我自己去赚钱，以后你不用给我寄生活费了，我已经找了两份家教了。妈妈，这些年，苦了你了，以后，儿子会报答你的……

叶秋放下打得发烫的电话，默默地收起了毒鼠强。她不敢想象在一瞬间同时失去双亲的他，还有没有心情好好读书准备着考研。那天老李吃鳕鱼的时候好像故意气她，笑呵呵地使劲吧唧嘴。看着老李的样子叶秋忽然疯了样地扑过去对着老李的大腿掐起来。老李动也不动，不挣扎也不喊叫，仿佛肉不是他的。叶秋就是在这极不正常的无知无觉中停下来。她首先看见了那些掐痕，红的、紫的、破了皮的。她又看见了液体，在老李的眼里汩汩地流进枕头，清亮亮的，像叶秋浇地的水。叶秋对着他叫：哭没用，什么也没用，你个老王八蛋，你必须死！我非得杀了你！

叶秋的菜越长越好，邻居们今天一把葱明天两个辣椒的过来讨，叶秋有求必应，送人的专拣好的，剩下蔫的坏的自己吃。明年夏天，叶秋决定明年夏天，一定要让这件事了断。这么多年了，为了儿子再做最后一次等待，前仇旧恨一起报。一定要出了这口恶气，否则这辈子憋屈死了。等这件事了了，自己也不愿意再在这尘世间走下去了，累了。

叶子的秋天

叶秋种菜像绣花，浇地像给孩子喂奶，摘菜像拜佛般地带着些虔诚，郑重其事地、小心翼翼地用小剪刀剪掉果实，连一片叶子也不会碰伤。叶秋觉得叶子也是生命，伤着了多疼啊。邻居们都知道叶秋的脾气，所以缺什么菜就站在边上等，眼看着叶秋换上软底布鞋，顺着垄沟慢悠悠地走，那样子不像是摘菜，像将军检阅他的士兵。叶秋手上的菜水灵灵、嫩生生的，都舍不得下锅。这是邻居说的，说归说，不出几分钟，小区里就四处溢着香味了。

半个小时翻一次身，一个小时一次小便，三顿饭，一天一次大便。天热了，一天又加了一遍擦身子。做这一切的时候叶秋咬着后槽牙说：你也有今天？不得好死的东西。你、给、我、纸笔。你要那做什么？就剩一只左手你还想写字？能的你！醒醒吧，你不能了，小寡妇床上早有了别人了。求、求、求你。叶秋愣了一会，随手扔过一支圆珠笔、一个破了皮的笔记本。执行枪决的犯人临死前还吃顿好饭呢，叶秋想，就这三百多天了，也善待着吧。

日子真是白驹过隙，一年的时间就忙碌着过去了，叶秋接到儿子报喜的电话的时候正在摘头茬豆角。儿子说：妈妈，我考上了，我要去剑桥读研了。叶秋大脑一片空白，剑桥？儿子要出国了，他说他和女朋友一起去，假期不回了，得挣钱。

叶秋几乎是一路狂奔着上了五楼。她一把拽起老李，找出早就准备好的新衣服，老李淌着哈喇子问：上、上哪儿？叶秋说：上路，送你上路。你先走，我随后就来。记住，孟婆桥上不许喝汤，在那儿见了我躲着走，听见没？穿袖子的时候老李的胳膊嘎巴响了一下，想是骨头断了，躺了这几年，身子僵成一截棍子。断了就断了吧，叶秋想，快死的人了。老李咧了一下嘴，含含糊糊地应：上、上路，好。叶秋说：好不好你说了不算了，儿子考上了外国研究生，不需要我了。家里房子我早和人家说好了，卖了，儿子拿着钱出国。咱俩的后事我都准备好了，赶紧的吧，别再耽搁了。从你强奸我到你和小寡妇玉芝搞破鞋，这辈子我就惦记着什么时候杀了你，今天，我可算是等到了。

袜子是白色的，叶秋给老李套袜子的时候发现老李的脚指甲很长了，都弯过来扣进脚趾的肉里了。叶秋拿出了剪刀。

这身衣服叶秋早就买了，二百多块，那是叶秋这辈子一次性花出去最多的钱，给老李买的送老衣服。穿上新衣服的老李精神了很多，坐在床边上木呆呆的没有任何表情。叶秋把毒鼠强冲好，闻了一下，有些刺鼻，添了一勺白糖进去，搅拌了几下，白糖慢慢溶化了。

叶秋把装毒鼠强的碗放在床头柜上，拿了一个干净床单，打算铺在老李的床上，不管这辈子做过多少脏事，死，就死得干净点吧。叶秋是在整理床铺的时候发现那张写满了字的纸的，老李的左手字，很潦草，歪歪扭扭：

　　我的亲人们，我是个罪人，从年轻到老不知道犯了多少错，我是自杀的，我早就想自杀的。叶秋跟着我受了一辈子委屈，遭了一辈子罪，我不能再拖累她了，我死了，她也能跟着儿子享几天福。

　　　　　　　　　　　　　　　　　　李志刚绝笔
　　　　　　　　　　　　　　　　　　2000 年

叶子的秋天

具体日期没写。

叶秋回头,老李端起了碗,毒鼠强在碗里随着老李颤抖的手晃晃悠悠。老李看了叶秋一眼,浑浊的泪水一大滴一大滴顺着老李沟壑纵横的脸流下来。老李又看了叶秋一眼,嘴里含糊了一句,叶秋听清楚了:下辈子,别自己上地干活。

老李张开了嘴。

叶秋在那天傍晚发出了凄厉的尖叫,一声接着一声。伴随着她的尖叫声的,还有清脆的摔碎东西的声音。那尖叫声像九一八国难日里的鸣笛一样刺耳,划破了黄昏的安详,撕裂了盛夏黄昏里温暖的夕阳。尖叫后是凄厉的号啕大哭,叶秋像是要把骨髓里的杂质都号出来一样,歇斯底里,震得地里的菜叶子直晃悠。

邻居都听见了,正吃饭的放下了饭碗,打麻将的停住了摸牌的手,有几位大妈随着叶秋的号叫也哭起来。谁也没有去推开叶秋的门。人们都说:哭吧,哭吧,这辈子也没见叶秋哭过,憋得够久了。

回花旗街的岁月

一

走到花旗街路口的时候忽然胸口绞痛,楚芸右手按住胸口,左手去抓肩上的背包。剧烈的疼痛蔓延着,豆大的汗珠子开始顺着楚芸的脸颊滚下来,楚芸无奈地缩下身子,深呼两口气颤抖着手倒出药粒才发现没有水,没有水楚芸是无法把药吞下去的,她的嗓子眼从小就细,食物都要千遍万遍地嚼,何况这苦涩的药粒!阿姨,给。一个扎马尾巴的姑娘笑呵呵地出现在楚芸面前,她的手里举着半瓶子矿泉水。楚芸接过水想挤出个感谢的笑容送给女孩,最终也只是冲着女孩轻轻地点了点头,她已经疼得连谢谢两个字也说不出来了。

楚芸站起身的时候,女孩早已不见了踪影。

楚芸拿出面巾纸擦去脑门的汗水,对着女孩离去的方向展颜一笑,多好的孩子!阿姨?楚芸摸摸自己的脸,如果不是这声"阿姨",楚芸还觉得自己和女孩没什么区别呢。想起前些天看到的一段文字:二十岁的女人是草莓,好看但不一定好吃。三十岁的女人是苹果，好看又好吃。四十岁的女人是菠萝，不好看但很好吃。五十岁的女人是西红柿——你以为你还是水果吗？在哪儿看到的忘记了，这些话却入了心，一片悲凉。

扔下四十奔五十的人了。现在是什么呢？还是水果吗？楚芸心中升腾起一股莫名的失落。

楚芸缓缓地朝着心中念了很久的那个地方走去。一步一步，近了，更近了。每走一步，楚芸都觉得自己又年轻了一岁。穿过这片车海，就像穿越了时空的隧道，仿佛又回到了从前，回到了阳光下的葱茏岁月。

二十五年了。

这个地方，像是一块结痂的伤疤，尽管很痒却不敢碰，怕一碰就疼。楚芸站在下午的阳光里，朝着里面看：斑驳的墙壁，空荡荡的院子，一个人影也没有，静悄悄的。轰鸣的机器声呢？办公楼后面低矮潮湿的宿舍呢？甬道上那些来来往往轻盈的身影呢？楚芸的脚步有些踌躇，瞬间觉得恍惚，她仿佛看见胡慧迎着她走过来，不，是飘过来。长长的裙裾摇曳着，长发遮住了半个脸，美丽的大眼睛眨也不眨地看着楚芸。楚芸捂住胸口，脸上又一层细密的汗珠子滚落下来。

一位步履蹒跚的老大爷提着个塑料袋子从甬道的深处缓缓走来，楚芸急忙迎上去问：大爷，这是光华织布厂吧？

大爷停住脚步揉揉眼睛手搭凉棚：嗨，那是哪年的事情了，黄了十几年喽。这座厂房啊，被新加坡的一个老板买了做轴承厂，折腾了没几年轴承厂也黄了。现在正等着拆迁呢，听说要盖高层喽。楚芸觉得血色正从脸颊上慢慢褪去。她茫然地问：黄了？咋就黄了？那些织布的女工呢？大爷再叹口气：有一些回老家了，不愿意走的，就自寻活路了。剩下我这样的，就等着回家喽。闺女，你是？你是那个会写文章的小不点儿吧？这一声"小不点儿"像一记重锤敲打在楚芸的心上。是故人，不是故人怎么会知道当年的小不点儿呢。楚芸几乎是跟跄着上前两步抓住老人的胳膊：大爷，我是小不点儿啊。您是、您是？楚芸想从记忆的深处搜索出这样一位老人，可是没有，此刻她的脑海中一片空白。大爷用枯树枝一样的手掌拍拍楚芸：嗨！孩子，我是保卫科的刘大壮啊！

保卫科的警卫室里有张宽大的办公桌，办公桌后面常坐着一位阴沉着脸的中年汉子，他是厂保卫科科长，姓刘，叫刘大壮。他的职责是带领着保卫科十几个人看着上班下班的工人，提防她们把线穗子或者布匹偷偷带回家。他的眼睛鹰一样的犀利，下班的大门口，他搬把椅子跷着二郎腿一坐。不看人家随身的包，只盯着人家的眼睛。他说过，人只有眼睛不藏奸，啥底都能泄露。

他的警卫室里经常发出一些刺耳的尖叫声，那是起了贪心的工人的下场。可是眼下楚芸无论如何也不能把眼前这位慈眉善目的大爷和当年凶神恶煞般的保卫科科长联系到一起。扔下一串叹息后，刘大壮蹒跚着远去。

厂门口的青杨高了，也粗了，阳光穿透茂密的树叶，直射在楚芸的脸上。楚芸眯了眼，仰头看着六层高的楼房，机器的轰鸣声又回来了，轻盈的身影又回来了，银铃般的笑声也回来了，楚芸仿佛又看到了花朵般的姐妹们在机台前穿梭着。

楚芸在夏日午后里明媚的阳光下，茫然地看着空旷的大院，

瞬间流泪。

二

101号女寝一共有四个床位,楚芸是第四个住进来的。101号是光华织布厂最小的寝室,十来平方米,面对面摆着两张上下铺的铁床,中间留一个一米多宽的过道。楚芸来的时候,就空着一张上铺。听说刚离开这张上铺的人叫柳顺儿。据说是个大美女,和有老婆的副厂长张茂晨不清不楚,曾经从又苦又累的挡车工直接坐进了宽敞明亮的办公室。后来这点事不知怎么就传到了副厂长老婆那里。副厂长老婆可不是个好惹的主,人家娘家爹在市政府供职,在本市也是腰杆子挺得很直的。副厂长老婆找了几个泼辣的女人把柳顺儿拦在车间门口,极度羞辱后又毒打了一顿,三个多月的身孕都打掉了。后来柳顺儿就走了,去了哪里没有人知道。

101号的老大叫孙晓辉,二十八岁。她个子不高,短发,圆脸,大眼睛,一笑起来鼻子眼睛眉毛都笑,一脸的喜庆。孙晓辉做事手脚麻利,干什么像什么,刚被招工进厂的时候负责招工的领导承诺:连续三年市级劳模就可以分到一栋三十七平方米的公寓楼。在城市里拥有自己的房子,对一个乡下妹子来说,这可是天大的诱惑。楚芸来厂那年,孙晓辉已经当了四年劳模。连本市户口的车间主任都两套房子了,孙晓辉的房子还遥遥无期。问过去,厂长答复:这个啊,我不清楚啊,要问负责招工的。找到当年负责招工的,人家说:这个嘛,要上级部门批了才能办。至于为什么没有上级部门的允许就给承诺和上级部门是谁,以及什么时候批,就不得而知了。

老二朱美丽二十五岁,鸭蛋脸,柳叶眉,丹凤眼,一笑起来嘴角向上抿。一条长辫子乌溜溜地垂到屁股下面。据说纺织厂不允许女工留太长的头发,怕不小心卷进机器里出意外。美丽是在厂长办公室里签了军令状才留住了辫子的。朱美丽说:我死也不剪头发,俺这可是胎毛蓄起来的。

其实朱美丽不剪头发还有一个原因,这是后来楚芸才知道的:那就是大姐孙晓辉爱极了朱美丽的长辫子,有事没事,就用手捋啊捋。

老三胡慧,二十三岁,个子最高,有一米七,长得也最漂亮。她的五官,怎么挑都挑不出毛病,尤其是那双黑白分明水灵灵的大眼睛,一眨一眨,仿佛千言万语不用启唇,就全部流泻出来。她平时齐肩的黑发自然飘逸地散落在肩头,只有上班的时候才会在脑后束起马尾。每次下班,她的长睫毛上都挂了一层白毛。因为那些白毛就显得睫毛更长了。亮晶晶的大眼睛也水汪汪的。厂里那几个宝贝蛋一样的男孩子有事没事都爱往胡慧的机台前溜达。胡慧呢,头不抬眼不睁,只迈着轻盈的步伐绕着机台转。

看着胡慧婀娜的身影,门口值班的于大娘边织着毛衣边叹着气说:水汪汪雾蒙蒙的眼睛啊,漂亮倒是漂亮,就是个顶个都命苦。

楚芸是老四,那年十七岁,初中刚毕业。和爹妈一赌气就进了纺织厂。楚芸的家庭背景是101里最好的,父亲是村里的会计,母亲是小学教师。楚芸刚来第二天,101号美女集中营来了个丑

小鸭的消息就像阵风一样地传遍了整个光华织布厂。

织布厂一千多工人，大都是来自不同地域的农村姑娘，本市的姑娘是不会来织布的，太苦太累不说，没黑没白的三班倒的机制，一般人受不了。织布厂的老工人都有职业病：耳聋、风湿。

厂里除了厂长、各个调度班的工班长是本市的外，就剩下那几个白班的维修工了。维修工清一色的男性，他们的工作服是天蓝色涤卡布。姑娘们都喜欢上周一白班。那天早上，大家都会心照不宣地在镜子面前流连很久，描眉、擦粉、画唇，丝毫不马虎。都知道，谁要是被维修工看上，那就有了在这座城市站稳脚跟变成城里人的机会。

周一白班很特别，轰鸣的机器，依然潮湿的高温，不一样的是，这一天姑娘们比平日里漂亮，说话的声音和神态也更加迷人。因为这一天所有维修车间的男性都会出来对每一台机器进行检修。

101号女寝的姑娘们例外。

胡慧有了男朋友，据说不仅是本市人，还是一个家庭条件优越的火车司机。每天一下班胡慧就打扮打扮哼着小曲迈着轻盈的步伐离开了，晚上也基本不在宿舍住。

孙晓辉和朱美丽是一对出了名的连体婴，出来进去形影不离。尤其是老二朱美丽，黏人的功夫超厉害。有一次下班路上孙晓辉发现来例假了，没回寝室直接从厕所跑到外面买卫生巾，买完卫生巾直接逛了一会儿街。回来后朱美丽哆着嗓子含着眼泪质问半天：大姐，你到底去哪儿了？买卫生巾就不能回来让俺去买？你身上不干净，要是血渍渗到裤子外面多丢人，你就是瞧不起俺,想不理俺是不是?直到孙晓辉举手发誓:以后去哪里也要和你在一起,否则出门被车撞死。朱美丽才一记小粉拳打过去破涕一笑:烦人,谁让你发誓了?

楚芸那时候还小,一米五几的个子,戴个近视镜,又干又瘦,像个小豆芽。

上班第一天要拜师傅,工长孙胖子上下左右皱着眉头打量了楚芸半天,最后爆了粗口:操,他妈的老刘和我有仇啊,把些干不了活儿的"丁香儿"(丁香儿:东北口语,指弱不禁风、干不了活的女子)都弄我这儿了。骂骂咧咧半天,孙胖子直接把楚芸安排给了胡慧,理由很简单:你们俩一个寝室,上夜班来回互相有个照应,休息的时候还可以交流交流织布的技巧。楚芸自然是高兴的,觍着笑脸甜甜地叫了声:师傅。胡慧面无表情,也没说话。不咸不淡地应了一声:开始吧。后来楚芸才知道,织布厂谁也不愿意带徒弟,带徒弟劳心伤神,还耽误自己的产量。

说起产量可是个大事,车间靠北边的墙上挂着半边墙大的一块黑板,每天谁织了多少布,检验科一出结果就直接上墙,一等品多少米,二等品多少米,三等品多少米,等外品多少米。等外品不仅赚不到钱还要扣钱。够等级的有积分,年底评劳模要看积分和出勤率。

胡慧一共四个机台,这是织布厂优秀挡车工的看台量,她边忙活边冷冷地对楚芸说:师傅领进门,修行看个人。你观察一下我是怎么做的,慢慢跟着做就是了。说着话手起手落眨眼的工夫,四个机台同时轰鸣起来。胡慧眼睛盯着织布机说:布是由经线和纬线织成的,经线断了叫断经,要及时接上。纬线断了叫断

纬，也就是来回的梭子里的线断了或者是线用没了。

跟头把式地跟在胡慧后面的楚芸，竭尽全力地听着，不时地掏出眼镜布擦一下镜片上的水雾。布面上要是断根线楚芸真就看不见，直到机台自动停止了才醍醐灌顶般地拿起小铁算子跑过去一根根地拆。胡慧看着手忙脚乱的楚芸摇摇头也爆了粗口：操，孙胖子他妈的和我也有仇！下班的时候楚芸听见胡慧和孙胖子喊：大圣啊，完了完了，我这个月的产量算完了。孙胖子把肥硕的身躯挤进人流头也不回地走了。打结儿楚芸也不行，眼看着师傅胡慧把一根长长的线在手指上一缠，啪的一声断了，接着手指作兰花状突然一绕，一个结儿打好了。然后用指甲盖一撸，不仔细看，都看不出来线是断过的。听说厂里打结儿最快的是大姐孙晓辉，一分钟五十五个。楚芸急得满头大汗也不行，线在她手里就不听摆弄，该断的时候不断，该接的时候接不上，小手被线勒得左一道口子右一道口子的。

孙胖子叉着腰看着慌乱地忙碌着的楚芸说：招工的是不是他娘的收了贿赂啊，她够一米六吗？再说这鸟活是近视眼能干的吗？

谁也不知道，织布车间主任是楚芸的姑舅表哥。

学徒的第四天，胡慧眼睁睁地看着人家的机台轰隆隆地转而自己的机台上却高高地挂满了空梭子（这是求助的信号，叫帮接，看见空梭子就会有帮接工来帮忙），胡慧擦把汗叹口气对楚芸说：我说妹妹，不是三姐不想教你，你真不是织布的料儿。胡慧苦着脸找孙胖子：哥哥，你也看见了，不是我不教，她真不行啊！孙胖子拥挤的五官更拥挤了，他斜着脑袋看看楚芸说：算了，要不你去装位吧（给机台装梭子）。

全厂的未婚女工都盯着维修工，全厂的男人都盯着101号女寝，尤其是胡慧。这是大家都心知肚明的事。

三

楚芸做了装位工，这个工作没什么技巧，动作麻利点就行，要是动作慢了给机台空了位，织布工会拿着空梭子敲机台。那就得一路小跑推着装满线梭子的铁皮车子跑过去。表哥过后淡淡地问过楚芸：学不了织布？楚芸红着脸低下头。表哥拍拍楚芸的肩干笑几声：装位也不错，好好干。楚芸看着自己的脚尖点点头。谁都知道，装位工的工资和挡车工的工资差着一大截呢。表哥问：你刚来那天你表嫂和你偷偷地说了些什么？楚芸摇头，摆出一脸茫然状。表哥叹口气摆摆手，楚芸逃似的跑出了车间办公室。

表嫂那天说：织布厂全是漂亮年轻的女工，我听说你表哥在外面不干净，可是没抓住什么把柄，你留点神，帮我看着你表哥，有什么风吹草动的给我报个信，表嫂也不会白用你，将来在城里给你找个婆家，就不用回乡下了。

胡慧和楚芸在甲班，孙晓辉和朱美丽在乙班，一个寝室四个人分两个班，四个人很少能碰到一起。

胡慧基本不在宿舍住，休班的时候，楚芸就一个人，想吃就去食堂吃一点，不想吃就空一顿。到了饭口也不着急，着急也没用。自己个子矮身子瘦小，挤也挤不动，每次都眼睁睁看着菜盆和汤盆露出底儿。如果长得漂亮点说不定还有哪个男青年帮忙打

饭。在本来就美女如云的织布厂，楚芸实在是个没人会注意到的角色。很多时候楚芸就拿着两个小黑馒头、一小袋榨菜，腋下夹着空饭盒回来。

没事就写点什么，没有桌子就趴在自己的床上，写了撕，撕了写。然后就看书，随身带来的唐诗宋词一个字一个字地啃。母亲来信说：听说纺织女工很苦，要是受不了就回家吧，我已经和县普通高中的校长打好了招呼，可以继续读书。楚芸拿着母亲的信想着自己的文学梦，想着让自己头疼欲裂的数理化，想想连食堂里土豆皮都打不到、缺油少盐的炒土豆片都抢不到的日子，再想想高温三十几摄氏度潮湿轰鸣的车间和空气里飞舞的白色线毛毛。忽然一脑袋进被窝，手里的信纸飘落到了地上。

十七岁，楚芸第一次知道自己急于逃离的家那么的好。

四

楚芸感冒了，开始只是觉得浑身疼，还以为自己熬夜不适应就迷糊了一觉，醒了后浑身发抖，眼瞅着到了上夜班的时间了，起都起不来身。胡慧回来换工作服摸了摸楚芸的额头说：呦，发烧了，就开始翻箱子倒柜子，过了一会儿，胡慧手里拿着两片对乙酰氨基酚递到楚芸嘴边：快吃药！我帮你请个假，你好好睡一觉，明天就好了。

胡慧上班去了，临走前塞给楚芸一个国光苹果。楚芸吃了药，囫囵个儿躺在床上，顺手拉上了碎花布帘子昏昏沉沉地睡过去。朦胧中姥姥在身边，一如往常地给楚芸盖被子、熬姜糖水。

像以往那样踮着小脚絮叨着:这么大了也不知道照顾自己,唉,什么时候才能不让我操心呢?感冒不碍事,吃点药喝点姜糖水,打个麻拉眼儿(小睡一会儿)就好了。睡了多久不知道,楚芸是被一些奇怪的声音弄醒的。对面下铺的布帘子后面的单人床上,有两个人。朱美丽嗲着嗓子叫:晓辉,晓辉,抱紧我。孙晓辉也喘着气:好,好妹妹,我喜欢死你了——喘息声,身体的纠缠声,呻吟声,铁床不堪重负的嘎吱声,窸窸窣窣的说不上什么声音的声音。

楚芸退烧了,脸上身上全是汗水,被汗水湿透了的衣服紧贴在身上。楚芸听见了自己的心跳声:咚、咚——楚芸紧闭着嘴,屏住呼吸。十七岁的楚芸还搞不清楚她们俩到底在做什么,但是她觉得那一定是见不得人的事,是一些不知廉耻的事。楚芸想:明天要不要告诉表哥?她们俩女的这样,是不是违反了厂规?

美丽。孙晓辉的声音。

嗯。朱美丽应着。

孙晓辉:门卫于婶给你介绍的那个人,你见了吗?

朱美丽:没有,不想见。

孙晓辉:为啥不见?趁年轻找个人嫁了,别像我,过了二十六连提亲的人都没有了。

朱美丽:姐姐,我见了做什么?都是些不像人的人,我们哪里差?就是因为来自农村,城里姑娘看都不看一眼的猪一样的男人,还斜着眼睛用挑剔的眼神瞄我们!我不找,我知道在这里工作找不到像样儿的对象,我谁也不找,我就和姐姐好,好一辈子。

孙晓辉:唉,这是命,得认命。咱们命贱,谁让咱们是农村人，乙班的刘燕多好看？二十二岁找了个三十八岁的二婚男人，还带着个孩子，还不是为了城市户口？为了后半辈子不再和泥蛋蛋打交道，你得想开些。

朱美丽：姐姐，我想不开，我不会让那些城里人糟蹋我，我喜欢和你在一起，将来你要是有了归宿我就离开你，否则我永远不离开你。

孙晓辉：你呀，净说些傻话。

朱美丽：我们不说这些了，我起来给你弄点木耳吃，我们这活儿不吃点木耳，早晚得肺癌。

孙晓辉：木耳？那么贵的东西，你哪来的？

朱美丽：是车间主任偷偷给我的，这个瘪犊子，车间还剩下几个他没划拉过的？打主意打到我身上，瞎了眼，给啥我吃啥，吃完也不理他！

楚芸躺在帘子后面，听着她们这样说表哥，胃里一阵翻江倒海。一阵倦意袭来，楚芸再也管不了帘子外面的世界，又昏睡过去。这一觉儿醒来是第二天早晨了，睁开眼顺着帘子缝隙朝外看，胡慧在化妆。见楚芸起来胡慧头也不回：好点了？

楚芸：嗯。

胡慧：昨晚睡得好吗？

楚芸：呃，还、还好。

胡慧回头：夜里不小心听见什么就当没听见，你年纪还小，来的时间短，很多事在这里不是事。都是清一色女孩，又都年轻。是人都有七情六欲。听说你妈是老师，家庭条件应该不错，怎么舍得你来这地方？有活路的办法赶紧走，这里不是人待的地方。

楚芸听着胡慧的絮叨，想着远方的家，一丝雾气漫上心头。

五

表嫂来看楚芸，带了两瓶橘子罐头还有一包蛋糕。躲在帘子后面，表嫂把蛋糕塞进楚芸嘴里：感冒了也不告诉表嫂，我一听说就往这跑，心都疼死了。一缕香甜弥漫了楚芸的味觉和嗅觉，多久没吃过这么香甜的东西了。

芸儿呀，你表哥天天都在做什么？楚芸满嘴蛋糕支吾着：在办公室写字，唔，下车间检查，唔，还……表嫂抓紧楚芸的手臂：还做什么？楚芸：还训人、喝水、上厕所……表嫂瞪一眼楚芸变了腔：我就知道你个小丫头片子不会和我一个心眼，你们才是一家人！哼！让你表哥去安排你的未来吧。表嫂穿上鞋，拉开布帘子就走。门刚被摔上又被打开，表嫂风一样飘进来又飘出去，带走了楚芸只来得及吃了一小块的蛋糕和橘子罐头。

冬天说来就来了。

楚芸给母亲写了一封信：说这里条件很好，工作有一点辛苦，不过没关系。但是自己的确想家想校园了，明年，打算听妈妈的话回去读高中。胡慧这几天不出去了，躲在布帘子后面，不上班也不见出来吃饭。是不是像我一样感冒生病了？楚芸拉开了布帘子。帘子里的胡慧的样子吓了楚芸一跳！胡慧忽然憔悴了，头发乱蓬蓬的，大眼睛空洞无神，眼皮浮肿着。楚芸拉着胡慧的手：三姐，你怎么了？怎么了？胡慧拉着楚芸的手四下瞅瞅屋子里只有她们两个，一头扎进楚芸的怀里呜咽起来：小不点儿啊，那个天杀的骗了我,他占了我的身子,我怀孕了,才知道他有老婆。楚芸蒙了,她还不是很清楚地知道怀孕是什么意思,没结婚怀孕又意味着什么。

胡慧病了。病得让楚芸很费解:怎么别人去医院看病回来会好一些,胡慧从医院回来却面色惨白,几乎站都站不稳了呢?楚芸乖乖地按照胡慧的指示去给她买稀粥,买益母膏,买猪头肉吃。胡慧请了一个月长假,吃饱了就躺在帘子后面睡觉。班上有人议论:说胡慧谈了个铁路火车司机男朋友,让人家给耍了,人家有老婆,还有个满地跑的孩子。

班上的先进工作者夏春梅让飞起的梭子打了,很严重,眼眶和太阳穴之间被梭子尖穿了个洞,在医院里昏迷了两天两夜还没醒过来。夏春梅的爹来了,在厂门口揪住楚芸表哥的衣服领子:俺的闺女来的时候可是好好的,现在是死是活还不知道,你们这么大个厂子就没人了?我一个老头子侍候个闺女怎么侍候啊?表哥嘴角一扬:怎么侍候都行,又不是侍候月子。夏春梅的爹抽搐着嘴角狠狠地打了表哥一巴掌,表哥白皙的脸颊上瞬间起了五道红印子。表哥挣扎着号叫:保安,保安,你们死了吗?两个穿着保安制服的小伙子把春梅爹带走了,他直接在众目睽睽之下被带进了厂治安队。楚芸知道,到了那里下一步就是踢打声和尖叫声了,再下一步就是移交市公安局。

楚芸写了一篇千字文《想家的日子》发表在日报副刊文苑版上了,样刊和稿费单子飞进传达室的时候半个厂子都沸腾了,老大孙晓辉昂着头搂着楚芸的肩膀说:我们101号除了美女还有才女呢!

表哥斜着小眼睛说:呦,小丫头,看不出来嘛!好好写,以后我找厂长给你调厂办当秘书去。学徒期满四个月后楚芸涨工资了,第一次开了八十六元钱。楚芸给自己买了一斤猪头肉，半年了，楚芸半年没闻到荤腥味了。一斤猪头肉一切两半，一半给了胡慧，两个人各自窝在自己的小床上脸对着脸，吃得满嘴流油。胡慧说：要是天天都能吃到猪头肉该多幸福啊。楚芸笑：三姐净想美事。

胡慧的气色渐渐好起来，好起来的胡慧不像以前那么爱哼小曲了。大部分时间，她默默地上班下班，谁也不理，常常一个人躺在床上发呆。

楚芸留下一点生活费，剩下的全寄回了家。家里虽然不困难，但是楚芸想让家里知道这是自己的一点心意，一个离家在外的女儿的心意。寄出去后，楚芸心里舒服了很多。

六

中秋刚过，楚芸就犯了病，肚子疼，开始是丝丝拉拉的疼，疼到半夜就死去活来满床打滚。胡慧没去上夜班，请了假照顾她，孙晓辉和朱美丽也休息，三个人看着疼得脸色惨白的楚芸商量：去医院！去医院！可是半夜三更的怎么去呢？孙晓辉说：咱们轮班背吧！说着就把楚芸拽上了肩，胡慧拉一下孙晓辉的衣角：轻点碰她的肚子，疼得这么厉害，说不定……孙晓辉一板脸：滚犊子，你以为人人都像你呢！胡慧听这话立马炸了：我怎么了，你说，我他妈怎么了？我什么时候招你惹你了？变态狂！背着楚芸走到门口刚要出门的孙晓辉回过头来恶狠狠地瞪着胡慧：你刚才说什么？谁是变态狂？朱美丽把手里的毯子披在楚芸的身上说：好了，好了，快点走吧，都什么时候了还吵，楚芸都快疼死了。

花旗街的岁月

谁也不言语了。

胡慧打着手电筒，朱美丽扶着楚芸的胳膊，几个人踏着城市的夜幕，朝医院的方向走去。偶尔有出租车驶过，三个人谁也没去招手。大家知道，一次出租车的价格，就可以吃一顿猪头肉。

急性阑尾炎！医生拿着个本本急促地叫：晚几分钟都会穿孔。谁是家属？必须马上手术。三个人愣怔了。胡慧一扬手：我是。孙晓辉和朱美丽也一起向前走了一步：我也是！那天晚上，胡慧在家属意见书上签了字，孙晓辉和朱美丽又跑回厂里借钱交住院费。手术做完的时候天都亮了。

元旦后孙晓辉的爹来了。这是个饱经风霜的老人，黑黢黢的脸上是刀雕斧刻般的皱纹，两鬓已经白了，宽大的棉袄和脚上的棉布老头鞋都在彰显着他的生活窘态。

他是来接孙晓辉的，说老家给她定了亲。对方虽然是个二婚男人，但是没有孩子，奔三十的闺女找个这样的就不错了。孙晓辉听这些话的时候一张脸惨白惨白的，低着头说：我不。老人立马站起来：啥？你不？去年你就说你快要在城里有房了，你的房呢？你看看老家像你这么大的女娃娃，孩子都上小学了。这次说什么也得跟我回去，我们和男方家都定好了，小礼都过了。孙晓辉看着激动得脸通红的老爹，低下头再不敢言语了。朱美丽躲在自己的布帘子后面，隐隐的一声叹息，划破了瞬间的宁静。孙晓辉的辞职报告拿回来了，都是她爹一手操办的，孙晓辉到底没拗过老爹。她傻呆呆地坐着，眼泪汪汪地看老爹里里外外打点她的行李。朱美丽什么时候出去的不知道，从外面回来的时候孙晓辉的老爹买火车票去了。

305

朱美丽站在孙晓辉面前，舔舔干干的嘴唇从怀里掏出个盒子打开，里面是一枚金灿灿的戒指，镂花的边，中间是心形的红宝石。朱美丽说：姐姐，听爹的话，我们总得有个归宿，回去吧，好好过日子。这个戒指送给你，你结婚，我就不去了……孙晓辉一把抱住朱美丽：傻瓜，你这些年攒的钱都买了戒指了吧，买这个做什么？去退了，我不稀罕。朱美丽：姐姐，我不管你稀罕不稀罕，这是我留给你的一个念想，你得幸福，你幸福了我就幸福了。

两个人紧紧地抱在一起放声大哭。

哭声尖锐地冲破楚芸的耳膜直刺进她的心脏。楚芸一个人走到宿舍外的长廊里，胡慧也在，背对着楚芸坐着。

楚芸说：三姐，怎么会这样？

胡慧说：这里有一千多个正值妙龄的女孩子，厂里就那么几个男的，还有的结了婚。大姐和二姐十几岁就进厂，一起走了这么多年，前几年二姐得了猩红热，是传染病，厂里怕传染要开除她。你大姐就一个人请了假衣不解带地照顾她，也不怕传染。那时候，人人躲着你二姐走，101号的其他两个姑娘也申请搬出去了。后来，你二姐的病好了，两个人就好起来了。唉，人非草木，谁能无情？只不过，这情，用错了地方而已。织布厂很多像她们这样的。有两个三十多岁的已经在外面租房子过了好多年了。

大姐孙晓辉走了，临走时偷偷地把一卷钞票塞在了朱美丽的枕头底下。大姐走得一步三回头，她的眼神，在每一寸地方流连着、辗转着。朱美丽没在屋，大姐孙晓辉出了门后她从别的屋子里冲出来，躲在宿舍走廊门后面看着大姐渐行渐远的身影，咬着美丽的长辫梢哭得肝肠寸断。

七

101又进来了一个女孩,叫李月,十九岁,单眼皮,细长的眉毛,有些林黛玉的神韵。她的眼睛里装满了憧憬。在她的眼里,楚芸仿佛看到了她眼光尽头的东西:干净的街道,可心的恋人,城市的户口本,温暖的家……

厂里又评选了劳模,市级劳模得了一个蓝白相间格子床单,先进工作者得了一个暖水壶。

胡慧当了劳模,满脸喜气。

总有一些上进心很强的女孩子当劳模当先进的,这似乎与其他无关。没有人再问起关于公寓式房子的问题,或许大家都明白,那只是一个传说罢了。

楚芸一年的时间发表了六篇散文,母亲为她办理了入学手续,据说是重点高中凭着那些剪报破格录取的。

楚芸也要走了。

走的前夜,胡慧出去买了猪头肉还买了啤酒,四个女孩子挤坐在朱美丽的床上,朱美丽自孙晓辉走后就变了个人似的,每日机械般地上班下班,吃饭睡觉,不言不语。

一瓶啤酒下肚,胡慧愤然:他妈的这是什么日子,屋子里飞的蚊子都是母的。李月细声细气:那多好,可以安心工作,将来当上几年劳模就可以在这里有个家了。楚芸看一眼李月凄然一笑,然后举杯:为了未来的家,为了梦想,干杯。

四个杯子碰在一起,发出了清脆的一声响。

楚芸：二姐，你该自私一点，留住大姐。

朱美丽瞬间眼睛里有了雾气：留住她做什么？这里能给她什么呢？我又能给她什么？只能让她变得更老，将来的归宿更不堪。走了好，至少老了有个孩子，有份日子，还有，一个老伴。胡慧的眼睛更加雾蒙蒙了，她有些醉态地举杯：楚芸，走了就永远别回来了，你和我们不一样，你将来是个大作家。我们就自生自灭吧。朱美丽：别说这么不开心的话，今天我们该替楚芸高兴，来，干杯！李月皱着眉头一脸的不解：怎么了你们，这里不好吗？多好啊，再也不用爸妈盯着管着，下了班想去哪儿就去哪儿，想做什么就做什么，还有干净的街道，你们不知道，我们家住的那个村，一年有半年要穿水靴子。

胡慧叹口气疼惜地抚了一下李月的头发：来，吃肉，喝酒！

送别的站台上，李月忽然冒出一句：这一别，什么时候再见呢？

是啊，这一别，什么时候再见呢？

一句话扯出了全部的不舍和辛酸，四个女孩紧紧地拥抱在一起。

楚芸哭了，眼泪像断了线的珠子一样泛滥开来。生病的时候没哭，手术的时候也没哭，无数个失落无眠的夜里想家想慈祥的姥姥也没哭，这一次哭了。

这一别，什么时候再见呢？

火车开动的时候，楚芸看着姐妹们渐渐远去的身影想：将来，我一定会回来看你们的，一定！但是，我回来的时候，希望你们都不在这里，你们要在一个有你们幸福的地方。

楚芸刚离开那几年还和姐妹通信的，也就是从朱美丽的信里才知道了胡慧的一切：那个火车司机据说舍不得胡慧又回来找她，还回家大闹离婚，后来没离成。胡慧就是在楚芸离开的第二年死的，她死在宿舍的床上，服了大量的安眠药。她在遗书中说：我的死与任何人没有任何关系，是我自己的问题，我没皮没脸，让同一块石头绊倒两次才知道疼。

尾声

二十五年后，楚芸送走了读大学的儿子，向单位申请休年假。临行前一晚，老公问：大作家，你这次是去哪里？有什么题材？

楚芸将一沓"查无此人"的退信装进随行的包里笑笑：这次，去看望几个儿时的伙伴。

老公：儿时的伙伴？在什么地方，怎么没听你说过？

楚芸也迷茫：是啊，她们在什么地方，又在做什么呢？

暮色降临，起风了，青杨树叶沙沙的响声惊醒了楚芸。楚芸站起身回头看，空无一人的长廊也渐渐在暮色中变得模糊了。二十五年了，楚芸一直不敢回来也不敢打听，她怕自己承载不了姐妹们的不好，她怕听到的消息不是姐妹们的幸福。

二十五年了，那一群如花似玉的姑娘也该年近半百了，她们是否有知冷知热的丈夫相伴身边？是否拥有了她们向往的城里人的幸福生活呢？现在城乡之间的界限，不再划分得那么清晰了。现在的城里人，反倒向往乡村没有任何污染的日子了。

所有的一切，都翻个儿了！

新年

贾悦把葱花、姜片、花椒粒一股脑儿地投进滚开的油锅里,吱的一声响,一缕青烟顶上了天棚。接着一盆鸡肉下了锅,桦木桦子在灶下噼里啪啦地炸响。淋上酱油、料酒翻炒,香味瞬间弥漫了整间屋子。灶下的火苗舔舐着铁锅,贾悦挑几块半干的柞木桦子扔进去,火苗的士气顿时弱了许多。这家养的笨鸡,一定要铁锅、木桦子、文火慢慢地煨。

"小孩小孩你别馋,过了腊八就是年。"贾悦似乎看到父亲在童谣里操起雪亮的菜刀走向欢蹦乱跳的大公鸡。母亲的双手捂住了年轻的面孔,一转身,一条长辫子也怯怯地随着腰身转过去了。奶奶微闭双眼颤颤巍巍双手合十:鸡,鸡,你别怪,你本阳间一道菜,明年抱鸡再回来。鸡肉下锅的时候,鸡血还是热的。父亲的桦木桦子就是新年里炸响的鞭炮。新的太阳在母亲的肩头,沿着连绵的白雪冉冉升起,当灶下只剩下红红的火炭的时候,新年就到了。

小笨鸡火候到了,汤是黏稠的。肉的味道香浓鲜美不说,汤的味道更是香入骨髓。城里吃不到这样的菜,什么菜一上天然气灶和电磁炉就变了味道。桦木桦子炸开的火苗是农家炖笨鸡的

新年

魂,再加上男人女人这不急不缓的功夫。子键说这话的时候刚离开小村半年多,他微闭着眼靠在贾悦怀里。他的唇边还有没来得及擦干净的肉屑。贾悦忽然有些迫不及待地想子键,想子键胸前那疙疙瘩瘩的腱子肉,想他搂得人透不过气来的双臂。

去年正月初六子键走的,一整年了。贾悦抬头看看墙上的表:一点五十分。昨天子键发短信说火车应该是今天下午三点半到站,还说要给贾悦一个惊喜。这个没读多少书的老实疙瘩,他的惊喜会是什么呢?贾悦盘算着,三点半下火车,半个钟头的山路,四点开始吃年夜饭没问题。

铁炉子上的陶罐里炖着一只猪肘子四个猪蹄子,那是婆婆在赵四家拎回来的。赵四家的猪养了一年了,纯苞米粒子喂出来的。赵四媳妇提前就放了话,今年的猪过年杀了,一两也不卖,就等着死鬼回来过年吃。在外面一年了,回来让他娘的吃个够。赵四在城里建筑队打工好几年了,每年春节回家一次,拿回一大把票子。赵四媳妇在家里伺候两个孩子、种地。农忙后还请乡亲帮忙翻盖了四间崭新的大房子。那房子真气派,靠近后山根,依山傍水。红砖墙白铁门水泥院子,村里人有事没事都去看那房子,抄着手,啧啧赞叹着,围着房子转两圈。村里很多年轻人跟着赵四走了,也每年回家一次,也拿回一大把票子。

婆婆一早就去了,杀猪人刚扔掉刮毛的铁刀,婆婆就把冒着热气的猪肘子和猪蹄子拎回来了。婆婆边忙着清洗边对贾悦说:赵四媳妇不要钱,说蛋蛋念书念的好多亏了你,这点吃食,当替蛋蛋谢老师了。正在灶间忙乎的贾悦听了这话停住了忙碌的双手,有些尴尬地看着婆婆。婆婆笑了:瞧瞧你这脾气,我把钱塞给她了,哪能平白无故地吃人家东西!

贾悦抿嘴一笑。

贾悦从陶罐里盛一点汤出来,放在嘴边吹一吹,伸出舌尖儿舔一下,香浓的滋味顺着敏感的味觉蔓延开来。

妞妞抱着娃娃跑过来:妈,香不?贾悦扔掉勺子抱起妞妞,香得不得了!一会儿爸爸回来了,咱就吃饭。妞妞紧紧地搂着贾悦的脖子,一张小脸上满是期盼:那爸爸就给我把芭比娃娃带回来了是不是?贾悦笑着用额头蹭了一下妞妞的小脸:是的。妞妞就可以有一个会叫妈妈的娃娃了!贾悦还记得妞妞刚出生的时候,一个粉嘟嘟的小肉团,捧在子键的大手掌里,子键左看右看,脸上的线条越来越柔和,最后绽开一朵花。妞妞是子键的心头肉,子键隔三岔五的电话和短信都离不开妞妞,平时一和妞妞说话声音都变得糯糯的柔柔的。"女儿是父亲前世的情人。"这话谁说的不知道,贾悦觉得的确有道理,粗粗大大的男人,柔柔软软的小女儿,绝配。

贾悦知道子键的心思,他就是想让家里富裕一点,让自己过得好一点。当初贾悦师范大学毕业跑回这小村,就是为了和子键这份两小无猜的情谊。再说贾悦打心底喜欢土地。她尤其喜欢土地里的庄稼,那股子欣欣向荣的景象,在阳光里撒欢儿地长,让人看了浑身都是劲。父亲一生对土地的执着与痴爱终于随着母亲的撒手人寰崩溃了。医生说,是因为常年操劳过度,受了潮气导致的风湿性心脏病。从母亲生病父亲就开始自责,一遍一遍地回忆说母亲累极了就躺在地边上睡一小觉,就是那时候受潮了。送母亲上山的时候,父亲站在村口对着硕果累累的土地吼:土地爷

新年

爷啊,你能养人,也真能杀人啊!我那老婆子,才五十二岁啊!

谁知道贾悦偏偏选择回村当民办老师。这也罢了,又选上子键,谁不知道子键爹死得早,孤儿寡母的日子一穷二白?村里的姑娘削尖了脑袋往外嫁,贾悦要死要活往回跑。有人说,这孩子书读多了,怕是傻了。

贾悦还记得和子键结婚时父亲的愤怒。他从头到尾没看一眼穿了嫁衣的女儿,倔强地挺着脖颈支着太阳穴上的青筋,对新姑爷叫出的那声"爸"充耳未闻。有好长一段时间贾悦不敢和父亲对视。一直到有了妞妞,父亲的脸上僵硬的线条才慢慢柔和起来。

贾悦开始剁肉馅,年夜饭的主题就应该是饺子。辞旧迎新的鞭炮噼里啪啦一响,氤氲着热气的饺子就上桌。一家人围坐一起笑语喧哗,年味儿就出来了。村里人有赶集买现成的肉馅的,贾悦不,她挑猪前槽买,这个地方的肉香,不死板。然后自己剁馅,机器里绞出来的怎么比得上一双手细细地剁?城里的快餐够多了,回到家了,就要子键吃一顿这原汁原味的家乡饭。手机有短信提示,贾悦擦擦手上的面,是学生发过来的。贾悦欣慰地笑了,谁发短信了谁的爹妈就回家了,村里这六十多户人家大部分的青壮年都进城打工了。贾悦看着一张张苍老的、稚嫩的脸上,满是和妞妞婆婆一样的期盼,一年一年,从春暖花开到北风呼啸。

年是什么呢?年就是人走过岁月的一个计数器罢了。子键说给自己一个惊喜,到底是什么呢?饺子包好了,满满一盖帘整整齐齐,小元宝一样。贾悦把陶罐端下来放在火炉子边上温着,打开锅盖翻炒小笨鸡,汤不多了,贾悦把洗好攥干的榛蘑放进去。

灶下只剩下红红的火炭了,榛蘑伴着鸡肉,慢煨。贾悦记得母亲在做这个环节的时候,父亲总是一脸坏笑躲闪着脚步在灶前流连。如果鸡肉的味道恰到好处,父亲会咂一口烧酒自豪地说:我啊,又加了一把盐呢,要不是我,这鸡肉能有这味!要是咸了,父亲会把目光迁到窗外:嗯,今年冬天雪厚,春打六九头,明年,丰收年喽!母亲将一个嗔怨的表情送给父亲的侧影。

母亲爱父亲,父亲爱母亲,也爱土地。要不然,当年如花似玉的母亲怎么会放弃返城安排工作的机会呢?贾悦不知道,母亲是不是也像父亲一样爱土地?

贾悦开始择青菜。芹菜放点肉末炒一下,黄瓜凉拌成酸甜口,放点粉丝,子键就爱这一口。贾悦算了一下,六个菜,一共就这四口人,不少了。

没有人知道,贾悦有多爱这个小村,在外求学十几年,最让贾悦魂牵梦绕的就是小村,一闭眼睛就满山满岭的庄稼,春天绿油油,秋天金灿灿,甚至路边随风摇曳的小草都长进了贾悦的记忆里。贾悦觉得植物是有生命力的,它们也会笑会说话。贾悦毕业回村的时候第一次感觉到心疼,看着路边山坡上没有庄稼只有齐腰深的荒草的土地,贾悦扔掉书包狂奔过去,一颗心疼得无以复加。贾悦知道,它们的主人此刻在繁华的都市里忙着赚大钱呢。

现在撂荒的地更多了,一拨一拨的年轻人都背起行装去城里了。剩下的人会挑一些旱涝保收的好地种。山坡上的、边边角角的就撂荒了。现在地里忙碌着的是一些不再挺拔的背影。看着那些背影,贾悦常常觉得心疼,她似乎听见土地的哭泣声。贾悦觉

新年

得自己一定是一块儿土坷垃转世的,与大自然血脉相连着。

这次子键回来,贾悦不打算放他走了。去年回来子键白了、干净了,身上还有淡淡的洗衣粉的香味。那味道让贾悦觉得很陌生,那不是贾悦熟悉的味道,从前钻进子键的怀抱里,是混合着汗水的男人味。如今的香味让贾悦有了疏离感、失落感。贾悦打算让子键去种地,把那些撂荒的土地"捡起来",随便撒上些什么种子。土地是不欺人的,只要你撒种,它就会给你发芽、开花、结果。没有庄稼的土地怎么能叫土地呢?不种田的农民怎么能算农民?

贾悦打算一直在村里教书,一直老得再也教不动了。让小丽、宝宝、黑蛋甚至他们的孩子,孩子的孩子,都去读大学。也希望他们像自己一样,学成了就回来,有了知识,就可以改变耕耘的模式和播种方法。到那时还愁不富裕吗?工作之余、农忙之际贾悦就去帮子键,一起播种一起荷锄一起收获,婆婆在家看着妞妞,院子里再多养些鸡鸭,再养一头肥猪,也像赵四家一样,过年杀了,一两也不卖。贾悦喜欢土地里的子键,有了阳光的暴晒,接了大地的灵气,黑黑的、壮壮的,牤子牛一样。他手里的庄稼结实饱满。贾悦喜欢在夜里枕着他粗壮的臂膀睡觉,梦都不做一个。

炒芹菜的时候贾悦放了一些红辣椒丝,盛在白瓷盘子里,粉色的肉丝、鲜红的辣椒丝配上翠绿的芹菜,好看。菜都做好了,婆婆穿着贾悦买的新衣服走出来,看见贾悦有几分羞涩。贾悦走过去拽拽婆婆的衣襟说:妈真漂亮!有两朵红云飞上婆婆的面颊。婆婆有股子含蓄的美。贾悦知道,村里的鳏夫老张大叔,还有上届老村长都对婆婆好,婆婆一直装聋作哑目不斜视。公公在子键十几岁时就去世，婆婆一直拒人于千里之外的样子。婆婆最大的喜好就是擦公公生前用过的那把锄，柞木把，把儿粗，铮亮。婆婆说那时候公公下地除草，全村的棒小伙子只有跟在后面喘气的份儿。婆婆没事就擦，锄把越来越亮。

贾悦给妞妞换上新衣服，扎上两根羊角辫。妞妞对着镜子照啊照，小嘴抿呀抿。爱美是女孩子的天性呢，自己小的时候也是这样爱美。办年货回来的父亲口袋里，稀里哗啦地掏出来，总会有一朵艳丽的丝绒花开在父亲粗大的手掌上。贾悦欣喜地抢过来簪在头上，父亲眯着眼笑：新年到，新年到，妮要花，儿要炮，老太婆要个兜金罩。弟弟拿上鞭炮就狂奔而去。一会儿噼里啪啦的声音伴着孩子们的欢呼声响起来。母亲抿着嘴气定神闲地看着父亲，父亲解开大棉袄，一件碎花上衣跑出来，母亲也笑了。妞妞的簪花呢？在路上子键的口袋里吗？

贾悦打扮完了妞妞回自己的屋子里换衣服，贾悦想，一会儿再洗洗头发，子键回来别闻着自己一身的葱花味。

忙乎完了看表，差五分钟四点。拿起手机好几个短信。子键的。第一条：悦悦，对不起，火车都要开了接到老板电话，陪他去海南，工资是平时的三倍，不仅仅是钱的事，老板的话不能违背啊。第二条：悦悦，你陪妈妈过年吧，替我多吃点，告诉你一个好消息：我们老板帮忙在一个大型的私立学校给你找了工作，工资底薪就三千呢，春节后你带着妞妞来，我已经租好了房子，安顿好了回头再接妈妈。第三条：悦悦，过完年我们就能永远在一起了，再也不分开了。

贾悦拿着手机，觉得浑身的血液渐渐凝固了，子键不回来过

新年

年了,而且子键要她也去城里。

婆婆打开房门,一股冷风夹着雪花飘进来,妞妞甜甜的声音在身后响起来:奶奶,看见爸爸了吗?贾悦知道,婆婆又在张望了,门前通往山外的那条小路,从春到冬,铺满了婆婆多少张望呢?

铺满了全村多少张望呢?

婆婆关上门对贾悦说:四点多了,悦悦,你是不是打个电话问问走到哪儿了?贾悦舔舔干涩的嘴唇:妈,子键有事没回来,我们吃饭吧!贾悦手忙脚乱地收拾碗筷,把愣怔的婆婆和妞妞扔在身后。贾悦不敢看那两双眼睛,贾悦觉得婆婆那双眼睛太老,妞妞的太稚嫩,又老又稚嫩,怎么承载得动那些失望?

笨鸡有些塞牙,猪蹄很腻,芹菜有点咸了。饭吃的有点沉闷,婆婆干瘪的嘴唇机械般地嚅动着。妞妞扒拉着饺子,她试图从那些几乎一模一样的饺子里找出那两个包了硬币的。贾悦应付差事般地咀嚼着精心准备了一天的年夜饭。吃到一半,婆婆忽然问:悦悦,子键不在家,这鞭炮还放不?贾悦看看婆婆再看看妞妞,扔掉筷子:放!

鞭炮在小村的上空炸响,烟花格外的绚烂,远处传来孩子的嬉戏声。

子键的电话是在接近零点的时候打进来的,他给妈妈拜年,妈妈抖着手拿着电话说:挺好的,挺好的,不怪你,不怪你,嗯,好,多挣钱,行,安顿好了妈跟你们去,你们在哪儿,妈就在哪儿。然后妞妞抢过电话,前一句后一句,腻腻歪歪。轮到贾悦的时候,贾悦顺手挂了。

零点的钟声响了。子键电话又打进来：悦悦，你初五动身，初六上午我接你，初七报到，初八你就上班了。贾悦笑笑：如果我不去呢。子键顿了一下：悦悦，别开玩笑，打个电话多不容易，尤其今天，线路忙的，我打了一个多钟头才接进去。你想想，城里怎么也好过家里，那兔子不拉屎的地方，我们什么时候能熬出个头来？我一个大男人一个人在外边，一年到头就见你一面，我快守不住了。

贾悦想起她读大学离开家的那年子键当兵，两个人一前一后，子键在对面的小山坡上拉着贾悦的手豪气冲天：将来我们一起回来，把家乡变个模样！让城里的人到咱这里打工！

才多久的事呢，不到十年。那时候子键说：我爱你，永远不会离开你。永远只有这么远？贾悦有些头疼，电视里春节联欢晚会开始了，锣鼓喧天很热闹。贾悦心不在焉地收拾桌子，饺子一共没吃几个。妞妞终于累了，放弃了寻找。包了两个硬币的饺子也没吃出来，婆婆笑着安慰妞妞，没找着明天再找，都是妞妞的，都是俺妞妞的。贾悦想起去年，自己和子键为了吃到饺子里的硬币，最后撑得一边抚着肚皮溜达一边看春晚。妞妞睡了，和衣躺在热乎乎的炕头上。婆婆眯着眼靠着炕柜，像是在看电视又像在打盹儿。

电话响，贾悦接起。一个甜甜的声音进来：贾老师，过年好！贾悦还没回话，一个男人的声音进来：贾老师，过年好！谢谢你了，我们两口子不在家，这一年到头，听孩子奶奶说了，多亏了你。这是在城里卖馒头的李庆的爸爸，夏天李庆出水痘，孩子都烧昏迷了，跳大神的还在那里张牙舞爪阴阳怪气地给孩子驱鬼，贾悦轰走了跳大神的，背起孩子步行了十八公里山路送进镇医院。贾悦的电话陆陆续续接了近一个钟头。算一算，三

新年

个学年十七个学生有十一二个打电话了,没打电话的,就是父母没回来。

大年夜的后半夜贾悦躺在炕上,眼睛眨也不眨地盯着天棚,窗外还有零星的鞭炮声,贾悦才想起打算洗头的,忘了。

天快亮的时候,贾悦昏昏沉沉做了一个梦:春天里,贾悦站在村口看,满目的葱茏,麦苗整整齐齐地随风摇曳,豆苗刚刚破土,黄瓜秧爬蔓了。没有一块土地荒芜,全是庄稼,在地里忙碌的有在城里卖馒头的李庆的爸爸妈妈,还有深圳某电子厂的小丽的爸爸妈妈。贾悦仔细一看,所有孩子的爸爸妈妈都回来了,孩子们都笑了,笑声像银铃一样洒满了山山岭岭,老人也张开了没有牙的嘴,脸上绽开了一朵朵菊花。

贾悦听见小草和蜜蜂的对话:人勤春早,今年是个丰收年呢!是啊,人勤春早,今年是个丰收年呢!一阵阵低沉浑厚的笑声轰隆隆地传来,大地也笑了。

贾悦是笑着醒来的,醒来的第一件事就是给子键发短信:亲爱的,我不去你那里了,我不想离开村子,我舍不得这块土地,我舍不得领着孩子一锹土一锹土垫平的校园,更舍不得孩子们,我要在家里,守着妞妞和妈。半晌,子键回复:那你舍得我?看着短信,一丝疼痛漫过贾悦的心头。贾悦关了手机坐在桌子前,摊开了备课笔记。

这时候,门口传来一声狗叫,贾悦心里一惊,快步走了出去。什么时候,鞭炮陪着嬉闹的孩子也睡去了?东方泛白,新年里,新的一天来了,大门外的晨曦里,她看见了一个自己似乎熟悉却又似乎陌生的面孔,正在深情地注视着她。

上学去

一、垃圾箱边的战争

这是个夏日的清晨。大壮妈忽然掀开脏兮兮的被子一把拉起大壮的弟弟二壮,她在做这个动作的同时顺便踢了大壮一脚。他们三个旋风般地向大门外冲去,出大门的时候大壮顺便抄起了门口的大铁钩。

弟弟二壮被大壮妈拖着,一只手揉着眼睛,他趿拉着那双不知在哪个垃圾箱捡来的大鞋。大壮跟在后面,他手里的大铁钩在水泥地面上发出刺耳的响声。雾水打湿了大壮妈的脚,脚在那双塑料拖鞋里东扭西歪,发出叽咕叽咕的声音。

富丽家园小区大门口,淡蓝色的垃圾箱孤零零地矗立在晨曦中,大壮妈甩开二壮的手,回头冲大壮得意地笑了笑:快点,那王八蛋还没来。她说的那个王八蛋,是一个流浪汉。昨天他先一步侵略了这个垃圾箱。大壮像得到了将军指令的士兵,一翻身跳进垃圾箱。刚要抡起铁钩,大壮看到了那个生日蛋糕盒子,当他小心翼翼地将它们捧出来的时候,二壮惺忪的睡眼亮了,他

扑了过来。确切地说他在大壮妈伸过来的双手前扑了过来,蛋糕盒子被他打翻了,香喷喷的奶油蛋糕不偏不倚地扣在了大壮妈的脚面上。

坏了!当这个想法冲进大壮的大脑的时候,他停下了继续翻找,将铁钩立起来抵住下巴,用幸灾乐祸的眼神看着二壮。果然,大壮妈在瞬间的愣怔后发出了一声凄厉的尖叫:你要死啊!你要死啊!你个王八羔子!她的巴掌在寂静的清晨里传出很远,二壮尖锐的哭叫声也传出很远。

这么早吵什么?

谁啊,还让不让人睡觉了?

……

一个个头颅从窗子里探出来。

大壮妈不管这些,她眼里只有那半盒蛋糕。她的巴掌继续朝二壮的头顶打过去,嘴里还骂着:你个败家星!猴急什么?晚吃一会儿能死?大壮将铁钩子敲打在铁皮垃圾箱壁上,刺耳的响声穿透了黎明前的安静,他企图用这种声音盖过他妈妈的愤怒,让她安静下来。平时她打二壮,大壮就用这个办法,用大铁钩子敲打门边或者床腿,或者随便能发出声响的什么地方。妈妈的注意力会转移,二壮就会得救。

有人说大壮妈是傻子。也有人立马反对说:傻子?傻子知道生孩子?那人就说:不傻就不会这样养孩子!随便找个什么活儿干也比翻垃圾箱强!

大壮也不知道他妈傻不傻。她不会干任何活计,也不会去工作赚钱,她甚至不会给孩子洗衣服做饭。他们借住那个小屋,不比垃圾箱干净。她似乎只会翻垃圾箱，找到了什么吃的就和孩子们争着抢着一起吃下去，吃完了她会靠着门框抠着脚丫缝里的泥垢晒太阳。

她还在打二壮，大壮用更大的力气敲打垃圾箱壁。

住手！一声怒喝。大壮抖了一下住了手，大壮妈也住了手。大壮发现，垃圾箱边多了一个人。她披肩的头发有些凌乱，穿着领口开得很低的玫红薄纱睡衣。那睡衣的颜色可真鲜艳，衬得她粉面桃腮很好看，她指着大壮妈骂：你是不是后妈？有这么打孩子的吗？大壮妈住了手，她的训斥却没停下来，一早上不睡觉来翻垃圾箱？这是不是你拐来的孩子？又转向大壮，你呢？你也是被她拐来的？大壮吓得大气不敢出，赶紧说：不是。不是？哪个当妈的领着自己的孩子翻垃圾箱？大壮不敢再接话。

这时垃圾箱旁已经聚了几个人。人群里有人说：不是拐来的孩子，都是那娘们儿自己生的。也不知道哪个天杀的男人睡了她，睡完了就走了。她就生，还生了俩！

二、关于父亲

大壮和二壮对于爸爸这个概念也是模糊的。有个瘸着腿瘦弱的男人，他在外地打工，偶尔来一次小屋，送一点零钱或者一点粮食，然后在夜里搂着大壮妈睡觉。

大壮二壮很盼望他能来，也盼着别的什么人来。他们一来大壮二壮就会有一顿好吃食。

他会在这里过夜。睡觉时他喘粗气，喘得像栓柱得肺气肿的奶奶。在他拉风箱般的喘息中，大壮妈得了重病般地呻吟。他总是在这个时候命令大壮和二壮转过身去，不许回头。如果听话，他可能还会给他们棒棒糖吃。夜里那些声音太使人担心了，妈妈的呻吟声像是痛苦得要死了。大壮二壮就忍不住偷看，刚一回头就有枕头、袜子、鞋子什么的飞过来，呵斥恐吓声也飞过来：小兔崽子！再敢偷看，眼珠子挖出来！大壮二壮就不敢回头了，面对着墙壁，捂着怦怦跳的胸口，迷迷糊糊地睡过去。

那是很纠结的夜晚，大壮总是在夜里边欣慰地抚着刚吃饱了的肚子边痛恨那些让人不堪的声响。

无论怎样，总还是盼望有人光临的，不然这个家实在太孤寂了。

偶尔光临这里的还有一个爷爷，他开着一辆红色夏利。他来总是不下车，在大门口努努嘴。妈妈就明白了，跑过去从车里掏出些面包、火腿肠之类的吃食。然后反锁了大门，钻进车里，看都不看一眼两个争食的儿子。他们也无暇看远去的母亲，吃饱了，抢够了，找个角落，满足地睡去。

早上，母亲就回来了。

她抱着肩膀冲大壮点点头，示意大壮出来。大壮赶紧跳出垃圾箱。也不敢抬头看，一只手揪着脏兮兮的衣襟，眼睛瞄着拖鞋里露出的黑脚指甲，他尽可能地把脚往里缩了缩。二壮终于忍不住，蹲下去抠大壮妈脚面子上的奶油朝嘴里抹。大壮妈耸了一下脚，呵斥二壮：滚。声音却很低。

她围着大壮转了一圈，问：多大了？

十三。大壮回答。

十三?属啥?

猪。大壮接着回答。

几年级了?

他没上学。人群里有人替大壮回答。

此时太阳终于跳出了东山尖儿,一缕阳光照在大壮身上,温暖了许多。

三、该死的肥皂

她叫嘉妮,在这个小区的高层住。她的房子又大又豪华。那里面只住着她自己,她的男人是这个小镇的一个中层领导,有自己的家。他只在昏暗的夜色中偶尔来这里,又会在黎明到来前悄悄离开。

嘉妮的日子过得既阔绰又孤单。见到大壮母子三人那天嘉妮扔掉手里的烟头恶狠狠地说:操,有这样的妈,还不如像我一样没有妈!我他妈这辈子还没做过人事,这次,做件人事。

嘉妮小学的时候,妈妈离家出走再没回来。后来新妈妈又生了弟弟,嘉妮的日子便谨慎了。

大壮将方便袋里的包子全部吃光后想起了洗澡的事。他对他妈说:我得洗澡。他妈坐在门槛上正打饱嗝,她目光迷离地看了大壮一眼没有反应。大壮又大声说:我得洗澡!她才说:咋洗?我们没有肥皂!是啊,咋洗?没有肥皂!这个要命的问题一下子击中了大壮,他急忙冲进屋子,只扫了一眼便又跑出来。锅台上只有一个红色塑料盆,大壮妈有时候用它洗菜洗米,说不定哪一

年的哪一天，还会泡上碱面水洗衣服。

去浴池得花钱，他们没有。大壮有些发愁，一屁股坐在院子里说：怎么办呢？她让我吃完包子洗澡，还让我一点去找她。大壮妈立马坐直了身子：一点？是不是到了一点了？大壮在她这句话后面撒腿就跑。家里没有钟表，不知道几点。

大壮在垃圾箱边站得笔直，太阳毒辣辣地照射着他。他的汗水不停地滴落下来。他看看在头顶的太阳，想：可别过了一点了。

流浪汉路过这里，他打了一下大壮的头说：小崽子，不用看着，这个垃圾箱归你了。大壮没理他，只将手里的铁钩子有节奏地敲打着垃圾箱壁，他觉得他有天大的正经事要做。他的神情傲慢极了。流浪汉看着目不斜视的大壮撇了撇嘴走开了。

二蛋和栓柱也来了。大壮靠着垃圾箱快睡着的时候被二蛋用草叶伸进鼻孔，一个响亮的喷嚏，大壮揉揉眼睛站起来。二蛋、栓柱和大壮年纪相仿，也没上学。二蛋是跟着妈妈改嫁到这里的，时间不长妈妈又跟上别的男人跑了，二蛋被那个应该叫"爸爸"的男人赶出家门四处流浪。栓柱跟着一个肺气肿的奶奶过日子，他没见过爸爸妈妈，也没听说过。据说自己是肺气肿奶奶拾垃圾拾回来的。

大壮站起身掸了掸身上的土：不许闹，今天有个正事。正事？啥正事？二蛋和栓柱同时问。

大壮向远处努努嘴：晚上，老地方。我告诉你们俩。二蛋扭扭身子：现在说不行？大壮抬头看看太阳：不行，你俩赶紧走，我真有正事。

二蛋和栓柱刚离开嘉妮就来了。

她皱着眉打量大壮：我让你洗澡洗了吗？大壮赶紧低下头：没。为啥没洗？家里没有肥皂，也没有那么大的盆。女人皱眉：谁让你在家洗了？去浴池！大壮头低得更厉害了：没钱。女人掏出五十块钱递给大壮：赶紧去给我洗澡，洗干净了换套衣服，我带你去学校见校长。

大壮赶紧跑着回家，跑了几步转回头又朝小卖部跑去。小卖部老板娘盯着大壮：买肥皂？洗澡？大壮低着头：嗯，我买肥皂。现在洗澡还有用肥皂的？都用浴液，再不济也有香皂啊。大壮低着头不说话，心里恨恨地骂了一句：该死的肥皂。

四、见校长

太阳毒辣辣地炙烤着硅胶操场，大壮走在有些软的硅胶上很不适应。嘉妮回头看他一眼：直起腰！走路为啥弓着腰撅着屁股？不要挤眉弄眼！一会儿见了校长问啥说啥，没问的不许乱说！

此时的大壮洗了澡穿上了嘉妮新买的衣裤、凉鞋，还剪了手指甲和脚指甲。通身的清爽和淡淡的肥皂香味让大壮很不适应。

转过楼角，大壮跟着嘉妮上了楼，长长的走廊一个人影也没有，窗子都开着，有凉风吹进来，很惬意。

宽大的办公室里有一张宽大的办公桌，办公桌后面的真皮老板椅上坐着一个戴金丝边眼镜文质彬彬的中年男人。他上下打量了一下嘉妮：你是顾主任的什么人？嘉妮捋捋散乱的长发：哦，朋友。校长侧着头又追了一句：朋友？不是亲戚？嘉妮肯定地说：嗯，朋友。校长似乎长出一口气：找我什么事？嘉妮拉了一

下大壮：这个孩子十三了，还没上学。我想送他来上学。

校长这才打量起大壮。大壮觉得他眼镜后面的目光犀利地直射出来，不由得向后缩了缩。这一缩胳膊肘碰到了旁边的椅子，大壮咧了咧嘴。

校长挺直了后背向后靠去，椅子很舒服地轻轻晃了晃。校长说：这孩子来过，他妈妈领着来的，连一句囫囵话都说不清。我们学校不能收，他们母子三人智商有问题。嘉妮有些急：智商有问题？你怎么验证的？他妈妈智商有问题不代表孩子有问题啊。校长嘴角掠过一丝冷笑：不用验证，一打眼就能看出来。嘉妮急了，一屁股坐在旁边的椅子上：我觉得他没问题，我跟他对过话。校长有些不耐烦地看了看腕上的手表：你觉得？他会写字吗？会做十以内算术题吗？这是学龄前必备的。

嘉妮一时语塞。

校长站起身：不是不收，九年义务教育法规定了，不能让一个适龄儿童没有书读。这样的孩子应该去特殊学校。

嘉妮在校长的背影里喊了一句：我回去教他，教不会不送你们学校！

校长将一句"好啊，你回去教吧，我等着"扔在长长的走廊里。嘉妮也将一句脏话扔进长长的走廊：我他妈肯定教会他！

五、小伙伴

那天晚上，在朝阳街上那栋等待拆迁的旧楼里。二蛋拉着栓柱的手问：你刚才吃了什么？栓柱扭扭身子含糊着：没有！二蛋不依：你张开嘴我看看？栓柱张开嘴伸出舌头，也露出了舌头底下藏着的淡粉色口香糖。二蛋不干了：吃独食拉黑屎！给我一半！栓柱挣脱二蛋：

只有一块，我奶奶给的。

不行，给我一半，我好几年没吃糖了。

就一块。

给我一半。

两个人闹着，大壮来了。肩上背着个藏蓝色书包，衣服裤子也是焕然一新，他吹着口哨，从楼梯拐角处走过来。

二蛋和栓柱停止了疯闹，他们像看外星人似的看着不一样的大壮。

哥要上学了！大壮边说边拿起一个藏蓝色书包，他炫宝似的把一个一个干净的本子拿出来。二蛋惊得把嘴里嚼的口香糖都吐出来了，栓柱看了一眼地上的口香糖，也顾不得去捡。他走到大壮面前伸出小黑手企图抚摸一下那洁白的纸张。大壮赶紧打开他的脏手：不能碰！看弄脏了。栓柱收回艳羡的目光落在大壮脸上：上学？咋上？大壮就把怎样遇见嘉妮、怎样见了校长的事细细地说了。他说：你们俩不知道，学校可大了！操场上的地不是地！是啥？二蛋和栓柱一起问。红胶皮！踩上去软的！摔了跟头也不会疼！二蛋把手里的破上衣抛向空中不信任地大叫：摔了跟头也不疼？大壮说：绝对不会疼。二蛋走到大壮跟前，他讨好地笑了笑：大壮，我也去！大壮说：你上哪去？

上学，跟你去上学！

大壮撇撇嘴，学着校长的样子：你会拼音吗？你会十以内计

算吗？不会怎么上学？

你会？二蛋和栓柱一起撇嘴。

我不会，但是我很快就会了。嘉妮老师说明天让我去她家，她教我！二蛋说：我们也去，让她教。

那不行，嘉妮老师不能让。她说只教我自己。这句话是大壮编的。他真怕嘉妮老师不高兴连自己都不教了。

太阳偏西了，一缕霞光从窗口处斜射进来，照在并排坐在窗口的二蛋和栓柱的背影上。

咽口唾沫，大壮打破了长久的沉默：我学会了明天教你们行吗？如果你们能学会咱就一起去找校长，上学！

二蛋和栓柱终于露出了笑脸。

六、嘉妮老师

嘉妮不是个好老师，大壮却是个好学生。一年级课本借回来后，嘉妮就在大客厅里教大壮，一点就通，大壮如饥似渴地吸收着简单的一年级知识，像一棵久旱的禾苗。

嘉妮发现，大壮不仅智商没问题，还很聪明，教什么会什么。

有一个问题让嘉妮很头疼，十三年来，大壮只跟在傻妈妈后面翻找垃圾箱，几乎没有任何启蒙教育，言谈举止极像傻妈妈。他走路的时候弓着腰背撅着屁股；他说话唯唯诺诺，半天说不囫囵一句话；他不自觉地挤眉弄眼；他常会在嘉妮看不见的地方偷偷拿走一些东西；他看见垃圾箱、垃圾袋就不自觉地冲过去……

他来学习的第二天就顺手拿走了嘉妮的防护指甲钳。嘉妮后来问他,他嗫嚅地说:我弟弟手指甲脚指甲长,我妈的手指甲脚指甲也长,家里没有指甲钳。

他来学习的第三天拿走了嘉妮卫生间里的美容香皂。

拿那块香皂的时候大壮是有些犹豫的,他盯着那块淡粉色光滑如玉的香皂看了很久。他伸出手去的时候觉得有些不好,有点对不起人家,缩回手的时候嘉妮在外面喊:大壮,干吗呢?这么长时间!大壮嘴里应着手又伸了出去。那块香皂拿在手上的感觉和他想象的一样:光滑如玉。如果妈妈用这个香皂洗了脸,会不会像嘉妮老师一样好看?大壮想着就把香皂装进了裤袋里。

当嘉妮发现家里零零散散少了很多东西的时候,嘉妮觉得头痛欲裂。

那天嘉妮发了火。她咕咚一声将客厅里的椅子推倒:大壮,你知不知道你现在的行为就是个小偷!把不属于自己的东西偷偷拿回自己的家,就是小偷!你知道不知道?

嘉妮说这句话的时候有些歇斯底里。大壮站在她对面,一脸茫然地看着她,他想不明白嘉妮为什么发这么大的火。

没有人告诉大壮不是自己的东西不能拿,那是有钱人家教育孩子的方法。大壮妈给大壮的教育就是:拿回来,咱家没有!

一直以来,大壮觉得我家没有,你家有,这很不公平。所以,我家也应该有,但是怎样才能有呢?拿回来。趁人不注意拿回来,是唯一的办法。

嘉妮头痛欲裂,她也没念过几天书,有限的知识使她不知道该怎样表达。她无法评价面前这个孩子。她知道他本性善良,比如那天嘉妮给他买了一个汉堡,他咬了两口就不吃了。嘉妮以为

他不爱吃,临走时他却小心翼翼地包好装进兜里。见嘉妮盯着他看赶紧说:给弟弟,他没吃过。

他的言谈举止又是那样不入流。对,嘉妮就是这样说的:做人做事不能不入流、不讲究。大壮赶紧掏出汉堡。嘉妮艰难地吞口唾沫摇头:我说的不入流、不讲究不是这个。

很多话她不知道怎么说给大壮听,于是就说给顾主任听。顾主任搂着嘉妮说:不行!这样不行!你别管他了,可怜之人必有可恨之处。

嘉妮发了飙:可恨之处是环境造成的!他的脑子里没有是非对错!他成长的标尺就是那个傻妈妈!

顾主任冷笑:你以为你是谁?你是天使?救世主?佛祖?你他妈的把我伺候好了有吃有喝就得了。天生的烂泥扶不上墙你没听过?我小时候也在农村,我妈是个哑巴,一句话也不会说,谁矫正过我成长的方向?我现在难道不是风度翩翩事业有成?

嘉妮翻身起床,将被子枕头扔了一地。顾主任不明白,啥事让她发这么大的火?不管啥事,惹不起。这飙要是发到单位,自己还不得丢官罢职?想到这顾主任低眉顺眼地将一地凌乱收拾了,又卑躬屈膝地拿出一沓钞票。嘉妮什么也没再说,装起钱偃旗息鼓。

夜深了,钱都收了,该做的事还是要做的。

七、大壮老师

大壮在垃圾箱里捡了一块木板,两边用废砖头垫起来,桌子就成了。本和笔是大壮从嘉妮给他买的一摞本里拿来的。大壮凝重地说：省着用！铅笔不能用断了。本两面都要写满。

二蛋和栓柱小鸡啄米般地点头。

最不该发生的事发生在那个周末。那个退休的爷爷又来接走了妈妈，大壮来教二蛋和栓柱的时候就带上了二壮。二壮起初很乖，他腋下夹着个矿泉水瓶子，里面装满了大壮从水管子里接来的水。他认真地坐在没有窗框的窗子下面，沐浴着夕阳的余晖，一本正经地跟着二蛋和栓柱念：b——p——m——f……或许是念得口干，又或许是吃了几根火腿肠渴了。二壮拧开了矿泉水瓶子喝了几口，然后就站起身蹦跳起来。他毕竟太小了，安静地坐上一会儿对于他来说是多么不容易的事。他开心地跳跃着，像是要舒展一下麻木的筋骨。

他边跳边南腔北调地念：b——p——m——f……脚下一绊，一瓶子水洒出来，泼在栓柱的本上。他也以脸朝下狗吃屎的状态摔倒了。

三个人同时跳起来去救那本，二蛋叫着：擦！快点擦！栓柱用胳膊去擦，本烂了，变成了一堆纸糊。

大壮第一个冲过去打了二壮，接着是二蛋、栓柱。

二壮躺在地上滚来滚去，他的号叫像困在笼子里的猫的叫声。大壮发现二壮流鼻血后停止了踢打，又去制止二蛋和栓柱，栓柱像是疯了，他哭着使劲踢：还给我的本，还给我的本。大壮制止不了就去打栓柱了。二蛋一见也去帮栓柱打大壮了。

这是一场恶战。

夜幕降临的时候，二壮的鼻血才止住。大壮抱着二壮骂：我

操你妈！你打我弟弟这么狠！栓柱揉着肿得只剩一条缝儿的眼睛：我呢？凭什么打我？又不是我洒了水！

二蛋在一边怯怯地问：明天还来这里学习吗？

栓柱说：学。

大壮说：学！

大壮怀里的二壮也说：学！

八、第二次见校长

离开学就剩下半个月了，嘉妮领着大壮又来到学校。这一次，大壮背上多了一个书包，里面装了几个用过的本。那上面有标准化书写的阿拉伯数字，有二十以内的加减法计算，有拼音字母，还有基本笔画和一些简单的汉字。

校长几乎没看嘉妮递过来的一堆用过的本，他不停地忙着接电话：嗯，我知道了。放心，我安排好了，您的孩子就是我的孩子，应该做的，没事没事……嘉妮站在校长身边，手里端着手机，神情卑微得像个侍妾。

撂下电话的校长仿佛卸下了一副重担，腰杆也直起来。嘉妮赶紧打开拍摄的小视频：校长，您看，我就怕您怀疑作业本上的内容作假，我又拍摄了视频，您看看，这都是他学习的时候……

校长侧着头用眼角瞟了一眼说：现在面临的不是这个问题了。嘉妮滑动手机的兰花指定格：啥？啥问题？校长收起手机：他今年多大了？十三。嘉妮赶紧说。十三？我们的法定入学年龄是多少？七岁！七岁你知道吗？校长伸出手指比画着。嘉妮愣了愣,半晌没明白校长的意思。校长站起身走向窗口:你看,他十三,按理说他该在小学毕业班上学了,但是他能吗?这学怎么上?去一年级?七岁的同学中有个这么大的,学籍怎么录?还有,他的费用怎么办?国家政策好,学费是免了,那书费呢?班费呢?水费呢?上午同学都有一杯豆奶,豆奶钱呢?嘉妮咽下一口唾沫,也同时平复了一下心情:这些钱我出。

校长又踱回到椅子上坐下:你没听明白我的话,这是个特殊的孩子,应该去特殊学校,或者应该去找民政局。

嘉妮的头发立起来了,同时立起来的还有她妖娆的身体,她霍地站起身,白皙的手掌啪地拍在桌子上,一串不经过大脑的话也不受控制地脱口而出:去民政局干吗?我去民政局干吗?他是来上学的,不是找你求助的!你左推右推什么意思?上次哪个姑娘养的说只要我教会了就收?再说,他傻妈妈带他来过几次你们学校,不是你们拒绝他会到现在没有学上?校长的脸铁青了,他咬着后槽牙说:你骂人?泼妇!嘉妮忽然大笑:您说对了,姑奶奶不仅是泼妇还是个婊子。你给我听好了,今年九月一号大壮必须上学,他没有户口,我去公安局开证明,证明他的身份。嘉妮又指着校长的鼻子说,你他妈的敢不收我就去教育局告你,九年义务教育法……话到这里被截断,校长一巴掌打开嘉妮指着他的手。嘉妮就势扑了上去,那十个涂满猩红蔻丹的指甲此刻像十只匕首向校长的脸抓过去。

嘉妮的"校园袭击事件"上了本市新闻,新闻采访上,校长满脸伤痕、沉痛地说:希望这样的事件不要再发生在校园,唯一值得庆幸的是现在是假期,没有学生受到伤害和惊吓……

一星期后嘉妮从拘留所出来。

那天是个阴天,厚厚的乌云凝滞般地堆积着。大壮一早就站在拘留所门口等。嘉妮看看刻意梗着脖子挺着后背的大壮展颜一笑:没事了,放心,学肯定能上。

说完这句话嘉妮看见大壮的眼睛又亮了。

九、上学去

这个"校园袭击事件"后,校方亲自联系了大壮,还给他申请了"贫困生补助"。在后续的采访中,校长格外的慈祥。他沉痛地表示:九年义务教育法不是一纸空文,作为共产党人首先要关注并且落实。他表示,在未来的日子里,他不仅要一直关注大壮读书,还要关注身边的所有适龄儿童,争取做到没有一名适龄学生流失……

嘉妮从电视里看到这一幕的时候流泪了,她擦干了泪水后就跳起来,她要去找大壮,趾高气扬地告诉他:我说过的,没事,放心,学肯定能上。对不?不仅你能上,你那两个小伙伴都能上学了!

过了桥跑过两条街,远远地看见警察正在安装警戒线。嘉妮冲过去拉住警察的手:咋了?警察笑笑:没事,前面的拆迁楼正在爆破,维护治安。

嘉妮朝那座楼看去,她似乎看见二楼里影影绰绰的人影儿,那是大壮在教二蛋和栓柱。嘉妮扯开喉咙大叫:不要爆破!那里面有三个孩子!警察过来拦她:别闹了,不可能,已经清理过了。

嘉妮依然大叫,有些歇斯底里:不要!清理的时候他们会藏起来的。那里面有三个孩子啊!不要爆破……

轰的一声巨响,一团蘑菇云飞上天空,嘉妮被震得晕了过去。那栋楼此刻在嘉妮眼中委顿下去,成了一座废墟,瓦砾中只有一股股灰尘荡来荡去。

图书在版编目（CIP）数据

逆流 / 陈华著 . —北京：北京燕山出版社，2018.12
 ISBN 978-7-5402-5286-1

Ⅰ.①逆… Ⅱ.①陈… Ⅲ.①散文集—中国—当代②短篇小说—小说集—中国—当代 Ⅳ.① I217.2

中国版本图书馆 CIP 数据核字（2018）第 269416 号

逆流
NI LIU

作　　者	陈　华
责任编辑	杨梓漪　赵　琼
封面设计	朱文倩
出版发行	北京燕山出版社有限公司
社　　址	北京市丰台区东铁营苇子坑路 138 号嘉城商务中心 C 座
邮　　编	100079
电　　话	86-10-65240430（总编室）
印　　刷	三河灵山芝兰印刷有限公司
开　　本	880 mm×1230 mm　1/32
字　　数	232 千字
印　　张	11
版　　次	2018 年 12 月第 1 版
印　　次	2018 年 12 月第 1 次印刷
书　　号	ISBN 978-7-5402-5286-1
定　　价	45.00 元